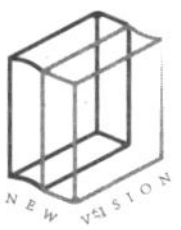
NEW VISION
新视界

始于未知　去往浩瀚

李商隐诗选注

陆永品——注

中国古典诗词文选注新编丛书

上海远东出版社

图书在版编目（CIP）数据

李商隐诗选注 / 陆永品注. —— 上海：上海远东出版社，2024

（中国古典诗词文选注新编丛书）

ISBN 978-7-5476-1982-7

Ⅰ. ①李… Ⅱ. ①陆… Ⅲ. ①唐诗—诗集 ②唐诗—注释 Ⅳ. ①I222.742

中国国家版本馆 CIP 数据核字(2024)第 026885 号

责任编辑 季苏云 吴蔓菁
封面设计 徐羽心

中国古典诗词文选注新编丛书

李商隐诗选注

陆永品 注

出　　版 上海远东出版社
（201101 上海市闵行区号景路 159 弄 C 座）
发　　行 上海人民出版社发行中心
印　　刷 浙江临安曙光印务有限公司
开　　本 850×1168 1/32
印　　张 11.625
字　　数 227,000
版　　次 2024 年 12 月第 1 版
印　　次 2024 年 12 月第 1 次印刷
ISBN 978-7-5476-1982-7/I·385
定　　价 65.00 元

导　言

一

李商隐，字义山，号玉谿生，又号樊南生，生于唐宪宗元和七年（812），卒于唐宣宗大中十二年（858），祖籍怀州河内（今河南省沁阳市）。从祖父李浦起，迁居荥阳（今河南省郑州市）。父亲李嗣曾做获嘉（今河南省新乡市）县令。三岁时，父亲调至绍兴、镇江一带充任幕僚，他随父亲在江浙度过童年生活。十岁时，父亲卒，他奉丧侍母回荥阳。父丧除后，迁家洛阳。从祖父以来，“百岁无业”，家境十分困苦。他在《祭裴氏姊文》中写道：“四海无可归之地，九族无可倚之亲……生人穷困，闻见所无。及衣裳外除，旨甘是急。”贫困的生活迫使他勤奋学习，盼望科举登第，重振家道。当时，他有个隐居不仕的堂叔，擅长古文和书法，在堂叔的指导和熏陶下，李商隐幼年早熟。他自述："十六能著《才论》《圣论》，以古文出诸公间。"（《樊南甲集序》）李商隐十八岁时，令狐楚任天平军节度使（故治在今山东省郓城县），辟他为巡官。令狐楚爱其才，对他尤为奖掖，让他与其子令狐绹同学，并亲自教授，教他们作今体骈文。在令狐楚的指导及影响下，李商隐学会了今体章奏。他"博学强记，下笔不能自休"（《旧唐书·李商隐传》），这为他今后的人生道路及后来诗歌创作的成就作了铺垫。因此，他终身不忘令狐楚对他的恩德。令狐楚卒后，李商隐沉痛地悼念，"百生终莫报，九死谅难追"（《撰彭阳公志文毕有感》），表示永远难报令狐楚对他的知遇之恩，并极其敬佩他的道德学问。

二十二岁，李商隐初至京城应进士考试，落选后，他非常苦闷，其表叔崔戎时任华州（今陕西省渭南市华州区）刺史，辟他为幕僚。翌年，崔戎调任兖州（今山东省济宁市兖州区西）观察使，他随之赴兖，掌章奏。不久，崔戎卒。他失去依托，曾到河南省济原县玉阳山和王屋山隐居学道，修身养性，读书习业，准备应试。二十四岁，他又去京城应举，未被录取，即奉母家居济原。

唐文宗开成二年(837)春,他第三次应举,经令狐绹大力推荐,而登进士第。夏初,东归济原省母。冬,赴兴元(今陕西省汉中市)令狐楚节度使幕,令狐楚嘱其代草遗表。十一月,令狐楚卒,奉其丧回京城。二十七岁,应考博学宏词科,先为考官录取,复审时被所谓"中书长者"抹去。落选后,赴泾源节度使(故治在今甘肃省泾川县北)王茂元幕。王茂元爱其才,将女儿嫁其为妻。因其曾依附的令狐楚属以牛僧孺、李宗闵为首的"牛党",王茂元被视为以李德裕、郑覃为首的"李党",因此他便被牛党忌恨,令狐绹骂其"背恩"。其实,他并无党派观念,亦无以婚姻谋取富贵之意图。而他却一生遭受晚唐党争的祸害,成为"牛李党争"的牺牲品。

开成四年(839),李商隐应吏部"释褐"考试入选,被授以秘书省校书郎。由于受"牛党"排斥,不久即调任弘农(今河南省灵宝市)尉。因"活狱"而触怒陕虢观察使孙简,在他将罢职回京时,恰逢姚合代简,谕其还官。开成五年(840)正月,文宗卒,武宗即位,任用李德裕为宰相,王茂元被诏入京。李商隐由济原移家长安,辞弘农尉,求调他职。

唐武宗会昌二年(842),李商隐三十岁,参加吏部书判甄拔考试而入选,被授以秘书省正字。他颇想施展抱负,重振家声。当年冬,其母病故,其不得不离职居家服丧。次年,岳父王茂元卒。在此期间，他忙于为母亲营葬、为岳父治丧等事。会昌四年(844)，移家永乐县(今山西省芮城县)，自称"遁迹邱园，前耕后饷"，"渴然有农夫望岁之志"。会昌五年(845)，服丧期满，重官秘书省正字。

会昌六年(846)三月，武宗卒，宣宗即位，重用"牛党"，大黜"李党"。因受牛党排斥，李商隐难以保持秘书省正字之职，于宣宗大中元年(847)，应桂管(故治在今广西省桂林市)观察使郑亚所辟，入幕为掌书记。从此，他孑然一身，漂泊天涯，过着抑郁失意、思乡念家的愁苦生活。大中二年(848)初，奉郑亚之命，其代理昭平(今广西省平乐县)郡守。二月，郑亚被贬循州(今广东省龙川县)刺史，李商隐失去依靠，离桂管北归。取道潭州(今湖南省长沙市)，在湖南观察使李回幕府短期逗留。秋至洛阳。冬初返回长安。在京参加冬选，为盩厔(今陕西省周至县)尉。旋即改为京兆参军，掌章奏。

大中三年(849)十月，武宁(故治在今江苏省徐州市)节度使卢弘止，辟李商隐为判官，得侍御史。卢弘止待他颇好，他精神为之振奋，很想干一番事业，写下不少积极进取的诗篇。大中五年(851)，卢弘止卒，夏秋间，其妻王氏病故，对其打击沉重。回到长安，他穷蹙无路。柳仲郢调任东川(故治在梓州，今四川省三台县)节度使，辟他为书记。在梓幕五年，由于仕途坎坷和经历丧妻之痛，其思想趋于消极，转向佛教。他在《樊南乙集序》中说："三年以来，丧失家道，平居忽忽不乐，始克意事佛，方愿打钟扫地，为清凉山行者。"实际上，他并没有脱离现实，还是写了不少咏史诗，供朝廷鉴戒。

大中十年(856)初，柳仲郢调回长安，李商隐随之至京。经柳推荐，任盐铁推官，并游江东南京、扬州等地。大中十二(858)年，罢盐铁官，回郑州闲居，不久即在孤寂、忧郁、悲痛之中与世长辞，年仅四十七岁。

二

李商隐现存诗歌六百多首，其主要内容有三个方面：一是政治诗，二是抒怀诗，三是爱情诗。政治诗占六分之一，这在唐代诗人中是比较突出的。他一生经历唐宪宗、穆宗、敬宗、文宗、武宗、宣宗六朝，这段时期是李唐王朝由强盛、繁荣走向衰颓、没落的晚期。他的主要活动发生在文宗、武宗和宣宗三朝。在此历史时期，藩镇割据、宦官擅权、朋党倾轧、朝廷腐败，阶级矛盾和民族矛盾日益尖锐、复杂。李商隐极为关注国家命运，故他的政治诗主要反映统治阶级存在的问题。

自中唐以来，藩镇割据就成为分裂国家的严重问题。据《新唐书·兵志》记载："方镇相望于内地，大者连州十余，小者犹兼三四。”李商隐反对藩镇割据的分裂活动，支持朝廷平藩战争，并对平藩有功之臣给予歌颂，如《行次昭应县道上送户部李郎中充昭义攻讨》写道：“将军大旆扫狂童，诏选名贤赞武功……鱼游沸鼎知无日，鸟覆危巢岂待风？”他大力颂扬李丕、石雄受命征讨藩叛，指出叛贼刘稹如同“鱼游沸鼎”“鸟覆危巢”，必将灭亡。《复京》《浑河中》《淮阳路》《寿安公主出降》《井络》等都反映了这方面的主题。

由于宦官专权，“迫胁天子，下视宰相，陵暴朝士如草芥”(《资治通鉴·唐纪》)，上至皇帝，下至朝士和平民百姓，无不对宦官擅权深恶痛绝。所以，唐文宗大和九年(835)，便发生了以李训、郑注为首铲除仇士良宦官集团的未遂政变，史称“甘露之变”。“甘露之变”的失败使仇士良宦官集团更加气焰嚣张，皇帝受到管制，大批无辜朝臣被迫害，长安平民百姓亦在骚乱中遭到抢劫和杀害。李商隐《有感二首》《重有感》《曲江》等诗篇，即反映了此次后果严重的历史事件。尤其对于刘蕡的不幸遭遇，李商隐更加悲愤。刘蕡是个罕有的文武兼备的人才，因在应试对策中，切论宦官太横，将危宗社，考官不敢留蕡在籍中。后来刘蕡入仕，宦人深嫉之，诬其有罪，其被贬柳州司户参军，最后死于放还途中。刘蕡是李商隐的朋友，对于刘蕡的遭遇，李商隐先后写了《赠刘司户》《哭刘司户二首》《哭刘蕡》《哭刘司户蕡》五首诗，为刘蕡鸣冤叫屈，揭露宦人的歹毒，指责朝廷无视人间疾苦。李商隐不畏强暴，不顾个人安危，敢于为亡友伸张正义，足以说明他不是那种弃信忘义之徒。可见《新唐书·李商隐传》"俱无持操，恃才诡激，为当途者所薄，名宦不进，坎壈终身"云云，完全是宦党小人的诽谤之词。

晚唐皇帝大都昏庸无能、荒淫奢侈，迷信神仙，不理国政。李商隐以咏史诗的形式，揭露了封建朝廷的腐朽生活。他一方面从正面劝诫朝廷，要认识到历代王朝皆"成由勤俭破由奢"(《咏史》)的道理，也要"莫恃金汤忽太平"，应看到"草间霜露古今情"(《览古》)。意谓金城汤池不足恃，古今王朝的兴废，如草间霜露，日出即晞，应当任用贤能，居安思危。同时，他又用历史事实，曲折地揭露封建权贵挥金如土、纸醉金迷的腐朽、荒淫生活。如《富平少侯》、《北齐二首》、《齐宫词》、《隋宫》、《南朝》(玄武湖中玉漏催)、《吴宫》等，都反映了这方面的社会问题。对晚唐皇帝迷信神仙、服食丹药，妄图长生的丑恶行径，也给予揭露。如《瑶池》《汉宫》《过景陵》等，即反映这类主题。这些诗篇都具有鲜明的"人民性"，因而为广大读者所喜闻乐见。

但也应看到，晚唐时期，农民与地主阶级的矛盾日益加剧，从川陕边境到长江中下游，不断出现农民起义，反抗封建统治阶级的剥削与压迫。《新唐书》说："唐亡，诸盗皆生于大中之朝……贤臣斥死，庸懦在位。厚赋深刑，天下愁苦。"（卷二二五）对此重大的社会问题，李商隐在诗歌中却没有作正面反映，由此亦可见他思想上还存在一定的局限。

表现怀才不遇、抒发志不得伸的苦闷，亦是李商隐诗歌的突出内容。李商隐是个怀有鸿鹄之志的人，他并不满足于做一介儒生，写诗作文而已。他颇有"欲回天地"（《安定城楼》）、力挽狂澜、振兴国家的宏志。当他看到晚唐衰颓没落的局面时，他跃跃欲试，急于建立功业。他在《题汉祖庙》中说："乘运应须宅八荒，男儿安在恋池隍？"在《偶成转韵七十二句赠四同舍》中说："且吟王粲从军乐，不赋渊明归去来。"这些正是他不恋故乡、立志天下的思想写照。然而，庸懦在位、朋党倾轧的晚唐黑暗社会，并不能任用贤能，而是嫉贤害能，得势的只有小人庸才。像李商隐这样没有党派观念的正直儒生，即使兼有文韬武略，也是得不到重用的。他两进两出秘书省，即是遭受党人嫉妒和排斥的结果。像他这样有才能的人，竟然在朝内谋不到适宜施展才能的职务，而到处漂泊，充任幕僚，当时社会之黑暗，也就可想而知了。出于无奈，李商隐只能在诗歌中抒发备受排斥、志不得伸的牢愁。

他在歌颂古代英雄和咏物抒怀之作中，便充分抒发了抑郁悲愤、壮志难酬的痛苦。如《武侯庙古柏》《茂陵》《贾生》《钧天》等诗篇，皆反映了他的此种心境。

李商隐在一些咏物诗中，往往能巧比曲喻，表达自己流落不遇、壮志难酬、无所栖托的感慨。如《高松》诗，其以高松自比，意谓自己虽有文韬武略，却无用武之地。《流莺》诗，其以流莺自况，表达流落不遇，在“凤城”（京城）无所栖身的痛苦。他深感“欲回天地”，作为一介儒生，是无所作为的，不如学习兵法，成为帝王之师。在《骄儿诗》中，他即如此教诲儿子。直到他临终前，还愤然说道，“如何匡国分，不与夙心期”（《幽居冬暮》），为其胸怀匡国夙愿，却无匡国之职深感遗憾。总之，从李商隐歌颂古代英雄和咏物抒怀的诗作中，我们可以看到，晚唐时期受压抑的知识分子共同的忧郁心理及悲剧性的命运。

李商隐所写的许多爱情诗，也给人留下了深刻的印象。他的爱情诗包括三部分：一是写给其妻王氏和别的女子的诗；二是悼亡诗；三是“借美人以喻君子”的抒怀之作。李商隐与王氏感情甚深，情投意合，颇有相见恨晚之感。他在婚后写给王氏的情诗，由于未予标明，很难识别。如《夜雨寄北》（一作《夜雨寄内》），即是诗人滞留巴山蜀水之间，想到归期渺茫，不知何时方能归家，与妻子闲话此时心境，便写了这首缠绵往复、一往情深的杰作。《赠荷花》诗云："世间花叶不相伦，花入金盆叶作尘。唯有绿荷红菡萏，卷舒开合任天真。此花此叶常相映，翠减红衰愁杀人。"这首六句七律艳情诗，是李商隐以荷花作比，写他与王氏婚后"卷舒开合"，天真自然，感情融洽的生活，并祝愿爱妻青春永驻，与自己相伴终身。李商隐应当还有写给王氏的爱情诗，这还有待大家去分辨。李商隐写给其他女子的爱情之作则更多一些，如《燕台诗四首》《月夜重寄宋华阳姊妹》《嫦娥》，是他写给所爱慕女子和女道士宋华阳的爱情诗。《板桥晓别》是他于徐幕返京途中与爱妓板桥的惜别之作。写给其他女子的爱情诗，还有不少是"无题"诗，如《无题》（相见时难别亦难）、《无题四首》（前三首）、《无题二首》（其一"身无彩凤双飞翼"）等。《代赠二首》是他代别人所写的爱情诗。李商隐之妻王氏病故后，他写了许多悼亡诗，沉痛地哀悼和缅怀爱妻。诸如《房中曲》《王十二兄与畏之员外相访见招小饮时予以悼亡日近不去因寄》《夜冷》《西亭》《正月崇让宅》《悼伤后赴东蜀辟至散关遇雪》等，都写得极为悲痛、凄凉。中晚唐时代的社会风尚与以前不同，从李商隐的爱情诗中可以看到中晚唐文人生活的一个侧面。

在李商隐的艳情诗中，有的并非是爱情诗。他曾说："为芳草以怨王孙，借美人以喻君子。”(《谢河东公和诗启》)他的某些“无题”诗，即是“借美人以喻君子”的别有寄托之作。清代学者冯浩说：“自来解‘无题’诸诗者，或谓其皆属寓言，或谓其尽赋本事，各有偏见，互持莫决。余细读全集，乃知实有寄托者多，直作艳情者少，夹杂不分，令人迷乱耳。”(《玉谿生诗集笺注》)这就说明，在李商隐的“无题”诗中，判断何为艳情诗，何为寄托诗，实在太难。不过，经过仔细研讨，还是能够鉴别一二的。例如《无题》(白道萦回入暮霞)，可能是他暮游有感，借女子口吻，以寓身世之慨之作。《无题》(照梁初有情)，是借少女在爱情上的失意，寄寓其在仕途上的失意和苦闷。《无题四首》(其四)，是以“东家老女嫁不售”自况，表现怀才不遇、仕途失意的感慨。李商隐的类似艳情而并非爱情之作，应当如是观。

三

李商隐的诗歌别有滋味、情趣和神韵，具有与众不同的艺术风格。一方面，由于他善于学习、继承古代文学遗产，上至神话传说、《诗经》、《楚辞》、汉乐府民歌、齐梁体诗歌，下及杜甫、李贺等唐代诗人的作品，他都从中汲取营养，为我所用；另一方面，更由于他能刻苦地体验生活，艰辛地伏案写作，因而才能突破盛唐和中唐所形成的难以超越的诗歌艺术，创造出精丽深婉、富有比兴象征和忧郁感伤情趣的新风格。他在《谢先辈防记念拙诗甚多，异日偶有此寄》诗中说："晓用云添句，寒将雪命篇。良辰多自感，作者岂皆然！熟寝初同鹤，含嘶欲并蝉。题时长不展，得处定应偏。南浦无穷树，西楼不住烟。改成人寂寂，寄与路绵绵。星势寒垂地，河声晓上天。夫君自有恨，聊借此中传。"其惨淡经营的创作过程及其诗歌的忧郁、感伤情调，这里已作说明。具体地说，他的诗歌有如下几方面的艺术特色。

比兴象征手法是我国古代诗歌惯用的创作手法，能够起到生动而含蓄地表达主题的效果。《诗经》首创比兴象征手法，《关雎》篇开头"关关雎鸠，在河之洲"两句，即采用比兴象征手法，描写雌、雄雎鸠鸟相依在河滩、相应鸣啼的鲜明形象，为下面"君子"思慕"淑女"作了巧妙的暗喻。所以，"关雎"一词就成为纯洁、美好爱情的象征。后代诗人即从《诗经》中继承了比兴象征手法，为诗歌创作增添了许多光辉。李商隐使用此种艺术手法，可谓达到了炉火纯青的程度，为其诗歌增加了无限的诗情画意。如《燕台诗四首》（其四）开头"天东日出天西下，雌凤孤飞女龙寡"两句，即巧妙地使用了此种手法，比喻、象征女主人公失去了爱慕的伴侣。《乱石》开头“虎踞龙蹲纵复横，星光渐减雨痕生”两句，极其生动形象地比喻、象征坏人当道，为时已久。《夕阳楼》(花明柳暗绕天愁)把感伤友人远贬、感叹自己孑孤不知所向，同登楼遥望孤鸿远逝自然绾合，于即景抒情之中，寓含比兴与象征，更能起到感人的艺术效果。所以，冯浩说此作“自慨慨萧，皆在言中，凄婉入神”(《玉谿生诗集笺注》)，给予了很高的评价。李商隐使用此法，巧妙灵活，富有变化，比其他诗人，更高一筹。

含蓄、朦胧的意境，是李商隐诗歌较高的艺术审美特征。诗贵含蓄，诗贵朦胧。自古以来，诗人多知此理，亦多如是说。可能真正付诸实践而取得卓有成就者，实在是寥若晨星。在李商隐之前，中唐伟大的现实主义诗人白居易的《白氏长庆集》凡两千一百九十一首诗，其中反映社会现实生活和人民疾苦的作品占大量篇幅，且大都写得内容充实，明快流畅，具有显著的现实主义特色。唯独他的《花非花》这首诗显然与其众多诗歌迥异，“花非花，雾非雾，夜半来，天明去。来如春梦几多时，去似朝云无觅处”，写得极为含蓄、朦胧，别具一格。此诗在白居易诗歌中，属于感伤诗歌一类，有人认为它是悼亡诗，这颇有道理。从它使用一连串比喻赋予描写对象若隐若现、似是而非、闪烁不定的形象来看，它好像是作者曾经倾心爱慕而如今却失去了的精灵——美的化身。因此，它表现出一种思慕、感伤、寻觅的深沉基调，具有很高的审美价值。而李商隐独创的“无题”诗，或类似“无题”诗的诗篇，尤其像《花非花》这样具有含蓄、朦胧意境的诗，寄托遥深、情致缠绵、精丽细密，如行云流水，读来令人回肠荡气，不能自已，在艺术技巧上更是臻于完美。诸如《无题》（相见时难别亦难）、《锦瑟》、《嫦娥》等，都写得颇为含蓄、朦胧，其主旨所在，实在令人难以捉摸。因此，历来歧解纷纭，莫衷一是。尽管如此，这些诗仍然博得诗评家的高度评价。清代叶燮说：“李商隐七绝，寄托深而措辞婉，可空百代，无其匹也。”（《原诗》卷四）用此来评价李商隐这类诗及其他许多诗篇，也是比较恰当的。

讽刺冷隽、辛辣，也是李商隐诗歌的突出特色。他的诗大多采用历史题材，借古代君主荒淫好色、迷信神仙、贻误国事，以致亡国的史实，对晚唐皇帝重演历史丑剧给予尖锐的讽刺。如《南朝》（玄武湖中玉漏催）的“谁言琼树朝朝见，不及金莲步步来……满宫学士皆颜色，江令当年只费才”，《陈后宫》的“从臣皆半醉，天子正无愁”，都是借南朝陈后主陈叔宝荒淫亡国的历史，对奢侈荒淫、贪恋女色、不理国政的晚唐皇帝给予辛辣的嘲讽。《梦泽》《过楚宫》也表现同类主题。

《马嵬二首》(其一)是写安史之乱,以唐玄宗李隆基仓皇出逃奔蜀,行至马嵬坡,六军同驻,逼杀杨贵妃的史实,讽刺唐玄宗荒淫误国、执迷不悟,意在以昔鉴今,引起当朝皇帝的警戒。其讽刺辛辣、冷隽,远胜唐代同类题材的名篇佳作。另外,李商隐还有讽刺别的对象的诗作,如《安定城楼》中"不知腐鼠成滋味,猜意鹓雏竟未休"两句,对那些嗜好权位利禄,对伤时忧国、志趣高尚的贤士猜疑不休的权贵,给予了很风趣的讽刺,读来真是令人解颐。

李商隐还有许多名篇佳句,其中含有深邃的哲理意蕴,富有深刻的思想性,使人回味无穷。如"夕阳无限好,只是近黄昏"(《乐游原》)、"雏凤清于老凤声"(《韩冬郎即席为诗相送……》)、"天意怜幽草,人间重晚晴"(《晚晴》)、"越鸟巢干后,归飞体更轻"(《晚晴》)、"身无彩凤双飞翼,心有灵犀一点通"(《无题二首》)、"历览前贤国与家,成由勤俭破由奢"(《咏史》)、"野鹤随君子,寒松揖大夫"(《西溪》)、"桃李盛时虽寂寞,雪霜多后始青葱"(《题小松》)、"莺啼如有泪,为湿最高花"(《天涯》)、"春蚕到死丝方尽,蜡炬成灰泪始干"(《无题》)等,都蕴含有深邃的哲理,赋予诗作丰富的思想内涵。

众所周知,李商隐的诗歌用典甚多,其用典极为工切精审,凡经史子集、神话传说等,在其诗中一经使用,便被注入新的血液,赋予新的内涵,大大丰富了诗作的思想内容,增强了诗作的艺术感染力。但亦由于用典过多,诗作显得晦涩而费解。

四

本书选诗150首,所选作品大都为思想性和艺术性都较强的诗篇,也选了个别思想性不强而艺术性较高的诗篇。

明清以来,评注李商隐诗歌的著作颇多,比较有影响的有清代朱鹤龄《李义山诗集笺注》、陆崑曾《李义山诗解》、屈复《玉谿生诗意》、程梦星《李义山诗集笺注》、姚培谦《李义山诗集笺注》、冯浩《玉谿生诗集笺注》。近人张采田《玉谿生年谱会笺》及《李义山诗辨正》。今人叶葱奇《李商隐诗集疏注》,刘学锴、余恕诚《李商隐诗歌集解》。较好的选本有王汝弼、聂石樵《玉谿生诗醇》,刘学锴、余恕诚《李商隐诗选》等。此选以冯浩本为底本,个别文字参照其他版本订正。

诗无达诂,自古而然。尤其李商隐的诗歌,用典甚多,比较费解,这也是各家注释评说歧义纷呈的原因。元好问说:"望帝春心托杜鹃,佳人锦瑟怨华年。诗家总爱西昆好,独恨无人作郑笺。"(《论诗三十首》之十二)其意思也是说义山诗用典过多,不易理解,尚且还没有人能做出比较准确的诠释。

本书有些注释，或征引前人的不少见解，也只能是一家之言。在注释和题解中，参考了前贤著作的一些见解，在此谨致谢忱，就不一一注明了。由于时间和个人水平的限制，书中肯定存在缺点和错误，请读者批评和指正。

陆永品

目　录

编年诗

燕台诗四首①

春②

风光冉冉东西陌③，几日娇魂寻不得④。蜜房羽客类芳心⑤，冶叶倡条遍相识⑥。暖蔼辉迟桃树西，高鬟立共桃鬟齐⑦。雄龙雌凤杳何许？絮乱丝繁天亦迷⑧。醉起微阳若初曙，映帘梦断闻残语⑨。愁将铁网罥珊瑚，海阔天翻迷处所⑩。衣带无情有宽窄，春烟自碧秋霜白⑪。研丹擘石天不知，愿得天牢锁冤魄⑫。夹罗委箧单绡起，香肌冷衬琤琤珮⑬。今日东风自不胜，化作幽光入西海⑭。

① 这是一组精心创作的纯粹抒情的古体爱情诗，四首诗全托女子的口吻，抒发其与恋人别后的相思愁苦及其绝望的悲痛之情。这组诗大约写于唐文宗大和初年诗人未及进士第之前的青年时代。

其《柳枝五首》序说，他的堂兄让山，曾拿此诗给洛阳城里颇有才情的富商之女柳枝看，深受她的激赏。柳枝见义山后，又约他三日后相会，他因急赴京师，未能赴约。之后，柳枝被有权势的达官贵人娶去，便造成其终身遗憾。冯浩据《柳枝五首》序，疑李商隐与柳枝相见前，在玉阳山（今河南省济源市西）学仙时，曾与女道士相恋，认为此诗可能为她所写（《玉谿生诗集笺注》）。冯氏所说，有其可能，但也不排除此诗是诗人为别的女子所写。诗评家认为，此诗是效李长吉体之作，又青出于蓝，是艳情诗的佳作，哀感顽艳，独有千古。原诗在每首后，分别标有右春、右夏、右秋、右冬的字样。出于习惯和醒目，今改为在每首前分别标明春、夏、秋、冬。

② 此首写女主人公与恋人别后相思的愁苦。

③ “风光”句：谓春光渐渐在郊外田间流逝。冉冉：流逝的样子。陌：田间小路。

④ “几日”句：谓几日来，我的娇魂迷散，无处可寻。按：谓其相思，竟陷入失魂落魄的境地。娇魂：女主人公自称。

⑤ “蜜房”句：谓蜜蜂寻春，犹如我心向春天。蜜房羽客：蜂房中的蜜蜂。蜜房，蜂房。羽客，指蜂。

⑥ “冶叶”句：谓妩媚多姿的柳叶和柳条，无不相识。按：这里映衬女主人公“娇魂寻不得”的苦恼。冶叶倡条：柳树枝叶妩媚多姿。冶叶，柔媚的柳叶。倡条，茂盛的柳树枝条。

⑦“暖蔼”两句：谓在和煦的烟霭和阳光的笼罩下，她梳着高高的发髻，与盛开如鬟的桃花相齐，并立在桃树西侧。按：这里写女主人公等待恋人到来的情景。暖蔼：和煦的烟霭。辉迟：迟辉，意即“春日迟迟”（《诗经·豳风·七月》）。桃鬟：形容桃花盛开如女人发鬟的样子。

⑧“雄龙”两句：谓雄龙雌凤为何相隔得这么杳远？纷飞的柳絮、纷繁的游丝使天宇也变得迷离恍惚。雄龙雌凤：比喻相恋的男女。杳何许：相隔杳远。絮乱丝繁：柳絮乱飞、游丝纷繁。

⑨“醉起”两句：谓午醉醒来，夕阳犹若初曙，映照重帘，我梦醒时依稀听到他对我说的最后几句话。按：这里写女主人公渴望与恋人相会的急切心情。醉起：午醉醒来。微阳：斜阳、夕阳。初曙：天刚亮。梦断：梦醒。残语：最后说的几句话。

⑩“愁将”两句：谓我满腹愁情，像用铁网捞珊瑚那样去搜寻他，但海阔天翻，迷茫失所，无处寻觅。铁网罥（juàn）珊瑚：《新唐书·拂菻国传》载，“海中有珊瑚洲，海人乘大舶，坠铁网水底。珊瑚初生磐石上，白如菌，一岁而黄，三岁赤，枝格交错，高三四尺，铁发其根，系网舶上，绞而出之”。罥，挂。

⑪“衣带”两句：谓我因思念损瘦，无情的衣带变宽了；春烟如碧，秋霜皓白，我内心更悲凉。按：朱彝尊曰，“景自韶丽，心自悲凉”（沈厚塽《李义山诗集辑评》）。衣带宽窄：《古诗十九首》云，“相去日以远，衣带日以缓”。宽窄，偏义词，意谓衣带变宽。

⑫“研丹”两句：谓我对他的爱就像丹砂被磨破、石块被劈开那样坚贞不渝，这种情境连天公都不知道；但愿能有天牢，把我的冤魄锁住留作见证。研丹擘（bò）石：《吕氏春秋·诚廉》载，“石可破也，而不可夺坚；丹可磨也，而不可夺赤”。研，磨。擘，劈开。此即化用其意，比喻其与恋人的爱情坚贞不渝。

⑬“夹罗”两句：谓我脱下夹罗衣衫，穿上单薄的丝织衣服装；柔滑细腻的肌肤贴着琤琤作响的玉珮，略感少许凉意。按：这里暗点已经由春入夏。夹罗：夹罗衣衫。委箧（qiè）：放在箱子里。单绡：单薄的丝织衣服。香肌：一作“香眠”。琤琤珮：琤琤作响的玉珮。

⑭“今日”两句：谓今日之春风也禁不起如此愁苦，便化作一道幽光消失在西海中。东风：春风。不胜：禁不起愁苦。幽光：幽隐之光。

夏[①]

前阁雨帘愁不卷，后堂芳树阴阴见[②]。石城景物类黄泉，夜半行郎空柘弹[③]。绫扇唤风阊阖天，轻帏翠幕波洄旋[④]。蜀魂寂寞有伴未？几夜瘴花开木棉[⑤]。桂宫流影光难取，嫣薰兰破轻轻语[⑥]。直教银汉堕怀中，未遣星妃镇来去[⑦]。浊水清波何异源？济河水清黄河浑[⑧]。安得薄雾起缃裙，手接云軿呼太君⑨。

① 此诗是写女主人公渴望与恋人相会的急切情怀。

② “前阁”两句：写景，借以抒发女主人公烦闷的心情。雨帘：比喻如帘一般的细雨。愁不卷：久雨未停而令人愁闷。卷，收。芳树：花树。阴阴见：隐约可见。

③ “石城”两句：谓我身处之地景物昏暗，半夜徒自听到行郎挟弹弹鸟之声。石城：《旧唐书·音乐志》载，竟陵（今湖北省天门市西北）石城，有一女子名莫愁，善歌谣。这里借石城指女主人公所在之地。黄泉：阴间，这里借以说明阴暗。行郎：指女主人公所思之恋人。柘（zhè）弹：《西京杂记》载，“长安五陵人，以柘木为弹，真珠为丸，以弹鸟雀”。

④ “绫扇”两句：谓摇动绫罗扇召唤西南凉风，轻柔翠绿的帏幕在风中飘动，好似水波回旋。阊阖（chāng hé）：《离骚》载，“倚阊阖而望予”，注曰，“阊阖，天门也”（见《楚辞补注》）。《史记·律书》载，“凉风居西南维……阊阖风居西方”。洄：一作“渊”。

⑤ “蜀魂”两句：谓不知寂寞的他是否有伴侣，几夜来蛮烟瘴雨，想必木棉花已经盛开。蜀魂：《蜀记》载，“昔有人姓杜名宇，王蜀（称王于蜀），号曰望帝”，《成都记》载，“望帝死，其魂化为鸟，名曰杜鹃，亦曰子规”，这里借指女主人公所思的恋人。魂，一作“魄”。瘴花：南方为蛮烟瘴雨之地，故谓那里的花为瘴花。木棉：《罗浮

山记》载,“木棉正月开花,大如芙蓉,花落结子,子内有棉甚白,南人以为温絮”。

⑥“桂宫”两句:谓月光流影难以拾取,只能面对月宫轻声自语。桂宫:月宫。流:各本作“留”。嫣薰:长叶的香草。兰破:曹植《洛神赋》曰,“含辞未吐,气若幽兰”,本指兰花花苞绽开,这里比喻女子启齿,便香气四溢。

⑦“直教”两句:谓不如让银河落到我的怀中,不再使织女为相会而总是来去奔波。按:写女主人公由己及人,表现她思念恋人时的心理活动。直教:但教。银汉:银河、天河。未遣:不让。星妃:织女。镇:常,久。

⑧“浊水”两句:谓浊水和清河的源头有何不同呢?结果却是济河水清、黄河浑浊。按:比喻女主人公与恋人本来地位没有什么不同,现在却泾渭分明,难以谐合。济河水清:《战国策·燕策》载,“齐有清济浊河”。

⑨“安得”两句:谓怎样才能在薄雾中穿上浅黄色的衣裙,迎接他乘车到来,热切呼唤他呢?起:穿。缃裙:浅黄色的裙子。云軿(píng):有布棚的车。太君:泛指神仙,这里指女主人公所思的恋人。

秋[①]

月浪冲天天宇湿,凉蟾落尽疏星入[②]。云屏不动掩孤嚬，西楼一夜风筝急[③]。欲织相思花寄远，终日相思却相怨[④]。但闻北斗声回环，不见长河水清浅[⑤]。金鱼锁断红桂春，古时尘满鸳鸯茵[⑥]。堪悲[⑦]小苑[⑧]作长道[⑨]，玉树未怜亡国人[⑩]。瑶琴愔愔藏弄楚，越罗冷薄金泥重[⑪]。帘钩鹦鹉夜惊霜，唤起南云绕云梦[⑫]。双珰丁丁联尺素，内记湘川相识处[⑬]。歌唇一世衔雨看，可惜馨香手中故[⑭]。

① 此诗写女主人公秋夜不寐的相思怨情。

② “月浪”两句：谓月光以波浪冲天，好像整个天宇都被打湿了；秋月落尽之后，稀稀疏疏的星斗才映入室内。月浪：月光。冲：一作“衡”。凉蟾：秋月。古代传说中月里有蟾蜍，故云。

③ “云屏”两句：谓床前静静的云母屏风，遮掩了我的孤寂和愁苦；秋风骤起，西楼檐下风筝急切之声响了整夜。按：“西楼”句暗喻她整夜未眠。云屏：云母屏风。嚬：同“颦”，皱眉头。风筝：《丹铅录》载，“古人殿阁檐棱间有风琴、风筝，皆因风动成音，自叶宫商”，故李白《登瓦官阁》诗云，“四角吟风筝”。风筝，也叫“铁马”，即悬挂于檐下的金属片。

④ “欲织”两句：谓我想织成相思之花寄给远方的恋人，但整天的相思却变成了深深的怨恨。按：这两句颇有白居易《长相思》中“思悠悠，恨悠悠，恨到归时方始休”的情味。

⑤ “但闻”两句：杜甫《同诸公登慈恩寺塔》诗云，“七星在北户，河汉声西流”，此两句即从杜诗脱化而来，意谓只听到北斗星流逝之声，却看不见河汉清且浅时牛郎、织女隔水相望的情景。按：表明她连像牛郎、织女隔水相望的机会都没有。声回环：北斗星转移之声，表示时间的流逝。长河水清浅：《古诗十九首》载，“河汉清且浅，相隔复几许？盈盈一水间，脉脉不得语”。长河，即河汉，天河也。

⑥ “金鱼”两句：谓重门上的铜锁锁断了我的青春年华，旧时的尘灰已经落满鸳鸯被褥。按：“古时”句言外之意是说，恋人久去，团聚无望。金鱼：鱼钥，即铜锁。红桂：红桂树，白花红心，故云。女主人公借以自称。春：春花。古时：故时、旧时。鸳鸯茵：鸳鸯被褥。

⑦ 堪悲：足以令人悲伤。

⑧ 小苑：小花园。

⑨ 作长道：作为最长的道路。

⑩ “玉树”句：南朝陈之末代皇帝陈叔宝，是历史上著名的荒淫亡国之君，好声色，制《玉树后庭花》等曲，大抵皆赞美贵妃张丽华、孔贵嫔之容色。后来即因荒淫奢侈亡国。此句写女主人公由没有人怜爱表演《玉树后庭花》的女子，联想到没有人再怜爱她。按：由此可知，女主人公原先可能为贵族之女，后来家道中落。玉树，指《玉树后庭花》之曲。亡国人：指陈后主宠妃张丽华，她曾舞

《玉树后庭花》。

⑪“瑶琴”两句：谓虽弹奏着优美和悦的瑶琴，但内含忧怨的楚调；身上所穿的越罗衣又冷又薄，颇感金泥颜料的沉重。按：此两句写她不堪寂寞，弹瑶琴以解苦闷。瑶琴：饰有美玉的琴。愔愔（yīn）：安静和悦的样子。弄楚：楚弄。《新唐书・礼乐志》载，“琴工犹传楚汉旧声及清调，蔡邕五弄，楚调四弄，谓之九弄”。弄，曲调。越罗：越地的罗衣。金泥：泥金，金色颜料名。

⑫“帘钩”两句：谓帘钩上悬挂的笼中鹦鹉，因夜霜浓重而惊啼，却唤醒我梦绕云梦的思念。南云：陆云《九愍》云，“眷南云以兴悲”，这里以“南云”指思念之情。云梦：指楚国云梦泽，兼含宋玉《高唐赋》中所说楚王曾与巫山神女相遇的情事。

⑬“双珰”两句：谓这是他送给我的铮铮作响的玉珰和书信，信中记述着我们在湘江相识的情景。双珰（dāng）：一对玉耳珠。古代作为男女之间的定情之物。丁丁（zhēng）：玉珰碰击的响声。尺素：书信。古人常用一尺长的绢帛写信，故谓“尺素”。湘川：湘江。

⑭“歌唇”两句：谓我的歌唇含着泪水，我一直看着玉珰和情书，可惜信中的馨香在手中逐渐消散。衔雨：含泪。馨香：情书上温馨的香气。故：消失。

冬①

天东日出天西下，雌凤孤飞女龙寡②。青溪白石不相望,堂上远甚苍梧野[3]。冻壁霜华交隐起,芳根中断香心死[4]。浪乘画舸忆蟾蜍,月娥未必婵娟子[5]。楚管蛮弦愁一概,空城罢舞腰支在[6]。当时欢向掌中销,桃叶桃根双姊妹[7]。破鬟倭堕凌朝寒,白玉燕钗黄金蝉[8]。风车雨马不持去,蜡烛啼红怨天曙[9]。

① 此诗写女主人公失去爱情的绝望心情。

② “天东”两句:谓太阳刚从东方升起,很快就在西方落山;雌凤孤独地飞去,女龙也只能寡居。按:前句点出时值冬天,后句写女主人公寂寞孤苦。雌凤:指女主人公的伴侣。女龙:女主人公自称。

③ “青溪”两句:谓如同青溪小姑与白石郎相隔遥望不能相望,我们同处堂上距离却比苍梧之野还要遥远。青溪白石:南朝乐府《神弦歌》中有《青溪小姑曲》和《白石郎曲》。《青溪小姑曲》曰:“开门白水,侧近桥梁,小姑所居,独处无郎。”《白石郎曲》二首云:“白石郎,临江居,前导江伯后从鱼。积石如玉,列松如翠,郎艳独绝,世无其二。”苍梧野:相传舜南巡时,死葬于苍梧之野。苍梧,山名,又称“九嶷”,在今湖南省宁远县东南。

④ “冻壁”两句:谓冻壁霜花交错现出,相互影映花树根冻断,花心枯死。按:这里暗示春心枯死,爱情幻灭。霜华:霜花。芳根:花树之根。香心:花心。

⑤ “浪乘”两句：谓枉乘画舸去追忆嫦娥，嫦娥不见得是传说中那样的美女。按：这两句是女主人公对恋人说的话。浪：枉，徒。画舸：有彩绘的大船。蟾蜍：张衡《灵宪》载，“姮娥托身于月，是为蟾蜍”。月娥：姮娥（嫦娥）。婵娟子：美女。婵娟，美好的样子。

⑥ “楚管”两句：谓楚国的管乐和南国的弦乐，都令人愁苦；在此座寂寞的空城中，歌舞早已停歇，只剩下昔日纤细的腰肢。按：这里写女主人公昔日与恋人歌舞的欢快，以及今日的寂寞愁苦。蛮：古代北方人称南方为南蛮，故谓“蛮弦”。罢舞：一作“舞罢”。腰支：腰肢。

⑦ “当时”两句：谓当年姊妹一起跳舞的欢快情景，现在已经一去不复返了。按：由此可以看出，女主人公可能为姊妹两人。欢向掌中：这里借用传说汉成帝宠妃赵飞燕体轻而能在掌中起舞的典故。欢，欢快。销：销歇。桃叶桃根：桃叶为晋代王献之的侍妾名，其妹名桃根，故古乐府诗《桃叶歌》曰，“桃叶复桃叶，桃树连桃根。相怜两乐事，独使我殷勤”。此诗相传为王献之所作。

⑧ “破鬟”两句：谓我头上的倭堕髻散乱如蓬，玉燕钗和黄金蝉亦摇摇欲坠，我只感到清晨寒气袭人。按：这里颇有《诗经・卫风・伯兮》所谓“自伯之东，首如飞蓬。岂无膏沐？谁适为容”的况味。破鬟：蓬乱的发鬟。倭堕：一作“矮堕”。古乐府诗《陌上桑》云：“头上倭堕髻，耳中明月珠。”崔豹《古今注・杂注》云：“倭堕髻，一云堕马之余形也。”“倭堕”即“倭堕髻”，亦叫堕马髻，发髻偏向一

边，似堕非堕状。白玉燕钗：《洞冥记》载，“元鼎（汉武帝刘彻年号）元年，起招灵阁，有一神女，留一玉钗以与帝。帝以赐赵婕妤。至昭帝元凤中，宫中犹见此钗，共谋欲碎之，明（明日）视钗匣，唯见白燕直升天。后宫人常作玉钗，因名玉燕钗”。黄金蝉：女子头上所戴的黄金饰物，形似蝉状，故云。

⑨“风车”两句：谓为何风车雨马不把我带去与他相聚呢？我只能独对蜡烛，空啼红泪，在哀怨凄楚中等到天明。按：对于此诗的写作时代、内容及特点，清代以来，即有不同看法。这里援引四家之说，以供读者参考。朱彝尊曰：“语艳意深，人所晓也。以句求之，十得八九；以篇求之，终难了然。”（沈厚塽《李义山诗集辑评》）冯浩曰：“解者各有所见，未能合一，愚则妄定之若是：首篇细状其春情怨思；次篇追叙旧时夜会；三篇彼又远去之叹；四篇我尚羁留之恨。每章各有线索，否则时序虽殊，机杼则一，岂名笔哉！”（《玉谿生诗集笺注》）纪昀曰：“以‘燕台’为题，知为幕府托意之作，非艳词也。纯用长吉体，亦自有一种佳处，但究非中声耳。”（《玉谿生诗辑评》）张采田定此诗为唐文宗开成五年之作，并说“四章盖皆为杨嗣复而作”，“感兼家国，而以遭际离合之恨纬之”，“集中凡关于家国身世，隐词诡奇，无不类此。若判作艳情，则大谬矣。”（《玉谿生年谱会笺》）

夕　阳　楼[1]

原注：在荥阳[2]。是所知今遂宁[3]萧侍郎[4]牧荥阳日作矣。

花明柳暗[5]绕天愁[6]，上尽重城[7]更上楼[8]。
欲问孤鸿向何处，不知身世自悠悠[9]。

① 此诗写于萧侍郎被贬遂州之后——大和九年(835)之秋。冯浩所说的“自慨慨萧，皆在言中，凄惋入神”(《玉谿生诗集笺注》)即道出此诗之主旨所在。

② 荥阳：地名，在今河南省成皋县西南。

③ 遂宁：地名，遂州治所，在今四川省遂宁市。

④ 萧侍郎：萧浣。《旧唐书·文宗纪》载：大和七年，以给事中萧浣为郑州刺史而入刑部侍郎。九年六月，贬遂州刺史。夕阳楼为萧浣任郑州刺史时所建。在这期间，诗人与萧浣结识，并受其知遇，故诗自注有“所知”云耳。

⑤ 花明柳暗：是写秋景。

⑥ 绕天愁：漫天愁，形容愁苦之多。

⑦ 重城：高城。

⑧ 楼：指夕阳楼。

⑨ “欲问”两句：谓自身方自悠悠，却问孤鸿所向。字里行间流露出无限凄凉。按：诗人借孤鸿对写，映出自己孑孤一身，运思婉曲，言情凄婉。孤鸿：喻萧浣。悠悠：《诗经·郑风·子衿》：“青青子衿，悠悠我心”，谓忧思深长的样子。

有感二首[①]（其一）

自注：乙卯年[②]有感，丙辰年[③]诗成。

九服归元化，三灵叶睿图[④]。如何本初辈，自取屈氂诛[⑤]。有甚当车泣，因劳下殿趋[⑥]。何成奏云物，直是灭萑苻[⑦]。证逮[⑧]符书密[⑨]，辞连[⑩]性命俱[⑪]。竟缘尊汉相，不早辨胡雏[⑫]。鬼箓分朝部，军烽照上都[⑬]。敢云堪恸哭，未免怨洪炉[⑭]。

① 李唐王朝时期，宦官擅权，晚唐尤甚。文宗大和九年，宰相李训和凤翔节度使郑注等人，与文宗密谋，欲铲除宦官集团。李训令人诈称左金吾大厅后石榴树夜降甘露，诱使仇士良等验看，欲予以诛杀。结果事败，仇劫持文宗，捕杀李训、郑注、王涯、舒元舆、贾悚等人，并株连千余人。长安一些街坊和人家亦被抢劫一空。此即历史上有名的"甘露之变"事件。从此朝政大权完全落入宦官之手，文宗亦成为傀儡皇帝。这首五言排律正是反映了"甘露之变"事件，表现了作者对晚唐黑暗社会的痛恨和愤慨。

② 乙卯年：文宗大和九年。

③ 丙辰年：次年，文宗开成元年(836 年)。

④ “九服”两句，谓朝廷德化流布，九服归附；皇帝英明，合天文垂象。九服：谓古代京畿之外九等不同地区，即侯服、甸服、男服、采服、卫服、蛮服、夷服、镇服、藩服(见《周礼・夏官・大司马》)。这里泛指全国。归：归附。元化：本指大自然的运转，这里指帝王的“德化”。三灵：《汉书・扬雄传》载，“方将上猎三灵之流”，注云，“三灵，日、月、星，垂象之应也”。叶(xié)：合。睿(ruì)图：谓帝王的英明谋略。

⑤ “如何”两句：谓为何像袁绍那样的人，竟会采取刘屈氂那样会带来灭族结果的举动呢？这里以袁绍辈比喻李训、郑注，一方面肯定他们铲除宦官集团的举动，同时也谴责他们投机无谋。本初：袁绍字。东汉少帝时，大将军何进与袁绍谋诛宦官，事泄，何进被杀，“绍遂闭北宫门，勒兵捕宦者，无少长皆杀之”(《后汉书・何进传》)。屈氂(lí)诛：《汉书・刘屈氂传》载，刘屈氂，汉武帝庶兄中山靖王之子，征和二年为左丞相。宦官郭穰告发他诅咒武帝，勾结李广利，欲立昌邑王为帝，因而被腰斩，妻、子枭首。

⑥ “有甚”两句：比喻仇士良劫持文宗之事，有甚于此。有甚：有过于。当车泣：《晋书・成帝纪》载，“(苏)峻逼迁天子于石头，帝哀泣升车，宫中恸哭”。下殿趋：《北史・梁武帝纪》载，有童谣说，“荧惑(火星)入南斗，天子下殿走”。

⑦ “何成”两句：谓奏报甘露夜降石榴树之事并非祥瑞，实际上是把

大臣当盗贼一样杀掉。这里含有责难李训之意。何成：怎能成为。奏：奏报。云物：日旁云气之颜色，古代人迷信，借此观测吉凶，这里指祥瑞灾异，即所谓石榴树夜降甘露之事。直是：简直是。萑苻（huán fú）：《左传·昭公二十年》载，"郑国多盗，取人于萑苻之泽……兴徒兵以攻萑苻之盗，尽杀之"。

⑧ 证逮：逮捕与案件有牵连者。《史记·五宗世家》载："请逮勃所与奸诸证左。""证"即证佐，"左"同"佐"，"证左"即证人，与案件有牵连的人。

⑨ 符书密：官府文书频频下达。符书，文书，指逮捕令。符，凭据。

⑩ 辞连：供词有所牵连者。《旧唐书·李邕传》："词状连引……就郡杖杀之。"

⑪ 性命俱：一同被诛杀。俱，同。

⑫ "竟缘"两句：李训、郑注谋诛宦官，还是得人心的，这两句诗有点偏激。竟缘：竟然因为。尊汉相：《汉书·王商传》载，商为人长八尺余，身体鸿大，容貌绝人，有威重，单于来朝，仰视商貌，大畏之，迁延却退，天子甚尊任之，而叹曰："此真汉相矣！"《旧唐书·李训传》谓训"形貌魁梧，神情洒落"。这里把王商比作李训。辨胡雏：《晋书·石勒传》载，"年十四，随邑人行贩洛阳，倚啸上东门。王衍见而异之，顾谓左右曰：'向者胡雏，吾观其声，视有奇志，恐将为天下之患。'驰遣收之，会勒已去"。这里用胡雏比喻郑注。

⑬ “鬼箓”两句：谓“甘露之变”，大批朝臣遭受杀戮，名列鬼箓，战乱的恐怖气氛笼罩着长安城。鬼箓：登载死人的名册。朝部：朝班，谓上朝百官，按部就班，排列齐整。军烽：战火。上都：唐肃宗至德元载，号西京(长安)为上都。

⑭ “敢云”两句：谓我哪里敢说堪为痛哭，只能怨天地不分好歹，将万物一起熔化了。敢云：岂敢说。堪恸哭：堪为痛哭。贾谊《治安策》载：“臣窃惟事势，可为痛哭者一，可为流涕者二，可为长太息者六。”洪炉：天地。《庄子·大宗师》曰：“今一以天地为大炉，以造化为大冶。”

及第东归次灞上却寄同年[①]

芳桂[②]当年[③]各一枝，行期未分压春期[④]。江鱼朔雁长相忆，秦树嵩云自不知[⑤]。下苑[⑥]经过劳想像[⑦]，东门[⑧]送饯[⑨]又差池[⑩]。霸陵柳色无离恨，莫枉长条赠所思[⑪]。

① 据冯浩《玉谿生年谱》，唐文宗开成二年(837)，李商隐应试，经令狐绹誉荐，而登进士第。《唐摭言》云："曲江大会在关试后，亦谓之关宴。宴后同年各有所之，亦谓之为离会。"义山及第离会后，即东归济源(今河南省济源市)省母，行次灞上，便作此诗，回寄同科未及话别诸友，以抒情怀。次：止宿。灞上：《水经·渭水注》载，"霸者，水上地名也。古曰滋水矣。秦穆公霸世，更名滋水为霸水，以显霸功"。其在长安东三十里，又称霸头。却寄：回寄。

② 芳桂：《晋书·郤诜传》载，"臣举贤良对策，为天下第一，犹桂林之一枝，昆山之片玉"，这里即化用此典，谓自己和同科进士。

③ 当年：盛年。

④ "行期"句：谓未料到离别之日竟在春末。未分：未料到。压春期：在春末。压，殿。

⑤“江鱼”两句：谓东归后与同年彼此相隔，虽音书可通，却终难知彼此消息，只能长相忆而已。江鱼朔雁：谓同年南北相隔，只有靠鱼雁传书。朔雁，北方的大雁。秦树嵩云：杜甫《春日忆李白》诗云，“渭北春天树，江东日暮云”，“秦树嵩云”即从此化出。秦树，指长安。嵩云，指河南。意思与“江鱼朔雁”略同。

⑥下苑：唐代长安东之曲江池，这里指曲江大会。

⑦劳想像：谓友人推测我将行踪迹。

⑧东门：长安东门。《汉书·疏广传》载：“设祖道，供张东都门外。”师古注云：“长安东郭门也。祖道，饯行也。”

⑨送饯：饯行。

⑩差池：《诗经·邶风·燕燕》云，“燕燕于飞，差池其羽”。其本为不齐或差错之意，这里引申为分离。

⑪“霸陵”两句：谓灞桥柳色，岂知人之离愁别恨，就不必折条相赠了。霸陵：《三辅黄图》载，“文帝霸陵，在长安城东七十里……就其水名，因以为陵号”。灞水上有桥，汉人送客至此，折柳赠别。枉：一作“把”，误。

行次西郊作一百韵[1]

蛇年建丑月[2],我自梁[3]还秦[4]。南下大散岭,北济渭之滨[5]。草木半舒坼,不类冰雪晨[6]。又若夏苦热,燋卷无芳津[7]。高田长檞枥,下田长荆榛[8]。农具弃道傍,饥牛死空墩[9]。依依[10]过村落,十室无一存。存者皆面啼[11],无衣可迎宾。始若畏人问,及门还具陈[12]。

右辅[13]田畴薄,斯民[14]常苦贫。伊[15]昔称乐土,所赖牧伯[16]仁。官清若冰玉,吏善如六亲[17]。生儿不远征,生女事四邻[18]。浊酒盈瓦缶[19],烂谷堆荆囷[20]。健儿庇旁妇[21],衰翁舐[22]童孙。况自贞观[23]后,命官[24]多儒臣[25]。例以贤牧伯,征入司陶钧[26]。

降及开元中,奸邪挠经纶[27]。晋公忌此事,多录边将勋[28]。因令猛毅辈[29],杂牧升平民[30]。中原遂多故[31],除授非至尊[32]。或出幸臣[33]辈,或由帝戚[34]恩。中原困屠解,奴隶厌肥豚[35]。皇子弃不乳,椒房抱羌浑[36]。重赐竭中国[37],强兵临北边[38]。控弦[39]二十万,长臂皆如猿[40]。皇都三千里[41],

来往同雕鸢[42]。五里一换马，十里一开筵[43]。指顾动白日，暖热回苍旻[44]。公卿辱嘲叱，唾弃如粪丸[45]。大朝[46]会万方[47]，天子正临轩[48]。彩旂[49]转初旭[50]，玉座当祥烟[51]。金障[52]既特设，珠帘亦高褰[53]。捋须蹇不顾，坐在御榻前[54]。忤者死跟履，附之升顶颠[55]。华侈矜递衒，豪俊相并吞[56]。因失生惠养，渐见征求频[57]。

奚寇东北来，挥霍如天翻[58]。是时正忘战[59]，重兵多在边[60]。列城绕长河，平明插旗幡[61]。但闻虏骑入，不见汉兵屯[62]。大妇抱儿哭，小妇攀车辐[63]。生小太平年，不识夜闭门[64]。少壮尽点行[65]，疲老[66]守空村。生分作死誓[67]，挥泪连秋云[68]。廷臣[69]例獐怯[70]，诸将如羸[71]奔。为贼扫上阳，捉人送潼关[72]。玉辇[73]望南斗[74]，未知何日旋[75]。诚知开辟久，遘此云雷屯[76]。逆者问鼎大，存者要高官[77]。抢攘[78]互间谍[79]，孰辨枭[80]与鸾[81]？千马无返辔，万车无还辕[82]。城空雀鼠死，人去豺狼喧[83]。

南资竭吴越，西费失河源[84]。因令右藏库，摧毁惟空垣[85]。如人当一身，有左无右边。筋体半痿痹，肘腋生臊膻[86]。列圣蒙此耻，含怀不能宣[87]。谋臣拱手立，相戒无敢先[88]。万国困杼轴，内库无金钱[89]。健儿[90]立霜雪，腹歉[91]衣裳单。馈饷多过时，高估铜与铅[92]。山东望河北，爨烟犹相联[93]。朝廷不暇给，辛苦无半年[94]。行人榷行资，居者税屋椽[95]。中间遂作梗，狼藉用戈铤[96]。临门送节制，以锡通天班[97]。破者[98]以族灭[99]，存者[100]尚迁延[101]。礼数异君父，羁縻如羌零[102]。直求输赤诚，所望大体全[103]。巍巍政事堂，宰相厌八珍[104]。敢问下执事[105]，今谁掌其权？疮疽几十载，不敢抉其根[106]。国蹙[107]赋更重，人稀役弥繁[108]。

近年牛医儿，城社更攀缘[109]。盲目[110]把大旆[111]，处此京西藩[112]。乐祸忘怨敌，树党多狂狷[113]。生为人所惮，死非人所怜[114]。快刀断其头，列若猪牛悬[115]。凤翔三百里，兵马如黄巾[116]。夜半军牒来，屯兵万五千[117]。乡里骇供亿，老少相扳牵[118]。儿孙生未孩，弃之无惨颜[119]。不复议所适，但欲死山间[120]。

尔来又三岁，甘泽不及春[121]。盗贼亭午起，问谁多穷民[122]。节使杀亭吏，捕之恐无因[123]。咫尺不相见，旱久多黄尘。官健腰佩弓，自言为官巡[124]。常恐值荒迥，此辈还射人[125]。愧客问本末，愿客无因循[126]。郿坞抵陈仓，此地忌黄昏[127]。

我听此言罢，冤愤[128]如相焚[129]。昔闻举一会，群盗为之奔[130]。又闻理与乱，系人不系天[131]。我愿为此事，君前剖心肝[132]。叩头出鲜血，滂沱污紫宸[133]。九重暗已隔，涕泗空沾唇[134]。使典作尚书，厮养为将军[135]。慎勿道此言，此言[136]未忍闻。

① 此诗是李商隐比较有影响的名作，写于唐文宗李昂开成二年(837)十二月，当时诗人从兴元(今陕西省汉中市)还京，途经长安西郊，耳闻目睹李唐王朝的衰败景况，颇为忧愤激动，便写下这首带有史诗性质的政治长诗。该诗极其概括地叙述和描写了李唐王朝由盛而衰，即从唐玄宗李隆基荒淫致乱，至唐文宗"甘露之变"后的历史。诗作表现了诗人对藩镇割据、宦官擅权乱政、统治集团骄奢倾轧、国库空虚、军力薄弱、赋役剥削苛重、人民生活日趋贫困等国计民生问题的深切关注并提出了鲜明的政治见解。在结构和手法上，诗人学习杜甫《北征》和《自京赴奉先县咏怀五百字》等名作的特点，体制恢宏，夹叙夹议，语言朴拙，不事雕饰。全诗分为三段："一段叙长安乱后景况，二段遗民述乱亡始末，三段感慨结。"(冯浩《玉谿生诗集笺注》)次：古代行途中止宿某地。

② 蛇年建丑月：用十二种禽虫名配十二支，世人称为"十二属"或"十二肖"，汉代以来即有记载。唐文宗开成二年丁巳为蛇年。建丑月，十二月。夏历以寅为正月，推到腊月为丑，故云"建丑月"。

③ 梁：梁州，治所在兴元。

④ 秦：长安古代属于秦地，故这里以秦代指长安。

⑤ “南下”两句：谓我从南向北而来，先下大散关，而后渡渭水。大散岭：大散关，在今陕西省宝鸡市西南。关，以岭为名，故云“大散岭”。济：渡。渭：渭水，发源于甘肃，流经陕西。

⑥ “草木”两句：谓草木好似在萌发枝叶，并不像是在严寒冰霜的季节。舒坼(chè)：萌发枝叶。

⑦ “又若”两句：谓又像在酷热的夏季，草木焦枯卷曲，毫无生气。燋(jiāo)卷：焦枯卷曲。“燋”与“焦”，古代通用。芳津：芳馨和光泽。按：以上四句是写冬旱的景象。

⑧ “高田”两句：谓田地荒废，杂树丛生。槲(hú)、枥、荆、榛：皆为野生不才之树。

⑨ 空墩：荒颓的土墩，可供拴牛之用。

⑩ 依依：依依不舍的惆怅、伤感情怀。

⑪ 面啼：杜甫《北征》载，“见爷背面啼”，故云“面啼”，即背面而啼。

⑫ 具陈：具体详细地陈述。按：以上为第一段。清何焯云：“此下皆述‘具陈’，至末方自发议论，章法绝佳。”(《义门读书记》)

⑬ 右辅：京城长安以西地区，即右扶风郡。辅，京城附近地区。

⑭ 斯民：犹谓百姓。

⑮ 伊：发语词。

⑯ 牧伯：州郡一级的地方长官。按：自“伊昔”句至“征人”句，是说国初时期，此地社会安定，人民生活富裕，原因是地方官清廉仁

道。所谓“乐土”，不过只是溢美之词。以上为第二段第一小节。

⑰“官清”两句：谓官吏清廉和善，像六亲一样对待百姓。官、吏：指右辅地区的地方官吏。六亲：说法不一。《周礼·地官司徒·大司徒》郑玄注指父母、兄弟、妻子。

⑱事四邻：谓嫁给四邻的男儿。意思是说不远嫁异乡。按：封建社会，女子出嫁，把侍奉丈夫和公婆当作自己必尽的职责，故把出嫁称为“事”。

⑲瓦缶：瓦制的盛酒器。

⑳荆囷：荆树条编制的圆形盛粮器具。

㉑庇旁妇：意谓养外妇。庇，庇护。

㉒按：“健儿庇旁妇”，是在夸说生活优裕，意谓男子除妻子外，还能养活外妇。舐：舔。这里以“老牛舐犊”来比喻老翁对童孙的爱抚。

㉓贞观：唐太宗李世民的年号。

㉔命官：朝廷任命的官吏。

㉕儒臣：泛指文官，与下面的“猛毅辈”相对。

㉖“例以”两句：谓历来皆把贤明的地方官调到京都担任宰相。司陶钧：指担任宰相。司，掌管。陶钧，制陶器模型下的转轮，陶人转动钧而制成瓦器，这里用以比喻治理国家。《汉书·邹阳传》载：“圣王制世御俗，独化于陶钧之上。”颜师古注：“陶家名转者为钧，盖取周回调钧耳。言圣王制驭天下，亦犹陶人转钧。”

㉗“降及”两句：暗指唐朝开元末年奸臣李林甫乱政的史实。开元：

唐玄宗李隆基年号。奸邪：指宰相李林甫。挠：扰乱。经纶：经指经纬，纶指纲纪。这里比喻国家的政治纲纪。

㉘“晋公”两句：据新-旧《唐书·李林甫传》记载，唐玄宗李隆基开元二十五年(737)，李林甫被封为晋国公。开元中，张嘉贞、王晙、张说、萧嵩、杜暹皆以节度使入知政事。李林甫欲绝其源，巩固己位，乃奏言，即夷狄未灭，由文吏为将，心惮矢石，不为身先，请专用蕃将。皇帝以为然，遂以安思顺代李林甫领使，李林甫为宰相兼领安西大都护朔方节度使，而擢哥舒翰、高仙芝、安禄山等为大将，致使安禄山竟为乱阶。忌：忌恨。此事：指“命官多儒臣”“例以贤牧伯，征入司陶钧”之事。多录边将勋：谓言过其实地记录边塞蕃将的功勋。

㉙猛毅辈：指骄横凶残的边将。

㉚杂牧升平民：谓与文官混杂在一起统治人民。升平民，过惯太平生活的人民。

㉛多故：多叛乱之事。

㉜除授非至尊：谓任命官吏并非由皇帝决定。除授任命官吏。除，《汉书·景帝纪》载：“初除之官。”除旧官而任用新官，故谓任用新官称“除”。

㉝幸臣：受皇帝宠爱的近臣，如宦官之辈。幸，受宠。按：幸臣辈暗指高力士之流。按：帝戚暗指杨国忠之徒。

㉞帝戚：指皇帝的母、妻亲属。

㉟“中原”两句：谓中原人民惨遭杀害之苦，那些幸臣、帝戚的奴隶却过着享乐的生活。困屠解：谓遭受屠杀之苦。奴隶：指幸臣、帝戚的奴仆走卒。厌：同“餍”，饱食。豚：小猪。

㊱“皇子”两句：史载唐玄宗宠幸武惠妃，欲废太子李瑛、李瑶、李琚，后来便杀之。“皇子弃不乳”即暗指此事。“椒房抱羌浑”指杨贵妃收安禄山为养儿之事。据《安禄山事迹》：安禄山出生后三天，玄宗召之入宫中，杨贵妃以锦绣绷缚禄山，令宫人用彩轿抬着，欢呼动地，说是为禄山作三日洗。乳：抚养。椒房：后妃居住的宫殿，用椒和泥涂壁，故谓“椒房”。羌浑：安禄山虽为胡人，但并非羌种，这里只是借指而已。

㊲中国：国中。

㊳强兵临北边：《旧唐书·安禄山传》载，“禄山阴有逆谋，于范阳北筑雄武城，外示御寇，内贮兵器，积谷为保守之计。战马万五千匹，牛羊称是。兼三道节度，进奏无不允”。

㊴控弦：指拉弓的士卒。

㊵长臂如猿：形容骁勇善射。

㊶皇都三千里：指安禄山驻地范阳（今北京市大兴县）至京城长安的路程。三千里，约数，据《旧唐书·地理志》载：“蓟州（今北京市大兴县西南）……至京师二千八百二十三里。”

㊷雕鸢（yuān）：鹫鸟和鹞鹰。这里比喻安禄山的凶悍士卒。

㊸“五里”两句：据《安禄山事迹》载，“禄山晚年益肥，腹垂过膝，乘

驿诣阙,每驿中间,筑台换马,谓之大夫换马台。不然,马辄死。飞盖荫野,车骑云屯。所止之处,皆赐御膳,水陆皆备”。

㊹“指顾”两句:谓安禄山的权势之大,能够指挥皇帝。指顾:手指而目顾。班固《东都赋》载:“指顾倏忽。”日:古代往往以日象征帝王。《史记·五帝本纪》载:“帝尧,就之如日。”《尔雅》谓春为苍天,秋为旻(mín)天。暖热:比喻安禄山气焰态度之变化。回:改变。

㊺“公卿”两句:谓朝中大臣遭受安禄山的嘲弄叱辱,被蔑视如粪丸一般。崔豹《古今注·鱼虫》载:“蜣螂能以土包粪,推转成丸。”

㊻大朝:隆重之朝会。

㊼万方:指各地诸侯。

㊽临轩:不坐宫殿正座,而坐在殿前平台上。

㊾彩旂(qí):画有龙蛇图案的彩旗。旂,同“旗”。

㊿初旭:初升的太阳。

51 玉座当祥烟:谓皇帝御座前铜炉燃烧香料升起的袅袅香烟。

52 障:屏风。

53 褰(qiān):挂起。

54“捋须”两句:据新、旧《唐书·安禄山传》载,唐玄宗有一次在勤政楼的御座东设一大金鸡障,前置坐榻,诏安禄山坐上,卷起榻前的珠帘。太子谏曰,“陛下宠禄山,过甚必骄”。捋须:抚摸胡须。蹇(jiǎn)不顾:骄矜傲慢,旁若无人。蹇,骄慢的神态。

(55)“忤者”两句：谓冒犯安禄山的人即会死于他的践踏之下，依附他的人便能升居高官。忤：不顺从。跟：诸本多作“艰”，据《戊签》改。

(56)“华侈”两句：谓封建权贵们相互夸耀腐化、奢侈的生活，最高统治集团内部亦相互倾轧。按：这两句并非专指安禄山一伙，亦指杨国忠和外戚贵族等。华侈：豪华奢侈。矜递衒：“递矜衒”的倒词，谓相互夸耀。豪俊：豪门贵族。

(57)“因失”两句：谓封建统治者不施行爱民养民的仁政，对人逐渐加重了盘剥和诛求。按：此处陈述开元以来，李林甫乱政、安禄山骄横、权贵腐败、人民贫困等社会状况。生惠养：“生养惠”之倒词。

(58)“奚寇”两句：《旧唐书·北狄传》载，“奚国，盖匈奴之别种也。所居亦鲜卑故地，即东胡之界也。在京师东北四千余里”。又《资治通鉴·唐纪》载，“（玄宗天宝十四载）十一月，甲子，禄山发所部兵及同罗、奚、契丹、室韦凡十五万众，号二十万，反于范阳”。奚寇：安禄山的叛军，这里以部分代整体。东：诸本作“西”，从朱鹤龄说改。挥霍：疾速。

(59)是时正忘战：《旧唐书·安禄山传》载，“天下承平日久，人不知战，闻其兵起，朝廷震惊”。

(60)重兵多在边：唐朝自开元、天宝以来，为防范奚、契丹和吐蕃的入侵，精兵多驻扎在西北和东北边塞。是时安禄山率东北“奚寇”叛乱，西北驻军来不及救援，故云。

(61) “列城”两句：谓安禄山的叛军沿着黄河的城邑，于夜晚攻战，在天明攻破，并插上叛军的旗帜。《旧唐书·安禄山传》载：“（天宝十四载）十一月，反于范阳，矫称奉恩命以讨逆贼杨国忠。以诸蕃马步十五万，夜半行，平明食，日六十里。”长河：黄河。旗幡：旗帜。

(62) “但闻”两句：谓只见叛军长驱直入，不见唐朝军队驻扎防守。虏骑：指安禄山叛军。屯：驻扎。

(63) “大妇”两句：谓百姓逃难的惨状。轓（fān）：车厢帷幔。

(64) “生小”两句：谓人们生长在太平年代，没想到“奚寇”会发生叛乱，完全丧失警惕。

(65) 点行：按照丁册点派兵役。

(66) 疲老：指老弱病残。

(67) 生分作死誓：此句就新婚丁壮与妻子分别而言。如杜甫《新婚别》云：“君今往死地，沉痛迫中肠；誓欲随君去，形势反苍黄。”

(68) 挥泪连秋云：挥泪如雨之意。

(69) 廷臣：指文臣。

(70) 例獐怯：谓皆像獐那样胆怯。因獐性胆怯，故云。

(71) 羸（léi）：瘦羊。按：据《旧唐书·安禄山传》载，安禄山叛军追赶唐朝逃窜将领，如狼驱鹿、羊一般。可见李商隐诗句并非言过其实。

(72) “为贼”两句：谓安禄山叛军攻陷洛阳而立年称帝，又从长安掠劫文武百官等，经潼关送往东都（洛阳）。据《旧唐书·玄宗纪》载：天宝十五载正月，安禄山在洛阳窃号燕国，立年称帝。又《明皇杂录》云："天宝末，群贼陷西京（长安），大掠文武朝臣及黄门宫嫔、乐工、骑士，每获数百人，以兵仗严卫，送于洛阳。"上阳：洛阳。

(73) 玉辇：皇帝乘坐的专车。

(74) 望南斗：谓玄宗乘车向蜀奔逃。南斗，星宿名。

(75) 未知何日旋：谓不知何日能返回京城。

(76) "诚知"两句：谓唐朝建国已久，遭遇安史之乱，给国家和人民带来深重祸害。开辟：唐朝建国。遘：遭遇。云雷屯：《易·屯》载，"象曰：'云雷屯。'彖曰：'屯，刚柔始交而难生。'"

(77) "逆者"两句：谓叛军有问鼎称帝的野心，未叛将领却要挟朝廷授予高官。《左传·宣公三年》载，"（周）定王使王孙满劳楚子（庄王），楚子问鼎之大小轻重焉。对曰：'在德不在鼎……周德虽衰，天命未改；鼎之轻重，未可问也。'"按：相传禹铸九鼎，夏、商、周三代皆传为国宝，把它作为权力的象征。叛者问鼎，故有夺权称帝野心。逆者：暗指随玄宗入蜀的叛军将领。逆，诸本多作"送"，今据《戊签》改。存者：暗指未叛乱的藩镇。要（yāo）：要挟。

(78) 抢攘：紊乱，纷乱。

(79) 互间谍：相互窥伺和倾轧。

(80) 枭（xiāo）：猫头鹰的属类，古人视为恶鸟，这里比喻叛军。

(81) 鸾：凤凰的属类，古人视为吉祥之鸟，这里比喻忠臣。

(82) "千马"两句：谓出征讨伐叛逆的军队，已经全军覆没，没有生还者。辔：马络头，这里代指马。辕：车前驾马之竖木，这里代指马车。

⑧③“城空”两句：谓守城将领弹尽粮绝，食尽鼠雀而败亡；叛军占领城邑，气焰极为嚣张。按：此处追写安史之乱中的叛军气焰嚣张，人民流离失所，朝廷君臣弃京奔逃，社会陷入空前混乱之局。

⑧④“南资”两句：谓安史之乱后，国家所依靠的江淮地区的财政收入已被消耗殆尽，西北的财源亦不复存在。杜牧《战论》曰：“尽铲吴越荆楚之饶，以啖兵戍。”又《新唐书·地理志》载：“天宝盗（指安禄山）起，中国用兵，而河西、陇右不守，陷于吐蕃。”资、费：指国家财政费用。吴越：泛指东南地区。河源：指黄河上游河西、陇右一带地区。

⑧⑤“因令”两句：谓国家左、右藏库的储存，亦荡然无存。右藏库：唐朝京城长安设有左、右藏库，左藏库存放全国赋调，右藏库存放各地贡品，如金银珠宝等。空垣：空墙。

⑧⑥“如当”四句：谓安史之乱后，李唐王朝犹如人的身体，有左无右，半身瘫痪，肘腋之地亦屡遭“奚寇”侵犯。痿痹：萎缩麻木。臊膻：牛羊的腥臊气味。

⑧⑦“列圣”两句：谓唐朝历历皇帝蒙受藩镇割据、侵扰的耻辱，且把这种耻辱藏在心里而未能洗雪。列圣：指唐朝肃宗、代宗、德宗、顺宗、宪宗等历朝皇帝。

⑧⑧“相戒”句：谓谋臣相互告诫，谁也不敢首先提出削平叛乱的主张。

⑧⑨“万国”两句：谓全国人民贫困，国库空虚。万国：本指各诸侯国，

这里代指全国。杼轴：织布机上的两个部件，这里代指织布机。

⑩ 健儿：指戍边战士。

⑪ 腹歉：肚饥。

⑫ “馈饷”两句：谓唐朝官府拖延发放军粮的时间，并有意估高钱币价值，以达到克扣军粮之目的。馈饷：发放军粮。估：估论物价。铜与铅：用铜与铅铸成钱币，这里泛指钱币。

⑬ “山东”两句：谓山东、河北一带，炊烟相连，人口不少。山东：古代指华山以东地区。河北：指河北和河南北部一带。爨烟：炊烟。

⑭ “朝廷”两句：谓山东、河北仍被藩镇控制，朝廷还没有能力顾及，这里的百姓终年辛苦却无半年口粮。

⑮ “行人”两句：谓官府向行商征收货物税，向有房者征收房屋税。行人：行商。榷：征收。行资：商品税。居者：有房居住的人。税屋椽：征收房屋税。据《新唐书·食货志》载，唐朝规定房屋税为：上等房每间钱二千，中等间一千，下等间五百。匿一间，杖六十，告者赏钱五万。

⑯ “中间”两句：谓藩镇从中阻扰，抗命；社会混乱，战祸不断。按：《旧唐书·德宗纪》载，藩镇朱滔、田悦、王武俊、朱泚、李纳、李希烈等相继叛乱，或僭拟于天子，或凭陵于宗社。作梗：从中阻扰或抗命。狼藉：杂乱的样子。鋋(chán)：铁把短矛。

⑰ “临门”两句：谓藩镇骄横抗命，世袭自立，朝廷非但不予惩处，反而遣使送去旌节和制书，赐以高官要职。节制：旌节和制书。旌

是大旗，节是任命官吏的凭证，制书是皇帝任用官吏的文书。锡：赐。通天班：直属皇帝重用的官阶。

⑱ 破者：指被朝廷讨平的叛逆藩镇。如唐宪宗曾平西川刘辟、淮西吴元济、淄青李师道等。

⑲ 族灭：灭九族。

⑳ 存者：指河北等地未被讨平的藩镇。

㉑ 迁延：继续存在割据局面。

㉒“礼数”两句：谓藩镇骄横，不遵守对皇帝的礼仪；朝廷对他们也无可奈何，只能像对待少数民族那样予以笼络。羁：马笼头。縻：《说文》载，“縻，牛辔也”。羌零（lián）：西羌族的一支。

㉓“直求”两句：谓岂敢让他们为朝廷赤诚奉献，只求他们能照顾大局罢了。直：岂，特。

㉔“巍巍”两句：谓宰相们若有其事地坐在议事堂上议政，每日只顾饱食山珍海味。按：此两句深含讽刺意味。巍巍：高大的样子。政事堂：宰相议事的地方。八珍：八种最珍贵的食品。

㉕ 下执事：官府下属的办事人员。在古代的交际场合，不直接说对方，而是说对方的下属办事人员，以表示尊敬。“下执事”所在的这句是村民问李商隐。

㉖“疮疽”两句：谓藩镇割据祸害几十年，朝廷却不敢把他们连根拔掉。疮疽：比喻藩镇。抉：挖。

㉗ 国蹙（cù）：朝廷控制的地区大为缩小。

⑩⑧ 役弥繁：赋役更加繁重。按：安史之乱后，朝廷只能控制关中和江淮地区，军费等开支日益增加，人口减少，因此人民的赋役更加繁重，故云。

⑩⑨ “近年”两句：暗指郑注和奸邪攀缘，结党营私。牛医儿：《后汉书·黄宪传》载，黄宪的父亲是牛医，这里贱称“甘露之变”的主要人物郑注。太和七年，有人把江湖医生郑注推荐给唐文宗，为其治风痹病，郑注遂得以高升。城社：城狐社鼠，狐、鼠以城墙和神社为隐蔽处，因怕损坏城社，狐、鼠为患且不易灭除。这里暗喻朝廷周围的奸邪。

⑪⓪ 盲目：《新唐书·郑注传》载，“（注）貌寝陋，不能远视”。这里讽刺郑注缺乏政治远见。

⑪① 大旆（pèi）：军中大旗。

⑪② 处此京西藩：唐置凤翔府，辖长安以西地区。太和九年十月，文宗命郑注为凤翔节度使，故云。

⑪③ “乐祸”两句：《旧唐书·郑注传》载，“而轻浮躁进者，盈于注门”。谓郑注乐于制造祸乱，且常忘记怨敌宦官的强大势力，所结朋党都是些轻浮躁进之徒。狂狷（juàn）：指轻浮躁进者和褊狭之辈。

⑪④ “生为”两句：《旧唐书·郑注传》载，“是时训、注之权，赫于天下。既得行其志，生平恩仇，丝毫必报。因杨虞卿之狱，挟忌李宗闵、李德裕，心所恶者，目为二人之党。朝士相继斥逐，班列为之一空。人人惴栗，若崩厥角”。李训、郑注谋诛宦官集团，应当肯定，

但他们作威作福，一概逐斥朝臣，积怨甚深。故“甘露之变”失败后，他们遭到杀害，并无人同情。李商隐这两句的用典，出自《汉书·五行志》，即“成帝时歌谣又曰：‘邪径败良田，谗口乱善人。桂树华不实，黄爵(雀)巢其颠。故为人所羡，今为人所怜。’桂，赤色，汉家象；华不实，无继嗣也。王莽自谓黄象，黄爵巢其颠也”。李商隐借《黄爵歌》，反其意而用之，讽刺李训、郑注生前飞扬跋扈，为人所惧，因积怨甚深，死后“人人相庆”。

⑮“快刀”两句：写郑注与李训谋事败露后，宦官集团仇士良密令凤翔监军宦官张仲清诱杀郑注，并将其人头送至京师，悬挂于兴安门示众。列：陈首示众。

⑯“凤翔”两句：“甘露之变”失败后，仇士良指挥神策军疯狂屠杀，惨无人伦。据《资治通鉴·唐文宗纪》记载：“士良等命左、右神策副使刘泰伦、魏仲卿等各帅禁兵五百人，露刃出阁门……逢人辄杀……两省及金吾吏卒千余人填门争出，门寻阖，其不得出者六百余人皆死。士良等分兵闭宫门，索诸司，捕贼党，诸司吏卒及民酤贩在中者皆死，死者又千余人。横尸流血，狼藉涂地……又遣骑各千余出城追亡者……坊市恶少年因之报私仇，杀人，剽掠百货，互相攻劫，尘埃蔽天。”李商隐此两句诗即写当时此等情景。凤翔三百里：京西凤翔府，东至京城长安三百余里，故云。黄巾：东汉末年，张角兄弟领导的农民起义军称“黄巾军”。封建统治者诬称农民起义军为“盗贼”，李商隐用“黄巾”借称仇士良指挥的神

策军,表示对其极为愤恨。

⑪⑦ “夜半”两句:《资治通鉴·唐文宗纪》记载,“丁卯,诏削夺注(郑注)官爵,令邻道按兵观变,以左神策大将军陈君奕为凤翔节度使”。此两句诗即写此等史实。军牒:调兵的文书。

⑪⑧ “乡里”两句:谓百姓要安顿这些禁军,供他们吃住,实在害怕无力应付,只能扶老携幼逃亡了。供亿:语出《左传·隐公十一年》,即“寡君惟是一二父兄不能共亿”。共,通“供”,古今字,供给。亿,安顿。扳:犹“攀”。

⑪⑨ “儿孙”两句:谓逃难的百姓自顾不暇,只能把儿孙丢弃;幼儿因太小,尚无一点痛苦的表情。按:此两句写出百姓丢儿弃女的痛苦。儿孙生未孩:谓初生婴儿会哭,而不会笑。孩,《说文解字·口部》载,“咳,小儿笑也……孩,古文咳”。惨颜:悲痛之表情。

⑫⓪ “不复”两句:谓逃难百姓无暇议论逃到哪里最安全,只要不死于乱军的杀害,即便死于山间落个全尸也足够了。按:此处写“甘露之变”失败,郑注等人被害,广大人民也惨遭祸灾。

⑫① “尔来”两句:谓从“甘露之变”到今,又过了三个年头;春雨贵如油,却未降下。《荆楚岁时记》载:“六月,必有三时雨,田家以为甘泽,邑里相贺,曰喜雨。”甘泽,及时雨。

⑫② “盗贼”两句:谓本来盗贼在夜间出没,而今当午就开始行动;问他们是什么人,他们大都是被迫反抗的穷人。亭午:正午。日在午曰亭,故云。

⑫³ “节使”两句：谓节度使认为亭长捕盗不力而把他们杀掉；但其实是官逼民反，没有理由捕杀造反的人民。按：谓亭吏被杀，亦颇为冤枉。《续汉书·百官志》载：“亭有亭长，以禁盗贼。”节度：节度使。亭吏：亭长。

⑫⁴ “咫尺”四句：《旧唐书·文宗纪》载，“（开成二年七月）乙亥，以久旱徙市，闭坊门”。而“咫尺”两句即写当时久旱，黄尘蔽日袭人之情况。官健：《新唐书·代宗纪》载，“州兵给衣粮者，谓之官健”。为官巡：为官府巡查“盗贼”。

⑫⁵ “常恐”两句：谓那些官健以巡贼为名，实则是杀人的盗贼。荒迥：偏僻荒远之地。

⑫⁶ “愧客”两句：谓感谢您问得这样详细，请您不要再耽搁，快点赶路吧。愧：村民之谦辞。客：村民对作者的尊称。本末：指造成战乱的原因和结果。因循：延迟拖拉。这里指因循误事。

⑫⁷ “郿坞”两句：谓郿坞至陈仓的道路很不安全，人们都忌讳在傍晚的时候赶路。按：此处写“甘露之变”后，官逼民反等情景。郿坞：东汉末年，董卓筑坞（城堡）于郿，积谷为三十年储蓄，号曰“万岁坞”。故址在今陕西省郿坞市东。陈仓：秦时因陈仓山而置县，唐朝改为宝鸡，故址在今陕西省宝鸡市东。

⑫⁸ 冤愤：怨恨愤激之情。

⑫⁹ 如相焚：心里像燃烧一般。

⑬⁰ “昔闻”两句：谓任用贤能，便能灭除盗贼。《左传·宣公十六年》

载,“三月……晋侯(景公)请于王,戊申,以黻冕命士会将中军,且为太傅,于是晋国之盗,逃奔于秦”,谓春秋时,晋景公任用一位贤能的大夫士会,晋国的盗贼便逃往秦国。

⑬1 “又闻”两句:谓国家的治与乱,完全取决于人,并无天意。《荀子·天论》载:“天行有常……应之以治则吉,应之以乱则凶。强本而节用,则天不能贫;养备而动时,则天不能病;修道而不贰,则天不能祸……治乱非天也。”李商隐诗即本于此。理:治,因避唐高宗李治之讳而改。系:决定。

⑬2 “我愿”两句:谓我愿为国家任能治乱,为朝廷披肝沥胆,献计献策。此事:指国家危机和任贤治乱之事。

⑬3 “叩头”两句:谓重重一叩,头上流出鲜血,鲜血便倾泻流溢于皇帝听政殿前。按:此两句表示作者对朝廷的忠心。紫宸:《唐两京城坊考》载:“大明宫……宣政殿后为紫宸殿,殿门曰紫宸门,天子便殿也。不御宣政而御便殿,曰‘入阁’。”

⑬4 “九重”两句:谓奸邪当道,无法向皇帝面陈治国计策,只能空自流涕而已。九重:《楚辞·九辩》载,“岂不郁陶而思君兮,君之门以九重”,指皇帝居住的地方,这里代指皇帝。暗:奸邪。

⑬5 “使典”两句:谓朝廷所任用的中央高级官员,都是些低能之辈;掌握兵权的将军,亦是些本为奴仆的宦官之徒。按:这种看法并非完全正确,其中含有一定的阶级偏见。使典:唐朝称下级办理文书的胥吏为使典。尚书:唐朝中央政府设有尚书省,总管国家

行政事务，下设吏、户、礼、兵、刑、工六部，各部长官为尚书。厮养：奴仆。《魏书·孝文宗纪》载，“厮养之户，不得与士民婚”，这些人被视为贱民。这里指宦官仇士良、鱼志宏等辈。如《新唐书·文宗纪》载：“左右军中将尉仇士良、鱼志宏并兼上将军。”这是“甘露之变”后的事。

⑯ 此言：指村居“具陈”之言和作者所说“使典”两句。按：此处诗人抒发对国事的忧愤深情。冯浩评价这首诗曰：“朴拙盘郁，拟之杜公《北征》，面貌不同，波澜莫二。自古有叛臣，必由于权奸。而牧令失人，民生日蹙，元气日削，尤为致乱之本。……真、文、元、寒、山、先六韵通用，此常例也。”（《玉谿生诗集笺注》）

重有感[①]

玉帐牙旗得上游，安危须共主君忧[②]。窦融表已来关右，陶侃军宜次石头[③]。岂有蛟龙愁失水，更无鹰隼与高秋[④]。昼号夜哭兼幽显[⑤]，早晚星关雪涕收[⑥]。

① “甘露之变”后，开成元年(836)，昭义节度使刘从谏两次上表，陈述王涯等无辜被杀，并大胆揭露仇士良的罪恶行径。诗人有感于此，便写了这首七律。此诗因继《有感》而写，故谓《重有感》，进一步表现了诗人希冀各地将领，率兵进军京城，铲除宦官集团，为朝廷分忧的政治态度。此诗写得悲愤沉郁，颇有老杜之风。

② “玉帐”两句：谓刘从谏管辖泽潞一带，占有有利地形，应当与朝廷共忧患。玉帐：《云谷杂记》载，“盖玉帐乃兵厌胜之方位，主将于其方置军帐，则坚不可犯，犹玉帐然”。玉帐即将帅所居军帐。牙旗：将军之旗，竿上以象牙饰之，故称牙旗。上游：河的上流，这里借指形胜之地。安危：偏义词，谓危难。主君：皇帝。

③ “窦融”两句：谓盼望刘从谏进兵长安，斩杀仇士良等宦官。窦融：东汉初人，西汉末年割据河西，后归顺光武帝刘秀，任凉州

牧。军阀隗嚣不归顺光武帝，窦便与五郡太守，“砥砺兵马”，上疏请示出师伐嚣日期，深得嘉赏。这里以窦融比喻刘从谏“誓死以清君侧”的表疏。关右：函谷关以西地区。陶侃：东晋人。成帝咸和二年(327)，苏峻与祖约叛晋，京都建康危急。陶侃任荆州刺史，被推为讨苏主帅，与温峤、庾亮等会师石头城(今南京市石头山)下，将苏峻斩杀。次：驻扎。

④ “岂有”两句：谓哪有皇帝会总是忧愁失去权力呢？更没有将帅在朝廷危难之际不拼击乱党的！蛟龙失水：比喻皇帝失去权力。隼(sǔn)：爪嘴尖利的猛禽。与：举，飞扬。

⑤ “昼号”句：谓朝廷上下昼夜哭号，宦官的暴行人鬼共怒。兼：并。幽显：指阴间的鬼神和世间的人。

⑥ “早晚”句：谓何时能够铲除仇士良等宦官，朝廷能恢复权力，人们能擦干泪水而庆祝胜利呢？早晚：何时。星关：天关，这里指宫廷。雪涕：拭干泪水。

楚　　宫[1]

湘波如泪色漻漻，楚厉迷魂逐恨遥[2]。枫树夜猿愁自断[3]，女萝山鬼语相邀[4]。空[5]归腐败[6]犹难复[7]，更困腥臊[8]岂易招[9]。但使故乡三户在，彩丝谁惜惧长蛟[10]！

① 大中二年(848)三、四月间，李商隐因桂管(治桂州)观察使郑亚贬循州(今广东省龙川县)，而离桂管北归，五月至潭州(今湖南省长沙市)，在湖南观察使李回幕府短期逗留。其有感于屈原五月五日沉湘殉国，故写此诗以悼念之。其中可能融注了对"甘露事变"后，王涯等大臣被诛，尸骨又被宦官仇士良等投入渭水事件的愤慨，故也借作此诗，以伤悼之。如若此诗纯为屈原沉湘水而写，就不可能写得如此悲凉凄楚，充满悼痛深情。两宋本把"楚宫"作"楚厉"，误。诗题与其内容无关。

② "湘波"两句：谓清深的湘水，犹如流不尽的眼泪；屈原的冤魂悲愤，随着碧波而久远地流逝。漻(liáo)漻：水清深貌。楚厉：《左传·昭公七年》载，"鬼有所归，乃不为厉"，楚厉即谓屈原冤魂。逐：随。

③ “枫树”句：《楚辞·招魂》载，“湛湛江水兮上有枫，目极千里兮伤春心”。又《九歌·山鬼》云，“雷填填兮雨冥冥，猿啾啾兮狖夜鸣”。此句即从这两处脱化而出，意谓屈原冤魂目睹枫树、耳听猿鸣，亦会引发悲愤，愁肠欲断。

④ “女萝”句：谓屈原的冤魂寂寞无伴，只有披戴女萝的女神与其说笑相邀。女萝山鬼：《九歌·山鬼》载，“若有人兮山之阿，被薜荔兮带女萝。既含睇兮又宜笑，子慕予兮善窈窕”。女萝，又名松萝，一种蔓生香草。山鬼，传说中的山中女神。

⑤ 空：徒然。

⑥ 归腐败：死葬于地下，尸体腐烂。

⑦ 复：招魂。

⑧ 困腥臊：谓屈原投江自殉，葬身鱼腹，为腥臊水族所困。

⑨ 招：王逸《楚辞章句》载，宋玉哀怜屈原“忠而斥弃，愁懑山泽，魂魄放佚，厥命将落，故作《招魂》，欲以复其精神……”“岂易招”与“犹难复”意思略同。

⑩ “但使”两句：谓只要楚国尚有人在，是不会忘记祭祀屈原的。故乡三户：《史记·项羽本纪》载，“楚虽三户，亡秦必楚”。彩丝：《初学记》引《续齐谐记》载：“屈原五月五日自投汨罗(江)而死。楚人哀之，每至此日，以竹筒贮米投水祭之。汉建武年，长沙欧回见人自称三闾大夫，谓回曰：‘见祭甚善，常苦蛟龙所窃，可以菰叶塞上，以彩丝约缚之，二物蛟龙所畏。’”

曲　　江[①]

望断平时翠辇过，空闻子夜鬼悲歌[②]。金舆不返倾城色，玉殿犹分下苑波[③]。死忆华亭闻唳鹤[④]，老忧王室泣铜驼[⑤]。天荒地变心虽折，若比伤春意未多[⑥]。

① 此诗大约是“甘露之变”后，开成元年(836)，诗人经过曲江时所写，不仅抒发了感伤国事的沉痛心声，同时流露出对唐朝日衰的忧愁。曲江：又名曲江池、周七里，占地三十顷，是唐代长安著名的风景名胜区(故址在今西安市曲江一带)。安史之乱后荒废，文宗大和九年十月，修缮曲江，十一月发生“甘露之变”而罢修。

② “望断”两句：谓再也看不到昔日皇帝的翠辇经过曲江池的盛况了，夜半只能听到冤死鬼魂的悲歌之声。望断：望尽而不见。翠辇：皇帝乘坐的华贵车子，车盖上用翠羽装饰，故称“翠辇”。空闻：徒闻。子夜：半夜子时。

③ “金舆”两句：谓乘坐金舆陪同皇帝出游的贵妃再也不能返回，而曲江之水依然经过玉殿分流而去。金舆：用金银装饰的华贵车子。倾城色：美女迷人的姿色。玉殿：宫殿。下苑：曲江，与宫殿

御沟相通。按：前四句借李隆基和杨贵妃的悲欢离合，暗喻时局。

④“死忆”句：暗喻“甘露之变”中无辜臣僚被杀害的悲惨遭遇。华亭唳(lì)鹤：《晋书·陆机传》载，陆机受宦官孟玖谗害而被诛，死前悲叹道：“华亭鹤唳，岂可复闻乎？”华亭，陆机故宅旁谷名，在今上海市松江县西部。唳，指鹤鸣。

⑤“老忧”句：暗喻“甘露之变”中李训等被诛杀的情景。泣铜驼：《晋书·索靖传》载，西晋灭亡之前，索靖预知天下将乱，便指着洛阳宫门前的铜驼叹息道：“会见汝在荆棘中耳！”

⑥“天荒”两句：谓当今朝政和时局的巨大变化已经够令人悲痛了，而今后日趋恶化的时局更加使人忧虑。天荒地变：暗喻当时朝政和时局天翻地覆的巨大变化，意指仇士良党专权，挟制皇帝、草菅人命的势态。折：摧折。伤春：感伤春天归去，暗喻感伤时乱，忧虑国家命运。

寿安公主出降[①]

妫水闻贞媛[②]，常山[③]索锐师[④]。昔忧迷帝力[⑤]，今分送王姬[⑥]。事等和强虏[⑦]，恩殊睦本枝[⑧]。四郊多垒在[⑨]，此礼恐无时[⑩]。

① 据新、旧《唐书》记载：成德军节度使王庭凑，凶悍好乱，对抗天子。至其子王元逵袭节度使，对朝廷表面恭谨，岁时贡献，唐文宗颇感满意，于开成二年(837)六月，以绛王李悟女寿安公主嫁王元逵。此诗即写于是时。降：下嫁。

② "妫水"句：化用尧嫁二女给舜为妻的典故，以"贞媛"暗指寿安公主。妫(guī)水：在今山西省永济市南，又作"沩水"。传说尧在此将二女嫁给舜为妻。贞媛：端庄美丽的少女。

③ 常山：郡名，即镇州(今河北省正定县)，为成德节度使治所。

④ 索锐师：谓王元逵派遣精锐部队娶妻。索，娶，古语(见陆游《老学庵笔记》卷十)。

⑤ "昔忧"句：借用典故，说明王庭凑恃强抗拒朝廷，丝毫不感激皇帝的恩德。迷帝力：《汉书·张耳陈余传》载，刘邦对待女婿张敖

(张耳之子)轻慢,赵相贯高主张杀刘邦,张敖说:“君何言之误!先王亡国,赖皇帝得复国,德流子孙,秋毫皆帝力也。”

⑥“今分”句:谓现在王元逵岁时贡献,理应把公主嫁给他了。“分”字感情深痛,含有讽刺的意思。分(fèn):分当。王姬:宗室之女称王姬,指寿安公主。

⑦“事等”句:谓事情的性质等于屈辱“和亲”。和强虏:古代封建统治者为了民族间和睦相处,便把宗室女子嫁给少数民族首领,称作“和亲”。虏,古代对少数民族的辱称。王元逵是回鹘族,故如此说。

⑧“恩殊”句:谓恩遇超过对待嫡系和宗室的子孙。殊:异,谓超过。本枝:指嫡系和宗室子孙。

⑨“四郊”句:谓藩镇割据,到处都是壁垒。四郊多垒:《礼记·曲礼上》载,“四郊多垒,此卿大夫之辱也”。

⑩“此礼”句:谓此等下嫁公主的“礼节”,恐怕是永远不会了结的。按:张采田说,“诗愤朝廷姑息,语特正大”(《玉谿生年谱会笺》)。

西南行却寄相送者[①]

百里阴云覆雪泥[②],行人只在雪云西[③]。明朝惊破还乡梦,定是陈仓碧野鸡[④]。

① 西南行:唐文宗开成二年(837)十一月,兴元(今陕西省汉中市,唐为山南西道节度使首府)尹、山西南道节度使令狐楚病重,急召李商隐赴镇代草遗表。当时,李商隐在长安,兴元在长安西南,故谓"西南行"。友人相送至陈仓(今陕西省宝鸡市)而别。却寄:回寄。

② "百里"句:谓天空阴云覆布,道路泥泞不堪。

③ "行人"句:谓自己与相送友人相隔遥远。行人:作者自称。

④ "明朝"两句:化用典故,说他明日身在陈仓,可能在梦中还以为回到故乡,定会是鸡鸣之声惊醒他的好梦。写得极为曲折,想象力很强。陈仓碧野鸡:《汉书·郊祀志》载,"作鄜畤后九年,文公获若石,于陈仓北坂城祠之。其神或岁不至,或岁数。来也常以夜,光辉若流星,从东方来,集于祠城,雉,若雄其声殷殷云,野鸡夜鸣。以一牢祠之,名曰陈宝"。又谓汉宣帝即位,有人说益州有金马碧鸡之神,便派大夫王褒持节求之。

安定城楼①

迢递高城百尺楼，绿杨枝外尽汀洲②。贾生年少虚垂涕③，王粲春来更远游④。永忆江湖归白发，欲回天地入扁舟⑤。不知腐鼠成滋味，猜意鹓雏竟未休⑥。

① 开成二年十一月，兴元尹、山西南道节度使令狐楚故去，诗人失去依托。泾原节度使王茂元辟他为幕僚，因赏其才学，将女儿嫁他为妻。王被视为"李党"，诗人因而触犯"牛党"，受到令狐绹等忌恨，谓其"背恩"。开成三年(838)，诗人参加博学宏词科考试，受"牛党"令狐绹之辈排斥而落选。此诗当为诗人落选后回泾原登临安定城楼时所写。安定：郡名，即泾川(今甘肃省泾川县北)，为泾原(镇名)节度使治所。

② "迢递"两句：谓我站在安定城楼上眺望，便能看到绿杨枝外尽处那清澈可爱的汀洲。迢递：高峻的样子。汀(tīng)洲：湫渊，在泾州界内，清澈可爱，方四十里，停水不流，冬夏不增不减。汀，水边平地。洲，水中洲渚。

③ "贾生"句：谓贾谊忧愤国事，但并未得到重视。这里暗喻当时诗

人考博学宏词科落选的心境。贾生：《史记·屈原贾生列传》载，贾生名谊，洛阳人，年少颇通诸子百家之书，文帝召为博士。升迁至太中大夫。后来被谗，迁为梁怀王太傅。贾谊《陈政事疏》载："臣窃惟事势，可为痛哭者一，可为流涕者二，可为长太息者六。"他为巩固中央集权，提出许多建议。虚垂涕：白流泪。

④ "王粲"句：化用王粲的典故，暗写自己落第后回王茂元幕，登楼眺远，景色虽佳，但并非久留之地。王粲：东汉末年人，字仲宣，西京扰乱，去荆州依刘表，曾于春日登麦城县城楼，作《登楼赋》，"虽信美而非吾土兮，曾何足以少留！"

⑤ "永忆"两句：化用范蠡的典故，说明自己虽想在年老时归隐江湖，但必须做出惊天动地的事业方能遂愿。王安石非常赞赏这两句诗，认为"虽老杜无以过"（见《蔡宽夫诗话》）。永忆：长想。江湖：《史记·货殖列传》载，春秋时代，越国大夫范蠡辅佐越王勾践成就霸业后，便功成身退，"乘扁舟浮于江湖"，隐居而去。扁(piān)舟：小舟。

⑥ "不知"两句：《庄子·秋水》说，惠施在梁国当宰相时，庄子去看他。有人对惠施说："庄子来，欲代子相。"惠施很害怕，便在国都中搜索三日三夜。庄子见到他，就用寓言讽刺他。意思是说，南方有种鸟，名叫鹓雏……从南海飞往北海，非梧桐不止，非练实（竹实）不食，非醴泉（甘泉）不饮。鸱(chī，猫头鹰)鸟得到一只腐鼠，鹓雏飞过它，它就仰起头看着鹓雏，发出"吓"的怒叫声。今天

你也想用你的梁国吓我吗？作者用此典故，是借以讽刺猜忌、排斥自己的小人。成滋味：当成为美味。猜意：猜疑。鹓（yuān）雏：凤凰之类的鸟。

回中牡丹为雨所败二首[①]

其　一

下苑他年未可追[②],西州[③]今日忽相期[④]。水亭暮雨寒犹在[⑤],罗荐春香暖不知[⑥]。舞蝶殷勤收落蕊[⑦],有人惆怅卧遥帷[⑧]。章台街[⑨]里芳菲伴[⑩],且问宫腰损几枝[⑪]。

① 这两首诗是诗人于唐文宗开成三年之春所作,借写牡丹为雨所败,托物寓怀,以抒身世之慨。回中:在泾州(今甘肃省泾川县北)附近,为泾原节度使幕府所在地,这里代指泾州。

② “下苑”句:谓回想昔日中进士时在曲江池赏牡丹的情景,不知何时能够返回,故地重游。下苑:京城长安东南隅之曲江池。下苑比禁苑低一等,故称下苑。

③ 西州:指泾州。

④ 相期:相会,指在此又看到牡丹盛开之景。

⑤ “水亭”句:谓回中牡丹开于春末夏初,因地偏僻,暮雨纷纷,犹感到寒意侵人。

⑥“罗荐”句：谓这里的牡丹比不上京城的牡丹，它们是不会知道紫罗荐地、春香浸润的保暖渥遇的。这里以牡丹写自己受到的冷遇。罗荐春香：《汉武内传》云，“帝以紫罗荐地，燔百和之香，以候云驾”。这里是说把紫罗垫在地上，以防花寒。

⑦“舞蝶”句：谓牡丹虽为雨所败，但它那国色天香的残英坠蕊，仍博得蝴蝶的殷勤爱戴。舞蝶：狂欢乱舞的蝴蝶。

⑧“有人”句：谓牡丹为雨所败，就像美人惆怅地遥卧在幕帷一样。此句是以花喻人，暗喻诗人失意的惆怅神态。有人：指牡丹。

⑨章台街：《汉书·张敞传》载，“敞为京兆(尹)……时罢朝会，过走马章台街”。章台街在汉西京长安，这里借指唐朝长安。

⑩芳菲伴：《太平广记》载，韩翃与歌妓柳氏作《章台柳》词相互赠答，其中有“章台柳”和“芳菲节”之句。《章台柳》中的“芳菲”，是指柳枝；此诗中的“芳菲”，是指牡丹，谓芳侣花伴。

⑪“且问”句：仍以花喻人，谓不知同年进士留在京城者，冷暖厚薄若何。宫腰：《后汉书·马廖传》载，“楚王好细腰，宫中多饿死”。诗中借“宫腰”指牡丹。纪昀说：“‘章台’二句，深情忽触，妙绝言诠。”(《玉谿生诗辑评》)

其　二

浪笑榴花不及春，先期零落更愁人①。玉盘迸泪伤心数，锦瑟惊弦破梦频[②]。万里重阴非旧圃，一年生意属流尘[③]。前溪舞罢君回顾，并觉今朝粉态新[④]。

① "浪笑"两句：谓先期零落的牡丹，比晚开"不及春"的石榴花更悲惨。这里借咏物而写"人事宦情"（王汝弼、聂石樵《玉谿生诗醇》）。浪笑：徒然嘲笑。榴花不及春：《旧唐书·孔绍安传》载，孔绍安在隋朝末为监察御史，曾监高祖（李渊）军。及高祖即位，绍安来从，拜内史舍人（正五品上阶）。夏侯端亦曾为御史监高祖军，先归朝，授秘书监（从三品）。绍安侍宴，应诏咏石榴诗曰："只为来时晚，开花不及春。"

② "玉盘"两句：暗喻诗人理想的破灭。玉盘迸泪：比喻牡丹花上雨珠飞溅的情景。玉盘，形容牡丹花像玉盘那样大。迸泪：溅泪。伤心数：非常伤心。数，数次。锦瑟惊弦：谓锦瑟急奏，促柱繁弦，令人心惊。这里指急雨打花。

③ "万里"两句：谓环境恶劣，生机荡尽，暗喻自己所处偏僻冷漠，才华没有用武之地。重阴：乌云密布。旧圃：指曲江池的牡丹花圃。生意：生机。属流尘：葬身泥土。属，付。

④ "前溪"两句：借牡丹暗喻自己将来遭受打击后的处境可能会更坏一些。前溪舞：于兢《大唐传》载，"前溪村，南朝学乐之所，今尚有数百家习音乐，江南声伎多出自此，所谓'舞出前溪'者也"。前溪，在今浙江省武康县以西。这里借"前溪舞"的典

故,写牡丹花零落殆尽的情状。君回顾:谓你再回头看舞女舞罢后的疲倦神态。并觉:更觉。粉态:指为雨所败的牡丹的狼狈姿态。

无题二首①

其　一

昨夜星辰昨夜风，画堂西畔桂堂东②。身无彩凤双飞翼，心有灵犀一点通③。隔座送钩春酒暖，分曹射覆蜡灯红④。嗟余听鼓应官去，走马兰台类转蓬⑤。

① 这两首诗，何时所作，所咏何事，古来见解纷纭。唐文宗开成四年(839)，李商隐为秘书省校书郎。从诗中“嗟余听鼓应官去，走马兰台类转蓬”来看，这两首诗应写于此时。另外，这两首诗的诗旨似乎并不相同。这首七律为爱情诗，写诗人与一个贵族女子相爱，两人心心相印，但由于客观原因，却不能相会，诗人感到颇为遗憾。另一首七绝诗似属寓言诗，借写艳情，曲折地说明过去想看秘书省所藏秘籍非常困难。现在任校书郎后，就很容易地阅览到秘书省的秘籍。冯浩说：“自来解《无题》诸诗者，或谓其皆属寓言，或谓其尽赋本事，各有偏见，互持莫决。余细读全集，乃知实有寄托者多，直作艳情者少，夹杂不分，令人迷乱耳。此二篇定属艳情，因窥见

(王茂元家)后房姬妾而作,得毋其中有吴人耶?”(《玉谿生诗集笺注》)显然,冯氏此说,亦是主观臆断,并不足为据。

② “昨夜”两句:追忆昨夜星光灿烂,春风荡漾;在画堂西桂堂东,他们有过美好的情爱。画堂、桂堂:指美丽的厅堂。画堂,一作“画楼”,今从影宋本。作“画堂”极是,取此句两“堂”字与首句两“夜”字对称。

③ “身无”两句:谓我虽不像彩色的凤凰那样有双翅,能飞越障碍与你相爱,但我们彼此的心却如灵犀一样是一脉相通的。按:这两句是千古传诵之名句,颇富哲理性。灵犀:古人认为犀牛角为灵异之物,故谓“灵犀”。犀牛角中央的髓质呈白色,像一条白线,贯通两头,故借指相爱的男女,彼此心心相通。

④ “隔座”两句:谓宴会上灯红酒暖,分队嬉戏,异常热闹,我们却隔坐不能接近。送钩:又叫藏钩,是古代的一种游戏,把钩(器物)藏在数人手下,让对方猜测钩在谁手下。分曹:分队。射覆:古代的游戏,在器物下覆盖东西,让对方猜。射,猜。

⑤ “嗟余”两句:谓宴会通宵达旦,但自己却要走马秘书省官署应差,像蓬草飞转那样不能自主。嗟:叹词。听鼓:唐制,五更二点,鼓响天明,即须上班。应官:上班应差。兰台:汉代藏图书秘籍的宫观叫兰台,唐高宗时改秘书省为兰台。唐中宗时又改兰台为秘书省。这里指诗人任职的秘书省。转蓬:一作“断蓬”,谓像蓬草飞转那样快。

其　二

闻道阊门萼绿华，昔年相望抵天涯[①]。岂知一夜秦楼客，偷看吴王苑内花[②]。

① “闻道”两句：谓昔日想看仙女，要跑到遥远的地方。阊门：《离骚》载，“吾令帝阍开关兮，倚阊阖而望予”。阊阖即“阊门”，天门。萼绿华：仙女名。抵：到。

② “岂知”两句：用偷看美女，暗喻看到秘籍。秦楼客：李商隐《和孙朴韦蟾孔省咏》诗云，“西施因网得，秦客被花迷”，故知“秦楼客”即秦客。诗人身在古代秦地，故称“秦客”。吴王苑内花：冯浩注，“暗用西施”（《玉谿生诗集笺注》），这里取“吴王苑”与“秦楼客”相应，并非有固定史实。

次陕州先寄源从事[①]

离思羁愁日欲晡[②]，东周西雍此分途[③]。回銮[④]佛寺[⑤]高多少，望尽黄河一曲无[⑥]？

① 唐文宗开成四年(839)，李商隐由秘书省校书郎调补弘农(今河南省灵宝市)尉。校书郎(正九品上阶)为美职，县尉(从九品上阶)为俗吏，“义山外斥，大非得意”。此诗正是诗人未到尉任之前，歇脚陕州(今河南省三门峡市陕州区)时所作。此诗曲折而巧妙地表现了诗人对调补尉职的不满。次：止宿。源从事：无考，可能是观察使从事(幕僚)。

② “离思”句：谓在黄昏时，更会令人思念亲友，引起羁旅的愁苦。离思：思念离别的亲友。羁愁：旅愁。晡(bū)：《淮南子·天文训》载，“日至于悲谷，是谓晡时”。晡即傍晚，黄昏。

③ “东周”句：《公羊传·隐公五年》载，“自陕而东者，周公主之；自陕而西者，召公主之”。西周时，京城在镐京(今陕西省西安市长安区西部)，雍州(今陕西省北部、甘肃省西北部和青海额济纳等地)属镐京管辖，故以西雍代指西周。东周时，雒邑(今河南省洛

阳市)作为陪都。即西周和东周是以陕州为分界线。途：陌。

④ 回銮：《旧唐书·代宗纪》载，广德元年十月，吐蕃犯京畿，皇帝驾幸陕州，十二月还京。銮，皇帝的銮驾。

⑤ 佛寺：为皇帝回京后所建。

⑥ “望尽”句：谓望断黄河一曲没有？诗句暗喻其处地卑下，巧妙曲折地表现了诗人的不满情绪。黄河一曲：《尔雅·释水》载，“河出昆仑……百里一小曲，千里一曲一直”。黄河流经陕州故城南。

荆　　山[①]

压河连华[②]势孱颜[③]，鸟没云归一望间[④]。杨仆移关三百里[⑤]，可能全是为荆山[⑥]。

① 唐文宗开成四年，诗人由秘书省校书郎调补弘农县尉。此诗可能作于此时。弘农（今河南省灵宝市），属河南道，不在京辅之地内。此诗说杨仆移关，把荆山置于京辅之内，可能是诗人喜爱荆山的雄峻，而自己虽有才能，却被摒弃于京辅之外，显然诗的字里行间流露出诗人的一种不满情绪。荆山：山名，在今河南省灵宝市内。

② 压河连华：荆山对黄河，居高临下，故谓"压河"。荆山对华山奇峰突起，故谓"连华"。河，黄河。华，华山。

③ 孱（chán）颜：犹巉岩，形容山的雄峻。

④ "鸟没"句：谓鸟没云归，尽收眼帘。

⑤ "杨仆"句：谓杨仆恃功，请求汉武帝迁移函谷关于新安，而成为关内人。《汉书·武帝纪》载："（元鼎）三年冬，徙函谷关于新安（今河南省新安县），以故关为弘农县。"应劭注："时楼船将军杨仆，数有大功，耻为关外民，上书乞徙东关，以家财给其用度。武

帝意亦好广阔，于是徙关于新安，去弘农三百里。”

⑥“可能”句：此乃推想之词，以人喻己，抒发由京调外之慨。可谓借他人酒杯，浇自己块垒也。构思极为巧妙。

咏　　史[①]

历览前贤国与家,成由勤俭破由奢[②]。何须琥珀方为枕[③],岂得真珠始是车[④]。运去不逢青海马[⑤],力穷难拔蜀山蛇[⑥]。几人曾预南薰曲[⑦],终古苍梧哭翠华[⑧]。

① 据史所载,文宗深知穆、敬二帝之弊,即位后,“励精求治,去奢从俭”,力图铲除宦官集团。结果事与愿违,皆以失败告终。宦官仇士良等更加嚣张,文宗亦“受制于家奴”,郁郁不乐,于开成五年(840)正月卒。此诗虽题为“咏史”,实则为悼念文宗而作,并对晚唐江河日下的颓运深感悲叹。

② “历览”两句:谓历代国君治国,皆以勤俭而成功,以奢侈而破败。《韩非子·十过》载,秦穆公问由余国君“得国失国”之道。由余说“常以俭得之,常以奢失之”。

③ “何须”句:谓没有必要用琥珀作枕头。琥珀:《博物志》卷一《药物》引《神仙传》,“松柏脂入地,千年化为茯苓,茯苓化为琥珀。琥珀一名江珠”。

④ “岂得”句:谓难道非得用珍珠照车前后,才能作为乘车吗?真

珠：一作“珍珠”。《史记·田敬仲完世家》载：“梁王曰：‘若寡人国小也，尚有径寸之珠照车前后，各十二乘者十枚。’”

⑤ 青海马：《汉书·武帝纪》载，“元鼎四年……秋，马生渥洼水中”。汉朝当时国运正隆，故天马生于渥洼。渥洼，地名，在今甘肃省瓜州县境内，在青海的西北部。诗人在这里以“青海马”比喻能力挽狂澜的英才。

⑥ 蜀山蛇：《华阳国志·蜀志》载，蜀有五丁力士，能移山，秦惠王许嫁五女于蜀，蜀遣五丁迎之。还，到梓潼，见一大蛇入穴中，一人揽其尾掣之，不禁，至五人相助，大呼拽蛇。山崩，压杀五人及秦五女。诗人以“蜀山蛇”比喻仇士良等宦人及社会积弊。

⑦ “几人”句：谓没有几人参与文宗南薰曲的歌唱。言外之意为，没有几人参加文宗力挽危局的行动。南薰曲：《孔子家语·辩乐》载：“昔者舜弹五弦之琴，造南风之诗，其诗曰：‘南风之薰兮，可以解吾民之愠兮；南风之时兮，可以阜吾民之财兮。’”这里暗喻文宗爱雅乐，去淫乐。

⑧ “终古”句：谓将永远为故去的文宗而悲伤。苍梧：《礼记·檀弓上》载，“舜葬于苍梧之野”。苍梧，山名，即九嶷山，在今湖南省宁远县南。这里指文宗的葬地章陵。翠华：有翠羽毛为饰的旗。这里以“翠华”指文宗。华，葆，即盖。

任弘农尉献州刺史乞假归京[①]

黄昏封印点刑徒[②]，愧负荆山入座隅[③]。却羡卞和双刖足[④]，一生无复没阶趋[⑤]。

① 唐文宗开成四年(839)，李商隐由秘书省校书郎调补弘农(治所在今河南省灵宝市)尉，因"活狱"(免除或减轻囚犯刑罚)而触怒观察使孙简，将辞职离去，适逢姚合代孙简，又让其还任。此诗即作于诗人辞职离任之前。献：呈献。州刺史：河南道陕虢观察使。弘农为虢州首县。乞假：告假，实则是辞职。归京：回京城长安。归，一作"还"。

② "黄昏"句：谓傍晚下班前，忙于封印查点囚徒。按：封印、点刑徒，是县尉每天的职责。封印：封存官印。点刑徒：查点囚徒人数。

③ "愧负"句：谓我每天干着镇压"刑徒"的勾当，实在感到有愧和辜负于荆山对我的厚爱。荆山：灵宝市有荆山，气势雄峻。入座隅：映入座边。隅，旁。

④ "却羡"句：谓我非常羡慕卞和被砍去双足。显然这是愤激之词。卞和刖(yuè)足：《韩非子 · 和氏》载，"楚人和氏(一作卞和)，得

玉璞楚山中，奉而献之厉王。厉王使玉人相之。玉人曰：'石也。'王以和为诳，而刖其左足。及厉王薨(死)，武王即位，和又奉其璞而献之武王。武王使玉人相之，又曰：'石也。'王又以和为诳，而刖其右足。武王薨，文王即位，和乃抱其璞而哭于楚山之下，三日三夜，泣尽而继之以血……王乃使玉人理其璞，而得宝焉，遂命曰和氏之璧"。刖，古代断足的一种刑罚。

⑤ "一生"句：谓一生免遭在阶前拜迎官长的耻辱。因为县尉官位卑微，低于县令、县丞和主簿，所以要受制于人。按：盛唐诗人高适做县尉时曾作《封丘作》诗："拜迎官长心欲碎，鞭挞黎庶令人悲。"李商隐此诗与高适的诗作相似，表现了对受压迫人民的同情，以及对乱施淫威官长的愤恨。没阶趋：《论语·乡党》载，"没阶，趋进，翼如也"。《经典释文》作"没阶趋，翼如也"。谓拜迎官长而奔走阶前的卑躬屈节的情状。

三月十日流杯亭[1]

身属中军少得归[2],木兰花尽失春期[3]。偷随柳絮到城外[4],行过水西闻子规[5]。

① 唐武宗会昌二年(842)初,李商隐在忠武节度使(驻许州,今河南省许昌市)王茂元幕府,为掌书记。这首诗应作于此时。流杯亭:"其水曲折,可以流觞"(《方舆胜览》),故谓流杯亭。"流杯"即"流觞"。

② "身属"句:谓身在军中,很少有时间归家团聚。中军:军中。《旧唐书·职官志》载:"天宝中,缘边御戎之地,置八节度使,受命之日,赐之旌节,得以专制军事,行则建节符,树六纛(dào 大旗),外任之重无比焉。"

③ "木兰"句:谓玉兰花开完后,已经过了春游的季节。言外之意为,失去春游的时机而感到惋惜。木兰:玉兰。《群芳谱》载:"玉兰花九办,色白微碧,香味似兰,故名。丛生,一干一花,皆着木末,绝无柔条,隆冬结蕾,三月盛开。"此指白玉兰。有花瓣,内白外紫者,为紫玉兰。江浙一带,玉兰于正月末二月初即盛开。

④“偷随”句：谓偶然随着飘飞的柳絮来到城外观赏。“偷”字甚妙。偷随：潜随。柳絮：柳花。

⑤“行过”句：谓走到流杯亭西，便听到子规“不如归去”的凄厉啼叫声。言外之意，听到子规的啼叫，他便起了急于归家与妻子团聚的情思。构思巧妙，含而不露。子规：其鸣声似“不如归去”（《本草释名》），容易引起客居异乡之人的思家情怀。

灞　　岸[1]

山东[2]今岁点行频[3]，几处冤魂哭虏尘[4]。灞水桥边倚[5]华表[6]，平时二月有东巡[7]。

① 唐武宗会昌二年，李商隐“又以书判拔萃，重入秘书省为郎”（冯浩《玉谿生年谱》）。八月，回鹘介可汗掠云、朔、北川，朝廷征发许、蔡、汴、滑等六镇之师，会师太原。此诗应作于本年，故有“倚华表”云。灞岸：《三辅黄图》载，“灞水出蓝田谷，西北入渭”。又，“霸桥在长安东，跨水作桥。汉人送客至此桥，折柳赠别”。“灞岸”即灞水桥岸。

② 山东：《史记·秦始皇本纪》载，“秦并兼诸侯山东三十余郡”。在古代，函谷关以东六国之地皆称山东。

③ 点行频：杜甫《兵车行》诗云，“行人但云点行频”。“点行频”谓朝廷征兵过于频繁。

④ “几处”句：谓无数战死壮丁的冤魂，在边塞哭泣。这里含有对朝廷的谴责之意。冤魂：指暴骨边塞的无辜壮丁。虏尘：边塞。

⑤ 倚：倚靠。这里指诗人自倚。

⑥ 华表：崔豹《古今注》云，“程雅问曰：‘尧设诽谤之木，何也？’答曰：‘今之华表木也，以横木交柱头，状若花（华）也，形似桔槔，大路交衢悉施焉……亦以表识衢路也。’”“华表”即桥边石柱。

⑦ “平时”句：此句是从典故脱化而来。古代皇帝出巡，意在视察民情，巩固统治，防止叛乱等，此句有批评皇帝平时不居安思危之意。平时：指太平时节。二月东巡：《尚书·舜典》载，“岁二月，东巡守（狩）”。按：全诗慨叹国势衰颓，悲愤沉郁，意味隽永。

奉同诸公题河中任中丞新创河亭四韵之作[①]

万里谁能访十洲[②],新亭[③]云构[④]压中流[⑤]。河鲛纵玩难为室[⑥],海蜃遥惊耻化楼[⑦]。左右名山穷远目,东西大道锁轻舟[⑧]。独留巧思传千古,长与蒲津作胜游[⑨]。

① 唐武宗会昌四年(844),诗人回乡营母葬后,移家永乐(今山西省芮城县)闲居。这首诗即写于此时,是一般奉同诸公(应酬众人)之作,赞美任中丞河亭构思奇巧、气象壮阔,为山河生色。河中:河中府(今山西省永济市)。任中丞:任畹,元和十年进士,调河中留后。中丞,系任畹在京时官职。新创:新建。

② “万里”句:谓传说中的十洲,在相距万里之遥的海中,谁能去游访?十洲:《十洲记》载,“巨海之中,有祖洲、瀛洲、玄洲、炎洲、长洲、元洲、流洲、生洲、凤麟洲、聚窟洲”。

③ 新亭:河亭。

④ 云构:高耸入云的建构。

⑤ 压中流:新亭横跨黄河建造,故谓“压中流”。

⑥“河鲛”句：谓鲛人恣意赏玩，也感到自己造不出这样宏丽的居室。河鲛：《文选·吴都赋》载，“泉室潜织而卷绡，渊客慷慨而泣珠”。注，“俗传鲛人从水中出，曾寄寓人家……”纵玩：恣意赏玩。

⑦“海蜃”句：谓海蜃虽好幻楼，也自耻不及此亭典丽工巧。海蜃(shèn)化楼：《史记·天官书》载，“海旁蜃气象楼台，广野气成宫阙然”。海蜃，海中的大蚌蛤，古代人缺乏科学知识，不知海市蜃楼是光线折射而成的物理现象，以为是大蛤吐气而成的楼台。遥惊：海蜃距离甚远，故谓“遥惊”。

⑧“左右”两句：谓左右名山可在亭中远眺，东西大道跨河亭而过，似若锁一轻舟。名山：《新唐书·地理志》载，永乐(永乐镇)有雷首山，即首阳山和中条山。东西大道：黄河东岸为河东县(今山西省永济市)，西岸为河西县(今陕西省朝邑镇)，两县大道由此桥亭贯通，故谓“东西大道”。

⑨“独留”两句：谓河亭构思奇巧，将与蒲津同作千古名胜，供人观览。蒲津：蒲津桥，秦昭襄王五十年，初建桥(《史记·秦本纪》)。河西有蒲津关，一名蒲坂，唐朝开元十年铸八铁牛，牛有一人策之，牛下有山，夹河两岸，以维镇浮桥(《新唐书·地理志》)。

春日寄怀[①]

世间荣落重逡巡[②],我独丘园坐四春[③]。纵使有花兼有月,可堪无酒又无人[④]。青袍似草年年定[⑤],白发如丝日日新[⑥]。欲逐风波千万里,未知何路到龙津[⑦]?

① 会昌四年,李商隐回故乡营母葬后,移家永乐(今山西省芮城县),自述当时"遁迹丘园,前耕后饷","濩然有农夫望岁之志"。会昌五年(845)春,诗人归洛阳,携家与弟羲叟同居。此诗即写于会昌四、五年间,抒发诗人白发添新、仕途无媒之慨。写得极为沉痛。

② "世间"句:谓世人忽荣忽落,极为迅速。荣落:荣枯,即贫富、穷达之意。重:甚。逡巡:迅速的意思。

③ "我独"句:谓唯独我于丘园,处此穷约。丘园:指乡间,田园。坐四春:谓处此甚久。坐,处也,或行将也。

④ "纵使"两句:谓纵使有晨花夕月可以玩赏,而无人无酒,谁能堪此?按:以上两句是说诗人缺乏知音,不堪寂寞。可堪:岂堪。

⑤ "青袍"句:谓青袍似草,年年不换。言外之意是,其仕途绝望。"定"字用得沉着妙极!青袍似草:庾信《哀江南赋》曰,"青袍如

草”。当时九品官的服色规定为青色，故谓“青袍”。

⑥“白发”句：谓血气渐衰。

⑦“欲逐”两句：谓不畏仕途的曲折，未知何途而能致要津也。风波千万里：比喻仕途的升沉曲折。龙津：《后汉书·李膺传》载，“膺独持风裁，以声名自高，士有被其容接者，名为登龙门”。又《三秦记》曰，“河津一名龙门，水险不通，鱼鳖之属莫能上，江海大鱼薄(迫近之义)集龙门下数千，不得上，上则为龙”。龙津即河津，亦即龙门，在今山西省河津市西北禹门口，此处指朝廷。

汉　　宫①

通灵夜醮达清晨②，承露盘晞甲帐春③。王母不来方朔去④，更须重见李夫人⑤。

① 唐武宗李炎，好神仙又好色。《旧唐书·武宗纪》载，会昌三年于禁中筑望仙台，五年春正月，又于南郊坛造望仙台，道士赵归真“特承恩宠”。此诗即是假托汉武帝而讽刺唐武宗好神仙兼好色之事。写于会昌四、五年。

② “通灵”句：谓武帝筑通灵台，祭祀钩弋夫人，通宵达旦。通灵夜醮(jiào)：《三辅黄图》载：“王褒《云阳宫记》曰：‘钩弋夫人从至甘泉而卒，尸香闻十里，葬云阳，武帝思之，起通灵台于甘泉宫。’”醮，设坛祭神。

③ “承露”句：谓承露盘无露，甲帐虚设。承上句，言外之意是说“通灵夜醮”是为思念钩弋夫人，又岂能妄想求仙呢？承露盘：《汉书·郊祀志》师古注云，“《三辅故事》云，建章宫承露盘高二十丈，大七围，以铜为之，上有仙人掌承露，和玉屑饮之”。汉武帝晚年迷信神仙，在宫中立铜仙人，置承露盘于其掌上，承接甘露，以为

饮之可延年而成仙。晞(xī):干。甲帐:《汉武故事》载,"上(武帝)以琉璃、珠玉、明月、夜光(皆珠名)杂错天下珍宝为甲帐,其次为乙帐,甲帐居神,乙帐自居"。春:暖。

④ "王母"句:谓西王母不再来,东方朔又去,武帝在求仙之道上绝望。方朔去:《武帝内传》载,"其后东方朔一旦乘龙飞去,同时众人见从西北上,冉冉大雾覆之,不知所适。至元狩二年,帝崩"。

⑤ "更须"句:谓汉武帝于求仙之道上绝望,只有去地下重见李夫人了。按:求仙不成,反求死鬼,真是极尽讽刺之能事。李夫人:《汉书·外戚传》载,李夫人早卒,汉武帝思念不已。齐人方士李少翁说他能使李夫人复活。于是便夜张灯烛,设帷帐,陈酒肉,令武帝居他帐,遥望好女如李夫人之貌,又不得近视。武帝愈益相思悲感,便作诗道:"是邪非邪,立而望之,偏何姗姗其来迟!"

水　　斋[1]

多病欣依有道邦[2]，南塘宴起想秋江[3]。卷帘飞燕还拂水，开户暗虫犹打窗[4]。更阅前题已披卷，仍斟昨夜未开缸[5]。谁人为报故交道，莫惜鲤鱼时一双[6]。

① 唐武宗会昌五年(845)，诗人归河南洛阳，携家与弟羲叟同居，时多病。此诗大约即写于本年夏秋间，是写其病后情景及念友的寂寞情怀。字字有神，不失为佳作。水斋：临水塘傍的居所。

② "多病"句：谓自己多病，颇为欣喜的是，能够生活在有道之邦。有道邦：《论语·卫灵公》载，"邦有道，则仕"。"有道邦"谓政治清明的国家。道，指政治。

③ "南塘"句：谓于水斋病后迟起，突然想起当年游览曲江的情景。南塘：水斋，水斋邻近南塘，故代指水斋。宴起：晚起。秋江：秋天之长安曲江。

④ "卷帘"两句：谓帘已卷，燕还在拂南塘之水而飞(是说其不知入户)；户已开，暗藏之虫犹在扑窗(是说其欲出未出)。按：写得如此惟妙惟肖，真可谓神来之笔。

⑤“更阅”两句：此两句写诗人病后健忘，故书卷每须再阅；病后量减，故酒缸多有未开的情形。前题：段玉裁《说文解字》注，“题者，标其前；跋者，系其后也”，可知“前题”即写于书籍、碑帖前之序言。披：展开。未开缸：未开缸之酒。

⑥“谁人”两句：谓水斋孤寂，唯望故人信来；然谁为报知，时时慰我也。为报：报知。故交：旧友。道：说。双鲤鱼：《古诗》有，“客从远方来，遗我双鲤鱼；呼儿烹鲤鱼，中有尺素书”，两句即本于此。

碧城三首[①]

其　一

碧城十二曲阑干[②]，犀辟尘埃玉辟寒[③]。阆苑有书多附鹤[④]，女床无树不栖鸾[⑤]。星沉海底当窗见，雨过河源隔座看[⑥]。若是晓珠明又定[⑦]，一生长对水精盘[⑧]。

① 这三首诗大约写于会昌五年，是讽刺唐武宗李炎求仙好色之作(见《汉宫》注①)。诗以首句二字为题，与“无题”同。碧城：《太平御览》载，“元始天尊居紫云之阁，碧霞之城”。可见“碧城”即“碧霞之城”之简称，暗喻武宗所筑之望仙台。

② “碧城”句：此句是写望仙台之华美。对唐武宗心迷神仙、筑台求仙给予辛辣的讽刺。碧城十二：王融《望城行》诗云“金城十二重，云气出表里”。这里指望仙台高达十二层。曲阑干：古代谓“阑干十二曲”，故云“曲阑干”。阑干，同“栏干”。

③ “犀辟”句：此句暗喻望仙台内陈设洁静温煦，以揭露武宗的荒淫奢侈。犀辟尘埃：《述异记》载，“却尘犀，海兽也，其角辟尘，置之

于座，尘埃不入”。又《岭表录异》云：“辟尘犀为妇人簪梳，尘不着发也。”“犀辟尘埃”谓避尘犀做成妇女簪梳，可以避免尘埃污染头发。辟，同“避”。玉辟寒：《杜阳杂编》载，“武宗会昌元年，夫余国贡火玉三斗及松风石，火玉色赤……光照数十步，积之可以燃鼎，置之室内，则不复挟纩”。“玉辟寒”谓玉石置之室内，可以避寒。

④ “阆苑”句：谓仙人多以鹤传书。阆(làng)苑：《西王母传》载，“王母所居，在昆仑之圃，阆风之苑”。“阆苑”指仙宫。有书多附鹤：仙家多以鹤传书。附，寄附。

⑤ “女床”句：谓女床仙山的树上皆栖息着鸾鸟。这里以鸾比喻仙男仙女。女床栖鸾：《山海经·西山经》载，“女床之山……有鸟焉，其状如翟(野鸡)，而五彩文，名曰鸾”。

⑥ “星沉”两句：极言望仙台之高峻，谓当窗能够看见星沉海底，隔座能够看见雨过河源(天河)。“若是”：句谓晓珠能像不夜珠那样昼夜明亮。这里以“晓珠”暗喻仙女。

⑦ 晓珠：《唐诗鼓吹》注曰，“晓珠，谓日也”。皇甫湜《出世篇》载，“西摩月镜，东弄日珠”。《飞燕外传》载，“真腊夷献万年蛤、不夜珠，光彩皆若月，照人无妍丑，皆美艳。帝以蛤赐后，以珠赐婕妤。后以蛤妆成五金霞帐，帐中常若满月。久之，帝谓婕妤曰：‘吾昼视后，不若夜视之美，每旦令人忽忽如失。’婕妤闻之，即以珠号枕前不夜珠，为后寿”。

⑧“一生”句：谓我将永生看着水晶盘，暗喻愿永生都看着仙女。末两句巧比曲喻，讽刺极其尖刻。水精盘：《太真外传》载，“成帝获飞燕，身轻欲不胜风，恐其飘翥，帝为造水晶盘，令宫人掌之而歌舞”。“水精盘”即“水晶盘”。

其　二①

对影闻声已可怜，玉池荷叶正田田②。不逢萧史休回首③，莫见洪崖又拍肩④。紫凤⑤放娇衔楚佩⑥，赤鳞狂舞拨湘弦⑦。鄂君怅望舟中夜，绣被焚香独自眠⑧。

①唐武宗李炎既求仙访道，又纵情声色。据《旧唐书·武宗纪》载，他不但拜道士赵归真为师，筑望仙台、降真台，同时还“星出夜归”，寻欢作乐。《唐语林》云：“武宗数幸教坊作乐，优倡杂进，酒酣，作技谐谑，如民间宴席，上甚悦。谏官奏疏，乃不复出，遂召优倡入，敕内人习之。宦官请令扬州选择妓女，诏扬州监军取解酒令妓女十人进入。”此章就武宗求仙访道、纵情声色而讽之。

②“对影”两句：暗喻武宗看见宫嫔女乐的仪态听见她们的歌声笑语时十分贪恋沉醉的模样。玉池荷叶：《琅嬛记》载，“月华以石华遗达，云出丹洞玉池，异于他处，色如水晶，清明而莹，久服延

年”。又萧衍《欢闻歌》载，“艳艳金楼女，心如玉池莲”。田田：汉乐府诗云，“江南可采莲，莲叶何田田”。“田田”即荷叶浮于水面的样子。

③ “不逢”句：谓若不逢萧史引去成仙，便不罢休。萧史：《列仙传》载，“萧史者，秦穆公时人也，善吹箫，能致白鹄孔雀于庭。穆公有女字弄玉，好之，公遂以女妻焉，日教弄玉作凤鸣，居数年，吹似凤声，凤凰来止其屋。公为作凤台，夫妇止其上不下，一旦皆随凤凰飞去”。

④ “莫见”句：谓不要见到洪崖又去拍肩欢迎。此句仍补说前句之意。《神仙传·卫叔卿传》载，“(卫)度世曰：‘不审向与父并坐是谁也？’叔卿曰：‘洪崖先生、许由、巢父。’”由此可知，洪崖为三皇时人也。又郭璞《游仙诗》云：“左挹浮丘袖，右拍洪崖肩。”

⑤ 紫凤：紫色之凤。

⑥ 衔楚佩：《列仙传·江妃二女》说，江妃二女，出游于江汉之湄，逢郑交甫，郑见而悦，不知其神人也，愿请其佩，二女遂解其佩给交甫。交甫受而怀之，趋去数十步，视佩，空怀无佩；顾二女，忽然不见。其所在诗句即由此典脱化而来。

⑦ “赤鳞”句：谓湘灵鼓瑟，赤鱼跳跃。《列子·汤问》载：“瓠巴鼓瑟，而鸟舞鱼跃。”又《楚辞·远游》曰：“使湘灵鼓瑟兮，令海若舞冯夷。”按：五、六两句暗喻武宗与优倡歌舞狂欢。赤鳞：赤色的鱼。湘灵：湘江的水神。

⑧“鄂君”两句：《说苑》载，“鄂君子晳之泛舟于新波之中也……越人拥楫而歌曰：‘今夕何夕兮，搴舟中流，今日何日兮，得与王子同舟……山有木兮木有枝，心悦君兮君不知。’于是鄂君乃揄修袂，行而拥之，举绣被而覆之”。这两句诗即化用此典，暗喻武宗登台求仙，且不忘女色，绣被焚香独眠时，心中仍有惆怅盼望之情。把其荒唐好色心态暴露无遗。

其　三①

七夕来时先有期，洞房帘箔至今垂②。玉轮顾兔初生魄③，铁网珊瑚未有枝④。检与神方教驻景⑤，收将凤纸写相思⑥。武皇内传分明在，莫道人间总不知⑦。

① 此诗是在训诫武宗不要沉溺于求仙访道和女色，否则消息传出，是会遭到世人非难的。

②“七夕”两句：《汉武内传》云，帝闲居承华殿，忽见一女子，美丽非常，是墉宫玉女王子登，说七月七日王母暂来。帝下席跪诺，于是登延灵之台，盛斋存道。到七月七日二更后，王母果至。这两句意谓对神仙降临这事事先已经有了预期，求仙台的帘幕至今还垂挂着呢。这里是暗喻唐武宗登台求仙的丑恶景象。七夕：这里

代指神仙。洞房：暗喻求仙台。帘箔，帘幕。

③“玉轮”句：谓月亮中顾望的玉兔开始生魄，暗喻武宗调和仙药成空。顾兔初生魄：屈原《天问》云，“厥利维何？而顾兔在腹”。王逸注，“言月中有兔，何所贪利，居月之腹而顾望乎？”魄，古人谓月体阴暗无光部分为魄。

④“铁网”句：谓铁网珊瑚无枝，暗喻武宗别求灵丹妙药将告失败。铁网珊瑚：《本草》载，“珊瑚似玉，红润，生海底盘石上，一岁黄，三岁赤，海人先作铁网沉水底，贯中而生，绞网出之，失时不取则腐”。

⑤“检与”句：谓武宗想得到神方，使容颜常驻而不衰老。检与神方：《汉武内传》云，上元夫人命侍女纪离容到扶广山，令青真小童出六甲、左右灵飞，“致神之方十二事，以授刘彻”。可见所谓“检与神方”，即授予神方的意思。驻景：《集仙录》载，“舜以驻景灵丸，授王妙想”。“驻景”即驻容颜不老的意思。景，光。

⑥“收将”句：谓武宗在书写神方的金凤纸上，不写延年长生之术，却写相思书信。暗示武宗极其贪恋女色。凤纸：王建《宫词》云，“每日进来金凤纸，殿头无事不教书”。“凤纸”是唐朝宫中的用纸。

⑦“武皇”两句：谓唐武宗求仙访道、贪恋女色的事实俱在，这事总是会传出宫外而让世人知道的。这里似含有批评、劝谏之意。武皇内传：唐代人讽刺皇帝求仙，多用汉武帝作比。《旧唐书·武宗纪》即有指责唐武宗“不悟秦王、汉武之非求”的话。

茂　　陵[①]

汉家天马出蒲梢，苜蓿榴花遍京郊[②]。内苑只知含凤嘴[③]，属车无复插鸡翘[④]。玉桃偷得怜方朔[⑤]，金屋修成贮阿娇[⑥]。谁料苏卿老归国[⑦]，茂陵松柏雨萧萧[⑧]。

① 李商隐于唐武宗会昌五年(845)十月，守母丧期满回京，重官秘书省正字。会昌六年(846)三月，唐武宗卒。此诗大约写于此年唐武宗葬后。此作为咏史诗，借写汉武帝而暗咏唐武宗。唐武宗是诗人所经历的几代皇帝中，尚且有所作为且做出某些功绩的国君。诗人一方面赞颂他的功绩，同时也对他沉溺于游猎、迷信求仙和贪恋女色等丑恶行径给予讽刺。结尾两句，感慨尤深，亦曲折地表现出诗人渴望为国效力的思想。纪昀说："此首尤一气鼓荡，神力完足。"(《玉谿生诗说》)方东树说："藏锋敛锷于宏音壮采之中，七律无此法门。""末收尤妙。"(《昭昧詹言》)茂陵：地名，在今陕西省兴平市东北，汉武帝葬于此，这里指汉武帝陵墓。

② "汉家"两句：借颂扬汉武帝而暗赞唐武宗的功绩。唐武宗抗击回鹘侵扰、平定泽潞叛镇，是功载史册的。天马：《史记·乐书》

载，汉武帝伐大宛，得千里马，马名蒲梢，并作《天马之歌》云，“天马来兮从西极”。其所在诗句即由此典化出。苜蓿：豆科植物，原产今新疆一带，大宛马爱食，汉武帝派人采其种子，遍种离宫别馆，供外国使者观赏（《史记·大宛列传》）。榴花：石榴花。《博物志》说，张骞出使西域还，得石榴、胡桃、蒲桃。

③“内苑”句：谓汉武帝经常在甘泉林苑射猎，所以苑内的人都知道含凤嘴的事。《十洲记》说，凤麟洲多仙，煮凤喙、麟角作膏，名为续弦膏。又《博物志》说，汉武帝时，西海国献胶，武帝射于甘泉，弓弦断，西海使者以口濡胶，粘续断弦，因名此胶为续弦胶。含凤嘴即指以口濡化胶。凤嘴，即凤喙。

④“属车”句：谓汉武帝潜行射猎，故谓“属车无复插鸡翘”。按：以上两句暗喻唐武宗经常打猎，荒废政务。属车：侍从之车。鸡翘：属车上插的鸾旗，民间谓之鸡翘（《后汉书·舆服志》）。

⑤“玉桃”句：谓东方朔偷盗了西王母的仙桃，因此受到汉武帝的宠爱。这里暗指唐武宗迷信神仙不死之药，宠幸道士赵归真。《博物志·史补》云，汉武帝好神仙，西王母给他送来仙桃。东方朔从殿窗中窥视西王母。西王母对武帝说：“此窥牖小儿，尝三来盗吾此桃。”武帝感到奇怪，因此世人谓东方朔为神仙。玉桃：仙桃，传说吃了可以长生。怜：喜爱。方朔：东方朔，汉武帝时代人，滑稽诙谐，世人视他为神异人物。

⑥“金屋”：此句暗指唐武宗迷恋女色。阿娇：《汉武故事》说，汉武

帝刘彻为胶东王时，年数岁，长公主抱在膝上，问他说："儿欲得妇否?"指左右侍女百余人，皆说不要；指其女阿娇好否，笑对说："好。若得阿娇作妇，当作金屋贮之。"

⑦"谁料"句：谓不料苏武老而归汉，才被任为典属国。苏卿：苏武。《汉书·苏武传》载，汉武帝天汉元年，苏武持节出使匈奴，被扣留十九年方得归汉，须发尽白，武帝已死，苏武奉一太牢谒汉武帝陵园，拜为典属国(管理属国事务的小官)。

⑧"茂陵"句：写苏武祭祀汉武帝陵墓的凄凉景象。按：以上两句写苏武归汉而未受到重用，抒发了其深沉的感慨。这里实则是抒发诗人没有机会为国效力，实现自己"欲回天地"的政治抱负的感叹。

晚　　晴[①]

深居[②]俯夹城[③]，春去夏犹清[④]。天意怜幽草，人间重晚晴[⑤]。并添高阁迥，微注小窗明[⑥]。越鸟巢干后，归飞体更轻[⑦]。

① 唐宣宗李忱大中元年(847)，桂管观察使(治所在今广西省桂林市)郑亚，辟李商隐入幕，为掌书记。此诗大约为诗人五月初抵桂林时所写，刚到桂林，诗人有一种新鲜之感，描绘了桂林城雨霁天晴、清新宜人的气候和生机盎然的景象，隐约地表现了其内心的喜悦及乐观精神。

② 深居：谓身在官署而深居楼上。

③ 俯夹城：俯瞰桂林城外之月城。夹城，城外的护城，即瓮城，也称月城，点明了地点。

④ “春去”句：谓桂林春末夏初，天气清爽宜人。此句点明时间。

⑤ “天意”两句：谓雨后天晴，似乎上天实在怜爱幽僻的小草，人们也更加珍视晚晴天气。按：这两句饱含对人生的感受，具有丰富的哲理，为千古名句，颇受世人赞赏。

⑥ “并添”两句：谓站在高阁上眺望，能看得更远；夕阳余辉淡淡地映照在小窗上，显得格外明亮。并：更。添：增添。迥：远。注：照射。

⑦ “越鸟”两句：谓天晴巢干，傍晚归巢的燕子飞翔得更轻便。“越鸟”句，暗应“晴”字；“归飞”句，暗应“晚”字。越鸟：《古诗》有“越鸟巢南枝”句，即“越鸟巢干后”所本。《本草集解》云：“紫胸轻小者是越燕……胸斑黑声大者是胡燕。”这里的“越鸟”，是南方的燕，并非是紫胸的小燕。古代称桂林象郡为“百越”，“越鸟”即越中之燕。或谓今两广一带为“百越”。越、粤二字，古代通用。按：义山咏物抒怀，妙能贴切，时有佳句，常在可解与不可解之间。“天意怜幽草，人间重晚晴”两句，寄托遥深，可谓上乘。

桂　　林[1]

城窄山将压[2]，江宽地共浮[3]。东南通绝域[4]，西北有高楼[5]。神护青枫岸[6]，龙移白石湫[7]。殊乡竟何祷？箫鼓不曾休[8]。

① 此诗为大中元年，诗人于郑亚桂管观察使幕府时所写，比较含蓄地表现了客居异乡的愁绪。用字炼句颇工，写景状物亦有独到之处。纪昀评此诗说："字字精练，气脉完足，直逼老杜（杜甫）。"（《玉谿生诗说》）桂林：《旧唐书·地理志》载，"江源多桂，不生杂木，故秦时立为桂林郡也"，这即是"桂林"的由来。

② "城窄"句：谓桂林城狭小，被山包围。柳宗元《桂州裴中丞作訾家洲亭记》云："桂州多灵山，发地峭竖，林立四野。"

③ "江宽"句：谓这里的土地，好像都漂浮在江上。《方舆胜览》云："桂州有湘、漓二江、荔江、阳江。"

④ 东南通绝域：《方舆胜览》云，"桂州东浮诸溪，南接琼崖"。琼，即今广东省琼山县。崖，即今海南省崖县。琼崖靠海，故谓"东南通绝域"。绝域，不通之境域，即指大海而言。

⑤ “西北”句：《桂海虞衡志》说，桂州北城旧有楼，曰雪观。这里使用《古诗》现成诗句，意谓楼高可以望远，以表现其“西北望长安”的思乡之情。

⑥ “神护”句：谓有神灵保护着青枫树林。《南方草木状》云：“五岭之间多枫木，岁久则生瘤瘿，一夕遇暴雷骤雨，其树赘暗长三五尺，谓之枫人，越巫取之作术，有通神之验。”

⑦ “龙移”句：谓建祠祭祀，神龙即把险急害人之湫水移平。《明一统志》云：“白石湫在桂林府城北七十里，俗名白石潭。”传说白石潭水甚深，原先湫水险急，舟触必坏，人们为其建祠祭祀，湫水乃平。

⑧ “殊乡”两句：谓殊乡为荒凉僻地，人们迷信鬼神巫卜，不知究竟在祈祷什么，整天箫鼓不止。叶葱奇谓此两句：“措语最为婉妙，不自言愁，而愁自在言外。”（《李商隐诗集疏注》）祷：祈神。

城　　上[①]

有客虚投笔[②]，无憀[③]独上城。沙禽失侣远，江树著阴轻[④]。边遽稽天讨，军须竭地征[⑤]。贾生游刃极，作赋又论兵[⑥]。

① 此诗为李商隐于大中元年(846)充任桂管观察使郑亚幕府幕宾时所写。诗人登城眺远，写景抒怀，抒发其壮志难酬的苦闷。此诗写得情景交融，含而不露，颇有韵味。城上：指桂林城上。

② “有客”句：《后汉书·班超传》载，“(超)家贫，常为官佣书(抄写文件)以供养，久劳苦，尝辍业投笔叹曰：‘大丈夫无他志略，犹当效傅介子、张骞立功异域，以取封侯，安能久事笔研(砚)间乎?’”此句即用此典，写诗人谓自己虽然投笔从戎，却只能在郑亚幕府军中做些文字工作，难以实现远大抱负。故谓“虚投笔”。有客：诗人自称。虚：徒然。投笔：投笔从戎的省语。

③ 无憀：同“无聊”。

④ “沙禽”两句：谓沙滩上的水鸟失去了远飞的伴侣；江边树林笼罩着一片薄云。这两句既是写景，又关合自己的处境，情景交融，天

衣无缝。诗句对仗工整,“失侣远”与“著阴轻”皆用倒词,更增添了情致和韵味。沙禽:水鸟。著:附,笼罩。

⑤“边遽”两句:谓由于边境传送公文的驿车迟迟未到,因而延误了朝廷对西北党项的征讨;巨大的军需开支,耗尽了全国所征收的土地税。言外之意是说朝廷所任并非贤能。边遽(jù):边境传送官府文书的驿车。稽:迟延。天讨:朝廷对边远叛逆者的征讨。军须:军需。地征:征收土地税。

⑥“贾生”两句:此两句诗人以贾谊自况,是说自己有文韬武略,扶危救国游刃有余,而现在却无用武之地。贾生:贾谊(前200—前168),今河南省洛阳市人,西汉初著名的政论家和辞赋家,十八岁即被汉文帝召为博士,一年后升为太中大夫。因主张削弱诸侯王势力、抗御匈奴侵扰、劝农立本等,遭到周勃等权贵的妒忌和毁谤,被贬为长沙王太傅。后又被召回,为梁怀王太傅。游刃极:《庄子·养生主》云,“彼节(牛骨节)者有间,而刀刃者无厚,以无厚入有间,恢恢乎其于游刃必有余地矣”。“游刃极”谓游刃有余。论兵:贾谊曾上书论破匈奴策略,故谓“又论兵”。

梦　　泽[1]

梦泽悲风动白茅[2]，楚王葬尽满城娇[3]。未知歌舞能多少，虚减宫厨为细腰[4]。

① 唐宣宗大中一、二年(847、848)，诗人经过楚地，此诗可能写于此时。梦泽：古代楚国有二泽，谓云和梦，云在长江之北，梦在长江之南。此梦泽即指江南洞庭湖等方圆九百里的湖泊。此诗不仅讽刺楚王荒淫亡国的丑恶行径，而且借古讽今，讽刺唐朝那些迎合邀宠者，甚至也讽刺那些身陷悲剧而不自知的人。因此，此诗远远超出了它所表现的题材范围，而具有普遍的社会意义。此诗写得婉曲蕴藉，手法极高。

② 白茅：《诗经·召南·野有死麕》云，“白茅纯束，有女如玉”。白茅是楚地的一种草，洁白柔滑，古人用来包裹肉类。“白茅纯束，有女如玉”，意谓用白茅捆束死麕，赠送美女。显然，这里以“白茅”兴言女性之美者。李商隐此句诗中所用之“白茅”，亦暗喻女性之美者。

③ “楚王”句：《韩非子·二柄》载，“楚灵王好细腰，而国中多饿人”。

又《后汉书·马廖传》载,“楚王好细腰,宫中多饿死”。此句诗即由此典化出。此句与上句为倒装句。两句意谓由于楚王喜好细腰的美女,而断送了满城美女的性命;因此,梦泽便刮起悲风,吹动白茅,为饿死的美女哀伤。娇:指美女。

④“未知”两句:这两句也是倒装句,意谓你们为了美人细腰而减少宫厨,还不知楚王这般醉生梦死的荒淫生活能维持多久呢!多少:多久。虚减宫厨为细腰:“为细腰虚减宫厨”的倒句,这里指迎合邀宠者。虚减,减少。

过 楚 宫[①]

巫峡[②]迢迢[③]旧楚宫，至今云雨[④]暗丹枫[⑤]。微生尽恋人间乐[⑥]，只有襄王忆梦中[⑦]。

① 唐宣宗大中一、二年(847、848)，诗人经过楚国江陵等地，此诗大约即作于此时。诗作表面上是在讽刺楚襄王贪恋女色、荒淫废政，实则暗中谴责李唐王朝几代皇帝迷信神仙、贪恋女色的荒淫、丑恶行径。字里行间似亦流露出诗人志不得伸的隐痛。所以，冯浩说："自伤独不得志，几于哀猿之啼矣！"(《玉谿生诗集笺注》)楚宫：《太平寰宇记》载，"楚宫在巫山县西北二百步阳台古城内，即襄王所游之地"。

② 巫峡：为长江三峡之一。长江三峡，自西至东为瞿塘峡、巫峡(在重庆市境内)、西陵峡(在湖北省境内)。楚国旧宫即在巫山西北阳台古城内，长江流经巫山峡，故名巫峡。

③ 迢迢：高远的样子。

④ 云雨：宋玉《高唐赋·序》说，楚襄王(怀王之子)与宋玉游云梦之台，望高唐楼馆，上有云气，变化无穷。襄王问之。宋玉说：从

前，先王（怀王）曾游高唐，怠而昼寝，梦见巫山神女，便与之欢合。神女辞曰："妾在巫山之阳，高丘之阻，旦为朝云，暮为行雨，朝朝暮暮，阳台之下。"旦朝视之，如言，故为立庙，号曰"朝云"。

⑤ 暗丹枫：谓云雨遮蔽了巫峡两岸的丹枫树。

⑥ "微生"句：谓世人都迷恋人世间的享受。微生：细民，众生。

⑦ "只有"句：谓只有楚襄王留恋梦中与神女相遇的情事。襄王忆梦：宋玉《神女赋·序》说，楚襄王与宋玉游于云梦之浦，使宋玉赋高唐之事，其夜王寝，果梦与神女遇……

楚　吟[1]

山上离宫宫上楼[2]，楼前宫畔暮江流[3]。楚天长短黄昏雨[4]，宋玉无愁亦自愁[5]。

① 此诗与前首《过楚宫》作于同时，是诗人经过楚宫旧址有感而作，以抒发他对唐朝大兴土木、营造行宫、劳民伤财的愤慨，并为唐朝日益衰败的趋势感到忧愁。此诗写得情思婉曲，兴寄遥深。我们读一下杜甫《咏怀古迹》这类吊古伤今的诗作，或许对理解李商隐此诗，会有启迪。杜甫《咏怀古迹》(其一)云："摇落深知宋玉悲，风流儒雅亦吾师。怅望千秋一洒泪，萧条异代不同时。江山故宅空文藻，云雨荒台岂梦思？最是楚宫俱泯灭，舟人指点到今疑。"

② "山上"句：谓楚王不惜劳民伤财，在山上营造行宫和楼阁，供自己奢侈享乐。离宫：《太平寰宇记》载，"楚宫在巫山县西北二百步阳台古城内，即襄王所游之地"。"离宫"即行宫。

③ "楼前"句：此句写景，暗示唐朝日益衰败的趋势。

④ "楚天"句：此句写景，暗示楚王的荒淫，而又借以象征唐朝的衰败景象。楚天：代指楚国。长短：总是，反正。黄昏雨：《高唐

赋·序》云,"妾在巫山之阳,高丘之阻,朝为行云,暮为行雨,朝朝暮暮,阳台之下"。

⑤ "宋玉"句:谓宋玉的《高唐赋》及其序,好像写得极其轻松无愁的样子,实际上他是在为楚王荒淫误国而忧愁。诗人在这里是以宋玉自况,抒发其为唐朝皇帝生活奢侈荒淫、国家败落而愁苦。

赠刘司户蕡①

江风扬浪动云根②，重碇危樯白日昏③。已断燕鸿初起势④，更惊骚客后归魂⑤。汉廷急诏谁先入⑥，楚路高歌自欲翻⑦。万里相逢⑧欢复泣⑨，凤巢西隔九重门⑩。

① 刘蕡(fén)，字去华，幽州(今北京市)昌平人。唐敬宗宝历二年(826)进士，博学，善属文，敢于直言极谏，猛烈抨击宦官擅权，受到宦人的深嫉，被诬斥出，贬为柳州司户参军。唐宣宗大中二年(848)春初，刘蕡放还，途经黄陵(今湖南省湘阴县)，李商隐与其相晤(见刘学锴、余恕诚《李商隐诗歌集解》)，并作此诗，对他的遭遇表示不平和愤慨。

② “江风”句：谓江风掀浪，地动山摇。扬：一作“吹”。云根：宋孝武帝(刘裕)《登乐山诗》载，“屯烟扰风穴，积水溺云根”。又《天中记》云，“诗人多以云根为石，以云触石而生也”。“云根”即山石。

③ “重碇”句：谓天昏地暗，船系在沉重的石礅上。以上两句写景，暗喻和象征当时宦官专权、威柄凌夷的形势。碇(dìng)：系船石礅。危樯：桅杆，代指船。

④“已断”句：谓刘蕡刚要飞翔的时候，就被宦人斩断翅膀。燕鸿：鸿雁栖息在北方，刘蕡是燕地人，故以“燕鸿”指刘蕡。《旧唐书·刘蕡传》说他“好谈王霸大略”，“慨然有澄清之志”。

⑤“更惊”句：更令人惊喜的是，你今天还能生还。骚客：屈原受谗被疏而作《离骚》，故称“骚客”，这里指刘蕡。归魂：谓刘蕡归来。

⑥“汉廷”句：《汉书·贾谊传》载，贾谊被贬为长沙王太傅，汉文帝思念他，又召他回长安，作梁怀王太傅。诗人用此典，盼望朝廷能把刘蕡召回。

⑦“楚路”句：《论语·微子》载，“楚狂接舆歌而过孔子，曰：‘凤兮凤兮，何德之衰！’”接舆，陆通，字接舆，因对楚国黑暗社会不满，佯狂避世。孔子到楚国，他曾歌唱而过其门，讽刺他不识时务。句意谓刘蕡像接舆那样，自编诗歌，抒发对现实社会的不满。翻：编唱，与“听唱新翻杨柳枝”之“翻”字义同。

⑧万里相逢：令狐楚任兴元山西南道节度使时，李商隐和刘蕡同在其处，为幕僚，故谓“万里相逢”。

⑨欢复泣：谓既感到高兴，又感到伤感。

⑩“凤巢”句：谓刘蕡与皇帝相隔遥远，不可能被“急诏”回京。《竹书纪年》载，轩辕时，“有凤凰集，或止帝之东园，或巢于阿阁”。宋玉《九辩》曰：“君之门兮九重。”凤巢：指贤臣的处所。九重门：指皇帝的住地。

哭刘司户蕡[①]

路有论冤谪，言皆在中兴[②]。空闻迁贾谊，不待相孙弘[③]。江阔唯回首，天高但抚膺[④]。去年相送地，春雪满黄陵[⑤]。

① 诗人在黄陵与刘蕡晤别后，不经年，刘蕡即卒。诗人写此诗表示对他的痛惜和伤悼。另外，诗人还写有《哭刘蕡》《哭刘司户二首》，表示对刘蕡的沉痛悼念及对朝廷斥出刘蕡而致其死的愤懑。由此可见，诗人与刘蕡的深厚交情，与自私冷漠之徒，不可同日而语。刘司户蕡：详见前首《赠刘司户蕡》注①。

② “路有”两句：谓行路之人也在追思昔日直言极谏的刘蕡，他志在国家中兴，不幸竟遭冤谪，沦落绝世。中（zhòng）：再。

③ “空闻”两句：谓刘蕡像贾谊那样被贬谪，却没有等到像公孙弘那样被征召升迁为丞相，就突然去世了。迁：升迁。这里以贾谊比刘蕡，谓空闻朝廷有召回升迁刘蕡的圣旨。孙弘：公孙弘。《史记·平津侯列传》载，汉武帝建元元年，公孙弘为博士，派其出使匈奴，还报，不合武帝意，弘病免归。元光五年，征召文学，对策，

弘第居下，天子擢弘为第一，后又任弘为丞相，封平津侯。

④ “江阔”两句：谓听到刘蕡死去的噩耗，（我）只能隔江回首南望，遥寄哀思；天高难问，沉冤莫诉，唯有抚膺长恸而已。（刘学锴、余恕诚《李商隐诗歌集解》）江阔唯回首：大中元年（847）初，桂管观察使郑亚辟李商隐入幕，为掌书记。大中二年二月，郑亚贬循州（今广东省龙川县），李商隐离桂林，五日至潭州（今湖南省长沙市），曾在湖南观察使李回幕逗留。与刘蕡卒地隔江相望，故谓“江阔唯回首”。抚膺：抚胸。

⑤ “去年”两句：谓春雪纷飞的时节，我才和刘蕡在黄陵晤别，没料到他竟这么快就辞世了。按：这里有感到意外和痛惜之意。去年：不经年。黄陵：今湖南省湘阴县。

异俗二首[1]（其一）

原注：时从事岭南[2]

鬼疟朝朝避[3]，春寒夜夜添[4]。未惊雷破柱[5]，不报水齐檐[6]。虎箭侵肤毒[7]，鱼钩刺骨铦[8]。鸟言成谍诉[9]，多是恨彤襜[10]。

① 正月，诗人从南郡（今湖北省江陵县）归桂州，即奉郑亚之命，暂代昭平郡（今广西省平乐县）刺史。二月，郑亚贬循州（今广东省龙川县），诗人于三、四月间即离桂管北归。由此可知，此诗写于大中二年初在桂管时。此诗反映了昭平地区边民的落后风俗及渔猎生活，并对边民控诉地方官吏的残暴行为给予同情，颇有地方风味。异俗：谓边民的生活风俗。

② 岭南：五岭以南，这里指桂管地区。清代徐逢源说："此诗载《平乐县志》，原注下又有'偶客昭平'四字。"（冯浩《玉谿生诗集笺注》引语）偶客：诗人因奉郑亚之命而暂代昭平刺史，并非朝廷命官，故谓"偶客"。

③ "鬼疟"句：谓边民每天在疟疾未发作前，到处躲避。鬼疟（yào）：

疟疾，又叫“疟子”，每天定时发作而躯冷热。村民缺乏科学知识，迷信鬼神，以为疟疾是鬼作祟所致。疟疾，南北方都有此病，南方湿热，比北方更甚。

④“春寒”句：谓岭南春天多阴雨，每天夜间较寒。春寒：《广西通志》有“三春连暝而多寒”的记载。

⑤“未惊”句：《世说新语·雅量》载，“夏侯太初，尝倚柱作书，时大雨，霹雳破所倚柱，衣服焦然，神色无变，书亦如故”。此句即本于此，意谓岭南多雷，雷破倚柱，并不使人感到震惊。

⑥“不报”句：谓岭南雨多，水淹至屋檐，都不去告急。按：以上两句是说人们习以为常。

⑦“虎箭”句：《桂海虞衡志》载，“蛮箭以毒药濡箭锋，中者立死，药以毒蛇草为之”。句意谓岭南边民用毒箭射虎，毒入虎肤虎即死。

⑧“鱼钩”句：谓边民使用能够刺入鱼骨的锋利鱼钩钓鱼。铦(xiān)：锋利。

⑨“鸟言”句：谓边民用土俗语言，控诉地方官吏。鸟言：《孟子·滕文公上》说许行为“南蛮鴃舌之人”。鴃(jué)舌，谓说话像鸟语。后来，北方人认为南方人说话不易懂，就称其语为“鸟语”，与“鸟言”同。谍(dié)诉：诉讼状词。谍，通“牒”，指牒诉卷约(文书)。

⑩“多是”句：谓边民非常怨恨地方残暴的官吏。彤襜(chān)：《后汉书·贾琮传》载，“琮为冀州刺史，旧典，传车骖驾，垂赤帷裳”。“彤襜”即赤色的车帷，这里代指地方残暴的官吏。

岳 阳 楼[①]

欲为平生一散愁，洞庭湖上岳阳楼[②]。可怜万里堪乘兴[③]，枉是蛟龙解覆舟[④]！

① 大中元年(847)，桂管观察使(治所在今广西省桂林市)郑亚，辟李商隐入幕为掌书记。诗人五月抵桂。郑亚与荆南节度使(治所在今湖北省江陵县)郑肃同宗，冬，诗人奉郑亚之命往荆南，翌年正月返桂。大中二年二月，郑亚贬循州(今广东省龙川县)。三、四月，李商隐即离桂北归，五月至潭州(今湖南省长沙市)，曾在湖南观察使李回幕府短期逗留。此诗即作于大中元年至二年往返桂管两湖期间。此诗写诗人志不得伸，漂泊羁旅，登上岳阳楼，乘兴抒发胸中郁结的苦闷，同时对党人相互倾轧、排斥异己，给予辛辣的讽刺。语气豪迈，也含凄苦。

② 岳阳楼：在今湖南省岳阳市，即其城西门楼，面西，在洞庭湖边，可眺望广阔的湖上风光。楼左湖面对岸即是君山，山光水色，风景极佳。

③“可怜”句：谓可乘兴抒怀，眺望万里洞庭的山光水色！可怜：可

喜。万里：古代号称八百里洞庭，故谓“万里”，此乃夸而言之。

④“枉是”句：谓蛟龙覆舟之险，岂足畏哉！枉是：枉然，徒然。蛟龙覆舟：《西京杂记》载，“瓠子河决，有蛟龙从（带）九子，自决中逆上入河，喷沫流波数十里”。在古代传说中，蛟龙能兴风波，覆没舟船。解：知。

岳阳楼[①]

汉水方城带百蛮[②],四邻谁道乱周班[③]? 如何[④]一梦高唐雨[⑤],自此无心入武关[⑥]?

① 此诗与前首《岳阳楼》(欲为平生一散愁)作于同时同地。此作与前首略有不同,此作为咏史之作,借以讽刺当时李唐王朝的皇帝沉湎声色,缺乏远图。同时亦自励,应奋发有为。故姚培谦云:“此诗似有为而发,以色荒忘父仇,特借题起意耳。”(《李义山诗集笺注》)

② “汉水”句:《左传·僖公四年》载,“楚国方城以为城,汉水以为池”。句意谓楚国把汉水当作城池、方城山当作护城,并把国土扩大到南方边远地区。汉水:出自今甘肃省武都区,流经今湖北省武昌市南而入长江。方城:方城山,在今河南省叶县南。带百蛮:指战国时,楚国把边远小国如巴、蜀、庸、随等并入版图。蛮,古代称南方边远地区为蛮。

③ “四邻”句:谓楚国强横,四邻诸侯没有敢说其乱了周朝天子的班次的!按:战国时代,诸侯争霸天下,弱肉强食,周天子已名存实

亡。楚为大国,势力较强,故四邻诸侯都怕它三分。

④ 如何:为何。

⑤ 一梦高唐雨:谓楚襄王梦见巫山神女的情事(见宋玉《高唐赋》和《神女赋》序)。这里暗指楚襄王迎妇于秦,同秦国和解(见《史记·楚世家》)。

⑥ “自此”句:《史记·楚世家》载,秦昭王时,约请楚怀王在秦地武关(今陕西省商洛市东)会谈,怀王入武关后,便被埋伏的秦兵劫持至咸阳,秦昭王不肯放其归楚,最后怀王死于秦国,为天下笑。楚人皆怜怀王,而怨楚襄王。此承上句,意谓楚襄王为何娶妇于秦,竟忘却父仇,无心攻打秦国了呢?

高　松[①]

高松出众木[②]，伴我向天涯[③]。客散初晴后[④]，僧来不语时[⑤]。有风传雅韵[⑥]，无雪试幽姿[⑦]。上药终相待[⑧]，他年访伏龟[⑨]。

① 此诗写于大中二年（848），诗人奉郑亚之命代理昭平郡刺史时，故此诗比在桂管充任幕僚时写得洒脱。诗人以高松自况，谓其具有凌越“众木”、幽雅不凡、卓然特立的标格和神韵，然而其徒有长才，被弃置天涯。尾联两句画龙点睛，流露出诗人不为世用、无可奈何的感慨。诗作写得气势劲拔，别有意境。

② “高松”句：陶渊明《饮酒》诗云，“青松在东园，众草没奇（通作‘其’）姿。凝霜殄异类，卓然见高枝”。该句即为此句所本。出，凌越。

③ “伴我”句：《古诗十九首·行行重行行》载，“相去万余里，各在天一涯”。句意谓只有高松伴我身处天涯荒僻之地。诗人孤寂凄凉之感，不言而喻。向：临。

④ “客散”句：谓诗人厌烦当官坐衙的无味生活。客散：谓僚属散

班。初晴：雨霁天初晴。

⑤“僧来”句：杜甫《暮登四安寺钟楼寄裴十迪》云，“僧来不语自鸣钟”。此句即由杜诗脱化而来，却与杜诗“僧来不语”写僧不同，这里是写诗人坐禅之时，有僧来访，只是神交道契，不曾与之话语。

⑥“有风”句：此句诗人以风传松涛之声，暗喻自己身处荒僻，只能用诗句来表现自己非同凡俗的神韵。雅韵：指松涛的清响。

⑦“无雪”句：松柏在霜雪严寒中方能显示出苍翠挺拔之姿，即所谓“岁寒，然后知松柏之后凋也”（《论语·子罕》）。岭南天暖无雪，故云“无雪试幽姿”。这里暗喻诗人身处荒僻，不足以施展才略。试：显示。幽姿：谓苍翠挺拔之姿。

⑧“上药”句：谓他要服食长年益寿的丹药。上药：《博物志》引《神农经》说，上药养命，中药养性，下药治病。“上药养命”是说，服食上等药可以延年益寿。终相待：谓终相等待他服食。

⑨“他年”句：谓他要服食茯苓仙药。按：茯苓为滋补的中药，与诗中所说不同。伏龟：茯苓。据说，“茯苓通神灵，上品仙药也”。又说，“松脂沦地中，千年化为茯苓，千年化为琥珀”（冯浩《玉谿生诗集笺注》引《本草纲目》和《博物志》语）。

旧 将 军①

云台高议正纷纷②，谁定当时荡寇勋③？日暮灞陵原上猎④，李将军是旧⑤将军。

① 此诗作于大中二年(848)。本年七月，朝廷续画功臣三十七人图像于凌云阁，却无会昌年间李德裕等有功之臣。非但如此，会昌功臣一再遭到贬斥和迫害。李商隐在此诗中借两汉史事，对朝廷迫害会昌功臣予以谴责，而对李德裕等将相功臣表示同情。旧将军：《史记·李将军列传》载，李将军广者，陇西成纪(今甘肃省秦安北)人，其先人李信，秦时为将，世代为射手。汉文帝十四年，匈奴侵扰，李广从军击匈奴，射杀首虏甚多，为汉中郎。后家居蓝田，常去南山射猎。有次，夜从一骑出猎，从人在田间饮酒。李广还至霸陵亭，霸陵尉醉，呵止广。广从骑曰："故李将军。"尉曰："今将军尚不得夜行，何乃故也！"禁止李广通行，让其夜宿亭下。"故将军"，或谓"旧将军"。

② "云台"句：《后汉书·朱景王杜马刘傅坚马列传》论曰，"永平(汉明帝刘庄年号)中，显宗追感前世功臣，乃图画二十八将于南宫云

台,其外又有王常、李通、窦融、卓茂,合三十二人”。此句明指东汉议论图画功臣像之事,实则暗指唐朝大中二年续画功臣像于凌云阁之事。云台高议:出自江淹《诣建平王上书》“高议云台之上”语。

③ “谁定”句:谓由谁来评定当时李广抗击匈奴立下的功勋呢?按:这表面上是在为李广抗击匈奴、战功卓著,却被弃置闲居而鸣不平,实则是借以为唐朝李德裕等将相抗击回鹘,平定泽、潞叛乱等立下功勋,反遭到贬斥而鸣不平。荡寇:平定敌寇。

④ “日暮”:此句指李广夜猎之事。庾信《哀江南赋》曰:“岂知灞陵夜猎,犹是故时将军。”灞陵:陵名,即霸陵,汉文帝陵墓。

⑤ 旧:一作“故”。

无　　题[①]

万里风波一叶舟[②]，忆归初罢更夷犹[③]。碧江地没元相引，黄鹤沙边亦少留[④]。益德冤魂终报主[⑤]，阿童高义镇横秋[⑥]。人生岂得长无谓，怀古思乡共白头[⑦]。

① 此诗是大中二年诗人离桂管，由水程途经潭州（今湖南省长沙市）、荆南（今湖北省江陵县）北归时所作。写自己半生幕职，老大无成，处境艰难，茫无所之，但仍不甘心年华虚度，还想有所作为，建立功名。

② "万里"句：明是写景，实则暗喻自身到处漂泊，孑然孤危。

③ "忆归"句：谓想起北归，刚打消此念，却又犹疑起来。写得颇为曲折。夷犹：屈原《九歌·湘君》载，"君不行兮夷犹"。"夷犹"即犹疑。犹，豫也。

④ "碧江"两句：谓江水逶迤（wēi yí）流去，本来就牵引着归思；但却像黄鹤那样，仍羁留异乡。地没："没"字有误，或疑为"脉"，尚不可定。

⑤ "益德"句：谓张飞的冤魂终于还是报答了刘备的知遇之恩。《三

国志·蜀书·张飞传》载，张飞，字益德，领巴蜀太守，先主刘备伐吴，飞率兵万人自阆中会江州。临发之时，其部将张达、范强杀飞，持其首顺流而奔孙权。按："冤魂终报主"，当有出处，但无从稽考。

⑥ "阿童"句：谓王濬不负重任，身成功勋。阿童：《晋书·五行志》载，童谣曰："阿童复阿童，衔刀游渡江，不畏岸上虎，但畏水中龙。"阿童为王濬的小字。晋武帝闻歌谣后，便任王濬为龙骧将军。及征吴，江西众军无人渡江，而王濬渡江先定秣陵(今江苏省南京市)。高义：崇高的德义。镇横秋：孔稚珪《北山移文》载，"风情张日，霜气横秋"。按：诗人就其所处之地，想到两位令人敬仰的古代英杰，因此便写出最后两句。

⑦ "人生"两句：谓人怎能碌碌终生，无所作为呢！这两句写得语淡意深，神气完密，但颇凄婉。岂得：岂能。无谓：无所作为。共：指怀古、思乡而言。

思　　归[1]

固有楼堪倚，能无酒可倾[2]？岭云春沮洳，江月夜晴明[3]。鱼乱书何托[4]？猿哀梦易惊[5]。旧居连上苑[6]，时节正迁莺[7]。

① 此诗是诗人于大中二年春在桂管时所作，写岭南风景虽好，但却非久留之地，思家伤别，时局动荡，怆然寄于言外。纪昀说此诗："起得超忽，收得恰好。"(《玉谿生诗说》)

② "固有"两句：写倚楼眺远，借酒浇愁。倾：倾壶斟酒。

③ "岭云"两句：谓岭南白天往往春云密布，夜晚却晴空无云，月明江清，风景迷人。岭：指五岭，即大庾、始安、临贺、桂阳、揭阳(都庞)五岭(《广州记》)。沮洳(jù rù)：低湿之地。这里指春云堆积。

④ "鱼乱"句：汉乐府《饮马长城窟行》云，"客从远方来，遗我双鲤鱼。呼儿烹鲤鱼，中有尺素书"。该句即本于此，意谓鱼群骚乱，书信难托。

⑤ "猿哀"句：谓阵阵悲哀的猿声，常常惊醒我思乡之梦。按：五、六两句写诗人的思乡之情。梦：指思乡之梦。

⑥ “旧居”句：此句写诗人有“身在江海之上，心居乎魏阙（巍然高大的宫廷）之下”（《庄子 · 让王》）的思想。旧居：指开成五年诗人移家长安。上苑：汉代的上林苑。《西京杂记》载：“初修上林苑，群臣远方各献名果异卉三千余种，植其中。”这里指朝廷。

⑦ 迁莺：《诗经 · 小雅 · 伐木》载，“伐木丁丁，鸟鸣嘤嘤；出自幽谷，迁于乔木”。唐代人考试有“莺出谷”的命题。“迁莺”即“莺迁”，为后人谓升官或迁地的祝辞。其在诗句中二者兼而有之。

摇　　落①

摇落伤年日②，羁留念远心③。水亭吟断续，月幌梦飞沉④。古木含风久，疏萤怯露深⑤。人闲始遥夜，地迥更清砧⑥。结爱曾伤晚，端忧复至今⑦。未谙沧海路，何处玉山岑⑧？滩激黄牛暮，云屯白帝阴⑨。遥知沾洒意，不减欲分襟⑩。

① 此首五古大约写于大中二年诗人离桂北归，羁留夔（夔州府，在今重庆市奉节县）、峡之间，诗人思家念远，感慨孤身自危、途穷失路。此诗写得含蓄蕴藉，情调殊佳。纪昀说："语极浓至，佳在不靡。"（《玉谿生诗辑评》）

② "摇落"句：谓看到草木的摇落变衰，感伤自己失职后的迟暮。摇落：宋玉《九辩》载，"萧瑟兮，草木摇落而变衰"。

③ "羁留"句：谓羁留路途，难求遇合，思念家室的情怀油然而生。羁留：寄居滞留于途中。

④ "水亭"两句：谓未能遇合，内心忐忑，连梦里也尽做些升沉之事。水亭：临水之亭。吟断续：断断续续地吟诵诗篇。月幌：谢惠连

《雪赋》云,“月承幌而通辉”。幌,帷幔。飞沉:升沉。

⑤ 疏萤:疏散的萤火虫。“古木”两句:谓古木招风,疏萤怕露。比喻自身孤危,忧虑遭谗。

⑥ “人闲”两句:谓路途无聊,思念妻子时方感夜长;而妻子相距遥远,想来也更会感到思念的痛苦。按:设想妻子念他,更说明他思家之苦。地迥:地远。清砧:杜甫《捣衣》诗云,“亦知戍不返,秋至拭清砧”。此指捣衣声。砧(zhēn),石柎(fū)也。

⑦ “结爱”两句:谓与妻子结为伉俪,真是相恨太晚;婚后自己却游宦异乡,至今仍感到苦闷。曾伤晚:秦嘉《留郡赠妇诗》云,“欢会常苦晚”。端忧:内心郁结的苦闷。端,专。

⑧ “未谙”两句:谓不熟悉通往京师的道路,也不知怎样寻求清要之职。谙(ān):熟悉。沧海路:《春秋繁露·观德》载,“故受命而海内顺之,犹众星之共北辰,流水之宗沧海也”。“沧海路”比喻通往京师的道路。玉山岑:谢朓《郡内高斋闲坐答吕法曹》云,“若遗金门步,见就玉山岑”。玉山,此山多玉石,故名“玉山”。岑,山小而高。这里以“玉山岑”比喻清要之职。

⑨ “滩激”两句:点明当时滞留地点,并以江水湍急,日暮阴云屯积,来衬诗人处境的阴暗和心情的沉郁。黄牛滩:《水经注》载,长江东流(按至西陵峡)经黄牛山,山下有滩,名黄牛滩。南岸重岭叠起,最外高崖间有石,色如人负刀牵牛,人黑牛黄,成就分明。此岩既高,加以江湍迂回,故行者歌谣说:“朝发黄牛,暮宿黄牛,三

朝三暮，黄牛如故。”言水路迂深，回望如一。云屯：谓阴云屯积。白帝：白帝城，在今重庆市奉节县。

⑩ “遥知”两句：谓遥想妻子知道我怆然泣下的心境，其哀伤当会不减于分别之时。分襟：骆宾王《秋日别侯四得弹字》诗云，“歧路分襟易，风云促膝难”。“分襟”谓分离。

陆发荆南始至商洛①

昔去真无奈，今还岂自知②。青辞木奴橘③，紫见地仙芝④。四海秋风阔，千岩暮景迟⑤。向来忧际会，犹有五湖期⑥。

① 大中二年(848)二月，桂管观察使(治府在桂州)郑亚贬循州(今广东省龙川县)。三、四月间，李商隐即离桂管北归，途经潭州(今湖南省长沙市)、荆南(今湖北省江陵县)，秋天至商洛(今陕西省商洛市)，已经距离京城长安不远。此诗即写于大中二年秋，诗人始至商洛时。写诗人追随郑亚游宦桂管，却失职而归，因此不免流露出身世落拓和迟暮之感。但同时，诗人仍怀有“欲回天地入扁舟”(《安定城楼》)的功成身退思想。此诗写得沉郁悲凉，含蓄蕴藉，笔力劲健，令人玩味。陆发荆南：从荆南渡长江而登陆出发。始至：刚到。商洛：唐朝县名。

② “昔去”两句：谓过去随郑亚去桂管充任幕僚，真是出于无奈；今日失职而归，哪里是自己所料呢！奈：一作“素”，字形相近而讹。

③ “青辞”句：为“辞青木奴橘”，谓李衡善为身后谋算。《三国志·

吴书·孙休传》裴松之注云，三国时吴国丹阳太守李衡，在龙阳(今湖南省汉寿县)洲上种橘千株，临死时对其子说："汝母恶我治家，故穷如是。然吾州里有千头木奴，不责(古'债'字)汝衣食，岁上一匹绢，亦可足用矣。""吴末，衡甘橘成，岁得绢数千匹，家道殷足。"辞：告诉。青木奴橘：青橘。木奴，甘橘的别称。

④"紫见"句：为"见地仙紫芝"，谓四皓善于避世护身。按：诗人借以上两句，慨叹自己不善于谋身。《汉书·王贡两龚鲍传》序云："汉兴，有园公、绮里季、夏黄公、角里先生，此四人者，当秦之世，避而入商雒深山，以待天下之定也。"又皇甫谧《高士传》载，园公等四皓《紫芝歌》曰："莫莫高山，深谷逶迤。晔晔紫芝，可以疗饥。唐虞世远，吾将何归？驷马高盖，其忧甚大。富贵之畏人兮，不如贫贱之肆志。"地仙：指四皓。紫芝：灵芝的一种。

⑤"四海"两句：谓五湖四海的秋天皆如此萧瑟，锦绣江山虽好，但已迫近迟暮。颇有"夕阳无限好，只是近黄昏"(《乐游原》)之感，这里暗含诗人对身世和时局的隐喻。四海：五湖四海。千岩：谓商雒诸山之层峦叠嶂。暮景迟：为"景迟暮"。

⑥"向来"两句：谓虽然自己长期漂泊不遇，向来忧虑际会太难，但时至今日还是怀抱有功成身退的心愿。向来：从来。际会：指政治的遇合。五湖期：《吴越春秋》卷十载，越国大臣范蠡，功成身退，"乃乘扁舟，出三江，入五湖，人莫知其所适"。期，设想。

钧　　天①

上帝钧天会众灵，昔人因梦到青冥②。伶伦吹裂孤生竹，却为知音不得听③。

① 大中二年(848)，诗人由桂管返回长安。此诗大约作于诗人返回长安之后，抒写“贤者不必遇，遇者不必贤”，而贤者所以不遇，乃因小人妒才。此诗写得愤语无痕，自然天成。此等诗境只有义山独创，为他人所不能。

② “上帝”两句：谓上帝在钧天大会众神，赵简子因梦而平步青云，听到动人的天乐。这里暗喻令狐绹之辈侥幸得势，身居要津。《史记·赵世家》载，春秋末年，晋国贵卿赵简子病，梦至天帝之所，醒后告诉众大夫曰：“我之帝所甚乐，与百神游于钧天，广乐(天上的音乐)九奏万舞，不类三代之乐，其声动人心。”上帝：暗指当朝皇帝。钧天：天的中央。众灵：指百神。昔人：指赵简子。青冥：天色青冥，故代指天。

③ “伶伦”两句：谓伶伦虽然为黄帝吹裂了竹管，却因为他深谙音律而不能聆听钧天广乐。这里诗人以伶伦自况，“却为知音”(比喻

有才)而被显贵妒忌,所以遭到摒弃。伶伦吹竹:《吕氏春秋·适音》说,伶伦为黄帝乐官,为黄帝制音律,从大夏(山名)之西、阮隃(山名)之阴,取谷中之竹制管,吹奏出黄钟之宫的乐调。孤生竹:孤竹独生者。却为:却因。

九　　日①

曾共②山翁③把酒时④，霜天白菊绕阶墀⑤。十年泉下无消息⑥，九日⑦樽⑧前有所思。不学汉臣栽苜蓿⑨，空教楚客咏江蓠⑩。郎君官贵施行马⑪，东阁无因再得窥⑫。

① 此诗写于大中三年(849)诗人在长安时。当时京兆尹留李商隐代参军事，奏署掾曹，专掌章奏。诗前幅暗指旧日府主令狐楚对自己的赏识和栽培，缅怀追思和感激之情，写得空灵含蓄，耐人寻味。后幅暗指遭到府主令子令狐绹的冷遇和排斥。字里行间充满愤懑和怨恨。妙在能寓悲凉于蕴藉之中。按：钱谦益写校本题下注曰："一本下有'怀令狐楚府主'六字。"冯浩说："果有六字，可以息众喙，然或后人所注，必非原注，余未之见。"(《玉谿生诗集笺注》)

② 曾共：曾同。

③ 山翁：《晋书·山涛传》载，山简(涛子)，世称山翁或山公，曾为襄阳太守。当时天下分崩，朝野危惧，简却优游卒岁，嗜酒成性，经常喝得酩酊大醉。这里暗指令狐楚。

④ 时：一作“卮”，盛酒器。

⑤ “霜天”句：谓令狐楚喜爱白菊。按：首联暗喻令狐楚赏识和栽培自己。白菊似为诗人自喻。霜天白菊：刘禹锡《和令狐相公玩白菊》诗云，“家家菊尽黄，梁国独如霜”。阶墀(chí)：台阶。

⑥ “十年”句：令狐楚卒于开成二年(837)，至大中三年(849)已经十二年，这里取成数。

⑦ 九日：九月九日重阳节。

⑧ 樽：盛酒器。

⑨ “不学”句：《汉书·西域传》载，张骞出使西域，取回苜蓿种。天子因天马多，爱食苜蓿，便令种植离宫馆旁。此句即本于此。义山本为令狐楚弟子，却娶泾原节度使王茂元之女为妻，因此令狐绹即视义山投靠异党而予以排斥。此句暗喻令狐绹度量狭窄，不任用自己。

⑩ “空教”句：此句暗喻令狐绹不重人才，党同伐异，自己徒然陈情，无济于事。空教(jiāo)：空使。楚客咏江蓠：屈原《离骚》载，“扈江离(同蓠)与辟芷兮，纫秋兰以为佩”。这是说屈原以内修为美，以香草为佩。楚客，指屈原。因屈原为战国时代楚人，故谓“楚客”。这里是诗人以“楚客”自喻。江蓠，香草名，又名蘼芜。

⑪ “郎君”句：谓令狐绹身为贵官，大门难进。郎君：《唐摭言》载，“义山师事令狐文公(楚)，呼小赵公(绹)为郎君”。这是说义山原与令狐氏父子都交好，故有“郎君”之称。施：设。行马：《演繁

露·行马》载,“魏晋以后,官至贵品,其门得施行马。行马者,一木横中,两木互穿,以成四角,施之于门,以为约禁也”。“行马”即官署或府邸门前所设拦阻人马通行的木架。大中三年二月,令狐绹升为中书舍人。五月,迁御史中丞。九月,充翰林学士承旨。

⑫“东阁”句:此句借以暗喻令狐绹对自己冷淡,自己再也无缘受到昔日府公那样的礼遇。东阁:《汉书·公孙弘传》载,弘为宰相,起客馆,“开东阁以延贤人”。阁,即小门,东向开之,以引宾客贤人,有别于掾吏官属。

李 卫 公[①]

绛纱弟子音尘绝[②]，鸾镜佳人旧会稀[③]。今日致身歌舞地[④]，木棉花暖鹧鸪飞[⑤]。

① 此诗写于大中二年(848)李德裕贬崖州后，表现了诗人对其不幸遭遇的深切同情和伤怜。诗人在为郑亚代拟的《会昌一品集序》中，曾称颂李德裕为“万古之良相”。从此诗所表现的对李德裕的真挚感情来看，诗人有“不以成败论英雄”的思想倾向。纪昀评此诗：“格意殊高，亦有神韵。”(《玉谿生诗说》)李卫公：李德裕(787—849)，字文饶，赵郡(治所在今河北省赵县)人，为李吉甫之子。唐武宗会昌年间任宰相，推行削弱藩镇，抵御回鹘，打击僧侣、地主势力的政策。会昌四年(844)，因讨平自行袭任泽潞节度使刘稹有功，被封为卫国公。唐宣宗李忱即位，李德裕遭“牛党”打击，被贬为潮州司马。大中二年(848)九月，再被贬为崖州司户参军。大中四年(850)卒于此地。

② “绛纱”句：谓李德裕所擢拔的门生故吏也与他断绝了联系。绛纱弟子：《后汉书·马融传》载，“尝坐高堂，施绛纱帐，前授生徒，

后列女乐”。绛纱,红色的帷帐。音尘绝:李德裕被贬崖州后所作《与姚谏议郃书》说,“天地穷人,物情所弃;虽为骨肉,无复音书;平生旧知,无复吊问”。

③ “鸾镜”句:谓旧日的鸾镜佳人,也很少与他相会。比喻很少与平生故旧相会。鸾镜佳人:谓后房妻妾。这里指政治上的志同道合者。鸾镜,绘有鸾凤花纹的梳妆镜。

④ 歌舞地:“今日”句:谓李德裕今天来到岭南荒僻之地。刘学锴、余恕诚说,“(歌舞地)即歌舞冈,在今广州市越秀山上,南越王赵佗曾在此歌舞,因而得名。此以‘歌舞地’指代岭南地区”(《李商隐诗歌集解》)。

⑤ “木棉”句:谓举目所见尽是木棉花开、鹧鸪飞鸣的情景。这里暗喻李德裕在贬地的孤寂凄凉况味。木棉花暖:杨慎《升庵诗话》载,“南中木棉树,大如抱,花红似山茶而蕊黄,花片极厚”。花暖,因木棉花片极厚,故谓“花暖”。鹧鸪飞:《禽经》载,“子规啼必北向,鹧鸪飞必南翥”。屈复说此句有李德裕“不堪肠断思乡处,红槿花中越鸟啼”之意(《玉谿生诗意》)。

杜司勋[①]

高楼风雨感斯文[②]，短翼差池不及群[③]。刻意伤春复伤别[④]，人间唯有杜司勋[⑤]！

① 此诗作于大中三年(849)春，诗人在长安暂代京兆府法曹参军。此诗不仅是对杜牧诗“伤春复伤别”的赞颂，亦是对自己诗歌的自评，其中也抒发自己身世孤孑、不能奋飞远举的慨叹。杜司勋：杜牧，字牧之。杜牧任司勋员外郎(吏部属官)兼史馆修撰。杜牧的诗多忧国伤时之作，亦有少量伤别的绮丽之笔，义山与之同调。因此，杜牧与义山齐名，世称“小李杜”。

② “高楼”句：谓处此高楼，风雨迷茫，对杜牧之诗正有更深刻的感受。高楼风雨：《诗经·郑风·风雨》载，“风雨如晦，鸡鸣不已”。这里是抒发风雨怀人之情。用“高楼风雨”的迷茫景象，象征时局的昏暗。感斯文：王羲之《兰亭集序》云，“后之览者，亦将有感于斯文”。斯，此。

③ “短翼”句：谓自己翅短力薄，不及同仁，不能奋飞远举。按：这是自谦才短之词。短翼差池：《诗经·邶风·燕燕》载，“燕燕于飞，

差池其羽”。差池，不齐的样子。

④ 刻意：镂刻心意，是说用意深刻。伤春：指杜牧《惜春》诗，即“春半年已除，其余强为有。即此醉残花，便同尝腊酒。怅望送春怀，殷勤扫花帚。谁为驻东流，年年长在手”。伤别：指杜牧《赠别》诗二首。其一为“娉娉袅袅十三余，豆蔻梢头二月初。春风十里扬州路，卷上珠帘总不如”。其二为“多情却似总无情，唯觉樽前笑不成。蜡烛有心还惜别，替人垂泪到天明”。显然“伤春”是相对忧国伤时而言。诗人《曲江》诗中的“天荒地变心虽折，若比伤春意未多”即可佐证。“刻意”句：谓杜牧创作许多忧国伤时之作，同时也写了一些绮丽的伤别诗篇。

⑤ “人间”句：谓杜牧是世上第一诗人。

赠司勋杜十三员外[①]

杜牧司勋字牧之，清秋一首杜秋诗[②]。前身应是梁江总，名总还应字总持[③]。心铁已从干镆利[④]，鬓丝休叹雪霜垂[⑤]。汉江远吊西江水，羊祜韦丹尽有碑[⑥]。

① 此诗写于大中三年(849)初在长安时。杜牧以经世济时之才自负，虽任京职，却常叹老嗟卑，感慨志不得伸。此作谓其筹划，皆为国所用，虽然鬓丝霜垂，名位不高，亦无可憾。因此，义山并未仅以诗人论之，可谓真知音也。当时义山寄人篱下，困厄穷愁，却并未诉之同病之苦，而申之深情厚谊，亦真难能可贵。此诗善用姓、名和字，字多重叠，不但没有轻佻纤巧之态，反而气势流畅，音调谐适，别成一格，格调奇绝。所以，纪昀评之曰：奇趣横生，笔墨恣逸，“不可无一，不可有二”(《玉谿生诗说》)。司勋杜十三员外：杜牧，任吏部员外郎。唐人以同一曾祖父的兄弟姊妹排行，牧排行十三。

② “清秋”句：此句借杜秋娘的不幸遭遇，抒发世事沧桑的感慨。清秋：清秋时节。杜秋：杜秋娘。一作“杜陵”，误。杜牧《杜秋娘诗

序》说：杜秋，金陵女子，年十五为镇海节度使李锜妾。锜谋叛被诛，秋娘遂籍入宫，有宠于唐宪宗。李恒(穆宗)即位，命秋娘为皇子漳王保姆，皇子废削，赐归故乡。予过金陵，感其穷且老，为之赋诗。

③ “前身”两句：谓江总名总，字总持，与杜牧名牧，字牧之相似，故谓其应是杜牧的“前身”。这里是以江总的文才赞誉杜牧。江总：《南史·江总传》载，江总，字总持，好学有文辞，尤工五七言诗，仕梁为尚书殿中郎云云。

④ “心铁”：此句是赞扬杜牧具有政治才能和军事韬略。心铁：心如铁石，这里指杜牧胸中自有甲兵。如他曾作《战论》《守论》等论兵议政鸿文，并注《孙子》。征伐刘稹时，杜牧曾向李德裕献策且被采纳。从：共，同。干镆(mò)：干将、镆铘，宝剑名。利：锋利。

⑤ 鬓丝：杜牧《题禅院》诗云，“今日鬓丝禅榻畔，茶烟轻飏落花风”。雪霜：《郡斋独酌》诗：“前年鬓生雪，今年须带霜。”“鬓丝”句：谓不要嗟叹鬓丝霜垂，年华虚度。“鬓丝休叹”为“休叹鬓丝”的倒词。

⑥ “汉江”两句：谓杜牧所撰韦丹碑，也和羊祜堕泪碑一样，将会被世人永远铭记在心。言外之意是，他为国献策，也会青史留名。汉江：杜预曾任襄阳太守，襄阳地处汉水与长江之滨，故以“汉江”代指杜预。而杜预为杜牧远祖，因此这里又以“汉江”转指杜牧。西江：《资治通鉴·大中三年》载，“正月，上(皇帝)与宰相论

元和循吏孰为第一，周墀曰：‘臣尝守土江西，闻观察使韦丹功德被于八州。没四十年，老稚歌思，如丹尚存。’乙亥，诏史馆修撰杜牧，撰丹遗爱碑以纪之”。故“西江”即“江西”，代指韦丹。羊祜：《晋书·羊祜传》载，羊祜，晋朝名将，曾都督荆州诸军事，任襄阳太守，甚得江汉民心。死后，襄阳百姓于岘山祜平生游息之所，建碑立庙，每年祭祀，“望其碑者，莫不流涕，杜预因名为‘堕泪碑’”。韦丹碑：原注为“时杜奉诏撰《韦碑》”。

骄 儿 诗[①]

衮师[②]我骄儿[③],美秀[④]乃无匹[⑤]。文葆未周晬,固已知六七[⑥]。四岁知姓名,眼不视梨栗[⑦]。交朋颇窥观,谓是丹穴物[⑧]。前朝尚器貌,流品方第一[⑨]。不然神仙姿,不尔燕鹤骨[⑩]。安得此相谓?欲慰衰朽质[⑪]。

青春妍和月,朋戏浑甥侄[⑫]。绕堂复穿林,沸若金鼎溢[⑬]。门有长者来,造次请先出[⑭]。客前问所须,含意不吐实[⑮]。归来学客面,闵败秉爷笏[⑯]。或谑张飞胡,或笑邓艾吃[⑰]。豪鹰毛崱屴,猛马气佶傈[⑱]。截得青筼筜,骑走恣唐突[⑲]。忽复学参军,按声唤苍鹘[⑳]。又复纱灯旁,稽首礼夜佛[㉑]。仰鞭罥蛛网,俯首饮花蜜[㉒]。欲争蛱蝶轻,未谢柳絮疾[㉓]。阶前逢阿姊,六甲颇输失[㉔]。凝走[㉕]弄香奁[㉖],拔脱金屈戌[㉗]。抱持多反倒,威怒不可律[㉘]。曲躬牵窗网,衉唾拭琴漆[㉙]。有时看临书,挺立不动膝[㉚]。古锦请裁衣,玉轴亦欲乞[㉛]。请爷书春胜,春胜宜春日[㉜]。芭蕉斜卷笺,辛夷低过笔[㉝]。

爷昔好读书，恳苦[34]自著述。憔悴欲四十，无肉畏蚤虱[35]。儿慎勿学爷，读书求甲乙[36]。穰苴司马法，张良黄石术[37]。便为帝王师，不假更纤悉[38]。况今西与北，羌戎正狂悖[39]。诛赦[40]两未成[41]，将养如痼疾[42]。儿当速成大，探雏入虎穴[43]。当为万户侯，勿守一经帙[44]。

① 此诗写于大中三年(849)春初，这年诗人三十七岁，与诗中所写吻合。但据末段寄慨分析，此诗应写于《偶成转韵七十二句赠四同舍》之前。诗评家大多以为此作是模仿两晋诗人左思的《娇女诗》而写，其实二者的实质并不相同。左思《娇女诗》，完全是描写娇女的憨态娇情，并没有深刻的寓意。李商隐此诗则不然。由于李商隐饱经忧患、沉沦憔悴，壮志未酬，他在这首诗里是别有寄慨的。此作分为三段。从“衮师”至“朽质”为第一段，写骄儿之美秀与友朋之夸赞。“欲慰衰朽质”一句，即透露出诗人沉沦潦倒之悲苦。自“青春”至“辛夷”句为第二段，描写骄儿天真活泼、聪颖过人之神态，与诗人憔悴、颓唐之形状，恰成鲜明对照。“爷昔”以下为第三段，是在抒发“儿慎勿学爷，读书求甲乙”“当为万户侯，勿守一经帙”的感慨，既含有怀才不遇的牢愁，亦寓有满腹经纶无济于世、无益于身的痛苦回味。刘学锴和余恕诚评此诗：“全诗风格，或可以含泪之微笑概之。”(《李商隐诗歌集解》)此论是颇为精

辟的。此诗之所以全用仄韵,亦是为了便于抒发抑郁悲苦之慨。

② 衮(gǔn)师:诗人骄儿之小名。

③ 骄儿:谓宠爱之子。

④ 美秀:谓外貌俊美,内心灵秀聪敏。

⑤ 无匹:无比。

⑥ “文葆”两句:谓衮师在襁褓中未满周岁时,就能认知“六”“七”两个字。文葆:绣有花纹的婴儿包被。葆,同“褓”,即“襁褓”,包被。周晬(zuì):《东京梦华录》载,“生子百日,置会,谓之‘百晬’。至来岁生日,谓之‘周晬’”。“周晬”即周岁。

⑦ 眼不视梨栗:陶渊明《责子诗》曰,“雍端年十三,不识六与七;通子垂九龄,但觅梨与栗”。李商隐谓衮师不贪吃,眼睛不盯着梨与栗等果品。

⑧ “交朋”两句:谓友朋很看重衮师,说他将来能够成为出类拔萃的人物。交朋:友朋。窥观:注视。丹穴物:《山海经·南山经》云,丹穴山有鸟,其状如鸡,五彩而文,名曰凤凰。又《孟子·公孙丑》说,凤凰之于飞鸟,出类拔萃。

⑨ “前朝”两句:谓友朋认为假如衮师生在崇尚器宇仪貌的六朝时代,就会被评为第一流的人品。按:此两句与下两句,仍为友朋夸赞衮师的话。前朝:指六朝。《南史·王僧绰传》载:“参掌大选,究识流品。”又《晋书·卫玠传》载:“时中兴名士,惟王承及玠,为当时第一。”器貌:器宇仪容。

⑩“不然”两句：衮师有贵人气度和风骨。不然……不尔：为排比连接词,意犹为“要不就是……要不就是……”。神仙姿：《世说新语·容止》载,“王右军见杜弘治,叹曰:‘面如凝脂,眼如点漆,此神仙中人。’”燕鹤骨：燕颔鹤步,皆贵人风骨。

⑪“安得”两句：谓怎么能这样夸赞呢？不过是想安慰我这衰朽无用的人罢了。按：田兰芳评曰,“不自信,正是自矜”(冯浩《玉谿生诗集笺注》引),意谓貌似自谦,实则正是对爱子的激赏。

⑫“青春”两句：谓在风和日丽的春天,衮师和甥侄辈混在一起尽兴地玩耍。青春妍和月：谓绚丽和煦的春天。朋戏：成群结队地在一起游戏。朋,群。浑甥侄：诗人《祭小侄女寄寄文》载,“侄辈数人,竹马玉环,绣襜文褓,堂前阶下,日里风中,弄药争花,纷吾左右”。浑,杂。

⑬“绕堂”两句：谓群童游戏,热闹得像开了锅。金鼎：谓金属制作的锅。溢：沸水外溢。

⑭“门有”两句：谓门外有贵客到来,骄儿便急忙抢先出去迎接。按：长者,或谓为长辈客人。造次：急忙,仓促。

⑮“客前”两句：谓客人当面问他想要什么,他却把愿望隐藏在心里,不吐露实情。

⑯“归来”两句：谓送客归来,衮师拿着父亲的笏板,学着客人的表情破门而入。闯(wěi)败：破门而入。闯,开门。败,毁坏。笏(hù)：古代官员上朝时手中所拿记事用的手板。

⑰“或谑”两句：谓衮师有时模仿张飞长着大胡子的模样，有时模仿邓艾口吃的形象，以此为戏谑和玩笑。按：以上四句，描写衮师天真活泼、顽皮可爱之态。谑（xuè）：戏谑，开玩笑。张飞：三国时蜀将，字翼德，与关羽同拥刘备，誓共生死，结为桃园三兄弟。胡：胡须。邓艾：三国时魏将，字士载。《世说新语·言语》载：“邓艾口吃，语称艾艾。”

⑱“豪鹰”两句：谓衮师的神情像苍鹰野马，凌厉非常。崱屴（zé lì）：高耸的样子。佶傈（jí lì）：壮健的样子。

⑲“截得”两句：谓衮师骑着竹马，肆意冲撞。《后汉书·郭伋传》载：“行部到西河美稷，有童儿数百，各骑竹马，道次迎拜。”截：斩断。青篔筜（yún dāng）：青毛竹。恣：任意，肆意。唐突：冲撞。

⑳“忽复”两句：谓衮师忽然又演起参军戏，学着官吏的声调和口气传唤奴仆。段安节《乐府杂录》载：“（唐）开元中，（优人）黄旛绰、张野狐善弄参军。”又《五代史·吴世家》载：“徐氏之专政也，隆演幼懦，不能自持，而知训尤凌侮之。尝饮酒楼上，命优人高贵卿侍酒，知训为参军，隆演鹑衣髽髻为苍鹘。知训尝使酒骂坐，语侵隆演。”参军：参军戏。参军为主角，扮饰官人。苍鹘（gǔ）：《太和正音》载，“副末，古谓苍鹘”。苍鹘为配角，扮饰奴仆。按声：学着优人作戏时的声调、口气。

㉑“又复”两句：谓衮师一会儿又跑到纱灯旁，学着大人那样去叩头拜佛。稽首：叩头。

㉒“仰鞭”两句：谓衮师一会儿抬头举鞭去挂取蜘蛛网，一会儿又低头去喝蜂蜜。罥（juàn）：挂取。

㉓“欲争”两句：谓衮师与蛱蝶、柳絮比赛，想比它们更轻捷、灵快。未谢：不让。蛱蝶：为蝶类总称。

㉔“阶前”两句：谓衮师在阶前与其阿姐背诵或书写“六甲”，以大败告终。六甲：以天干地支相配，用来计算时日，配成六十甲子，谓“六甲”。其中有甲子、甲戌、甲申、甲午、甲辰、甲寅，故云。古代儿童入学，要学习和书写干支。

㉕凝（nìng）走：扭着身子跑。凝，扭曲的意思。白居易《祓禊日游于斗门亭》云：“舞急红腰凝，歌迟翠黛低。”李山甫《寒食》曰：“柳凝东风一向斜。”

㉖香奁：妇女用的梳妆盒。

㉗金屈戌：梳妆盒上的金属扣链。

㉘“抱持”两句：谓衮师阿姊抱他，他往往倒在地上耍赖，并且威吓和发怒，不服管束。反倒：一作“反侧”。律：谓管束。

㉙“曲躬”两句：谓衮师弯着身子去拉窗纱，沾着唾沫去擦琴上的油漆。按：这里是说衮师顽皮多动。曲弓：弯着身子。窗网：窗纱。峈（kè）唾：吐唾沫。拭：擦。

㉚“有时”两句：谓衮师有时观看父亲临帖，两膝挺立跪坐，一点不动。《宣和书谱》载：“御府所藏李商隐书二：正书《月赋》，行书《四六本藁草》。”按：这里写衮师神情专注的样子。临书：临帖。

㉛“古锦”两句：谓衮师看见锦料，便要为自己裁衣；看见玉轴，便要拿着玩耍。古锦：书画装潢所用的锦料。玉轴：字画装潢所用的轴。

㉜“请爷”两句：温庭筠《春日寄岳州从事李员外》诗云，“剪胜裁春字，开屏见晓江”。春胜，亦称春幡。有用笔写在纸上的，以李诗可证；有剪纸做成的，以温诗可证。不过有的戴在头上，有的挂在花下。其内容大抵是些吉祥话，如“宜入新春，诸事随心”“新春开笔，万事大吉”之类。所谓“春胜宜春日”，也就是指书写此类内容。

㉝“芭蕉”句：谓衮师将笺纸像芭蕉叶那样斜卷，把木笔递给父亲。两句承上两句衮师“请爷书春胜”接写。按：这两句使用倒词。辛夷：木笔。低：谓衮师比木笔低矮。过笔：递笔。

㉞恳苦：勤苦。

㉟“憔悴”两句：谓我消瘦憔悴，怕蚤虱叮咬。这里暗指自己潦倒失意，为谄邪之徒所害。畏蚤虱：《南史・文学传》说，卞彬仕不遂，著《蚤虱》赋等，皆大有指斥。

㊱“儿慎”两句：谓儿子切勿学爷读书应举，求第做官。甲乙：《新唐书・选举志》载，“经策全通为甲第，策通四、帖过四以上为乙第”。这是唐代科举考试制度的规定。

㊲“穰苴”两句：写诗人要儿子好好学习兵法。穰苴（ráng jū）司马法：穰苴为春秋时代齐景公将领，曾官大司马，故称司马穰苴。

《史记》有《司马穰苴列传》，传曰："齐威王使大夫追论古者司马兵法，而附穰苴于其中，因号《司马穰苴兵法》。"张良黄石术：《史记·留侯世家》说，有一老父（黄石公）至良所，出一编书曰："读此则为王者师矣。"视其书，乃太公兵法也。张良，汉初开国元勋之一，被封为留侯。

㊳ "便为"两句：谓诗人要儿子学习兵法当帝王之师，不要学习烦琐细微的知识。按：这里隐含着诗人自己一生困顿、失意的人生体验。假：凭借。纤悉：谓烦琐细小的知识。

㊴ "况今"两句：《资治通鉴·唐宣宗纪》载，大中元年五月，"吐蕃论恐热乘武宗之丧，诱党项及回纥余众寇河西……"秋八月，"突厥掠漕米及行商……"二年十二月，"吐蕃论恐热遣其将莽罗急藏将兵二万，略地西鄙"。羌戎：指唐朝当时我国西北党项羌及回纥、吐蕃少数民族上层叛乱分子。正狂悖：正在叛乱。

㊵ 诛赦：谓讨伐和息兵安抚。

㊶ 两未成：谓使用这两种策略皆无效果。

㊷ 将养如痼疾：谓若姑息放纵，将养成祸患。痼疾，久治不愈之症。

㊸ "探雏"句：谓深入虎穴，寻捉乳虎。比喻深入敌巢，建立功名。《后汉书·班超传》载，"超曰：'不入虎穴，不得虎子。'"雏：雏虎。穴：或作"窟"，非是。

㊹ "当为"两句：谓要儿子将来弃文习武，以军功封侯。万户侯：汉制，列侯大者食邑万户，故云。一经帙（zhì）：《汉书·韦贤传》载：

“邹鲁谚曰：‘遗子黄金满籯（yíng，竹箱），不如一经。’”帙，书套。李商隐与其意相反，与杨炯《从军行》诗所说“宁为百夫长，胜作一书生”意思相近。

题汉祖庙[①]

乘运应须宅八荒，男儿安在恋池隍[②]？君王[③]自起新丰[④]后，项羽何曾在故乡[⑤]！

① 大中三年(849)十月，武宁节度使(治所在今江苏省徐州市)卢弘止辟李商隐入幕为判官。年底，李商隐赴徐州。此诗为大中四年初，诗人居卢弘止幕府时所写。诗写胸怀大志者，方能统一天下；而"恋池隍"者，则不免兵败身亡。在咏史之中，似有讽刺时君并无恢复藩镇割据局面之意。清代何焯说："宅八荒者可以自起新丰，恋池隍者终不能故乡昼锦，相形最妙！"(《义门读书记》)汉祖：汉高祖刘邦，沛(今江苏省沛县)人，沛郡有庙。

② "乘运"两句：谓大丈夫应当乘有利时机完成统一天下的大业，哪能胸无大志而留恋故里？运：时运，时机。宅：居。八荒：《说苑·辨物》载，"八荒之内有四海，四海之内有九州，天子处中州而制八方"。"八荒"即天下。池隍(huáng)：《说文》载，"隍，城池也，有水曰池，无水曰隍"。这里指故乡。

③ 君王：指刘邦。

④ 起新丰：《三辅旧事》说，刘邦定居长安，其父思慕乡里，刘邦就在长安附近兴建新丰（今陕西省临潼区东北），迁来丰（今江苏省丰县）沛百姓。

⑤ “项羽”句：项羽，下相（今江苏省宿迁市西）人，引兵入关中后，有人劝他定都咸阳，以成霸业，他见秦宫室被焚残破，又思念故乡，心怀东归，便曰，“富贵不归故乡，如衣绣夜行，谁知之者”（《史记·项羽本纪》），于是分封诸侯，自称西楚霸王，定都彭城（今江苏省徐州市）。三、四两句意谓刘邦胸怀大志，能完成统一中国的大业，另建和故乡一样的新丰；而项羽“恋池隍”，兵败身亡，又何曾能称霸故乡而夸富贵呢！按：李商隐《偶成转韵七十二句赠四同舍》诗有“我来不见隆准人，沥酒空余庙中客”两句，可知此二诗为同时之作。

春　　雨[①]

怅卧新春白袷衣[②]，白门寥落意多违[③]。红楼隔雨相望冷，珠箔飘灯独自归[④]。远路应悲春晼晚，残宵犹得梦依稀[⑤]。玉珰缄札何由达？万里云罗一雁飞[⑥]。

① 此诗写于大中四年(850)春初诗人到徐州幕府时，是夜雨思家之作，并非是爱情诗。诗中反映诗人初到徐幕，寂寞冷清，意愿多违，思家伤别情怀便油然而生。末句亦流露出忧谗畏讥的意绪。

② “怅卧”句：谓初春至徐幕，我意绪惆怅，便和衣而卧。怅卧新春：新春怅卧。白袷(jiā)衣：白色的夹衣。

③ “白门”句：谓在徐幕，我感到寂寞冷清，意愿多违。白门：《三国志·魏书·吕布传》载，“布自称徐州刺史……布与其麾下登白门楼”，可知“白门”即徐州白门城楼，代指徐幕。

④ “红楼”两句：谓隔雨相望红楼居家的欢乐情景，更觉得自己孤寂、冷清；遮雨的帘箔不停地飘打着提灯，我便孤独地归来。红楼：指居住的人家。珠箔：珠帘，这里指为提灯遮雨的帘箔。

⑤ “远路”两句：谓春暮时刻，妻子一定会因念远伤别而愁苦；在拂

晓时,我也常常模模糊糊地做着与家人团聚的梦。春晼(wǎn)晚:春暮时分。残宵:宵残向晓时分。依稀:模模糊糊。

⑥“玉珰”两句:谓妻子把“玉珰缄札”托付给一只孤雁,万里云罗,这恐怕很难传到。按:末联,诗人思家伤别、忧谗畏讥的复杂心理融为一体。只有反复玩味,方能得之。玉珰(dāng):玉耳珠。缄札:书信。把书信和定情的玉珰寄给对方,叫作“侑(yòu)缄”。云罗:阴云弥漫,如张开的罗网。一雁飞:谓飞雁传书。

板桥晓别[1]

回望高城[2]落晓河[3]，长亭窗户压微波[4]。水仙欲上鲤鱼去[5]，一夜芙蓉红泪多[6]。

① 大中三年(849)，李商隐辟入徐幕为判官，得侍御史。四年春，李商隐奉使入京，与诗人李郢相遇于汴州(汴梁)。李郢有《送李商隐侍御奉使入关》和《板桥重送》诗。李郢《板桥重送》诗云："梁苑城西蘸水头，玉鞭公子醉风流。几多红粉低鬟恨，一部清商驻拍留。王事有程须仃仃，客身如梦正悠悠。洛阳津畔逢神女，莫坠金楼醉石榴。"由此可知，李商隐此诗，是在板桥与爱妓相别之作。诗人把神话传说融入诗中，构成绚丽多彩的意境和新奇浪漫的情调，具有很高的艺术审美价值。纪昀评之曰："何等风韵，如此作艳体，乃佳！"(《玉谿生诗说》)板桥：《香祖笔记》载，"板桥在今汴梁(今河南省开封市)城西三十里中牟之东，唐人小说载板桥三娘事即此，与谢玄晖之新林浦板桥异地而同名也"。

② 高城：汴州城。板桥晓别，离汴州城颇远，故谓"回望高城"。

③ 落晓河：天已拂晓，银河渐落。这里点出已到诗题中所说的"晓

别”时刻。

④“长亭”句：此句写景，以启三、四两句。长亭：板桥附近，临水留宿处的亭阁。窗户压微波：亭阁窗户贴近桥边河水，故谓“压微波”。

⑤“水仙”句：《列仙传》云，琴高，战国时赵人，以弹琴为宋康王舍人。修炼长生之术，浮游冀州、涿郡之间二百余年。后入涿水取龙子，与弟子约定返日，至时，果乘赤鲤鱼来，留岁余，复入水去。又吴均《登寿阳八公山》诗云，“是有琴高者，凌波去水仙”。此句巧妙地化用琴高乘鲤鱼而去的神话故事，比喻自己将要离去。水仙：比喻将要离去的诗人。上：犹乘。鲤鱼：比喻舟船。

⑥“一夜”句：《拾遗记・魏》载，“文帝所爱美人，姓薛名灵芸……闻别父母，歔欷累日，泪下沾衣。至升车就路之时，以玉唾壶承泪，壶则红色。既发常山，及至京师，壶中泪凝如血”。芙蓉：荷花，这里比喻女主人公。红泪：谓女主人公为悲伤离别而泣泪如血。

偶成转韵七十二句赠四同舍[①]

沛国东风吹大泽，蒲青柳碧春一色[②]。我来不见隆准人，沥酒空余庙中客[③]。征东同舍鸳与鸾，酒酣劝我悬征鞍[④]。蓝山宝肆不可入，玉中仍是青琅玕[⑤]。武威将军使中侠，少年箭道惊杨叶[⑥]。战功高后数文章，怜我秋斋梦蝴蝶[⑦]。诘旦天门传奏章，高车大马来煌煌[⑧]。路逢邹枚不暇揖，腊月大雪过大梁[⑨]。

忆昔公为会昌宰，我时入谒虚怀待[⑩]。众中赏我赋《高唐》，回看屈宋由年辈[⑪]。公事武皇为铁冠，历厅请我相所难[⑫]。我时憔悴在书阁，卧枕芸香春夜阑[⑬]。明年[⑭]赴辟[⑮]下昭桂[⑯]，东郊[⑰]恸哭辞兄弟[⑱]。韩公堆上跋马时，回望秦川树如荠[⑲]。依稀南指阳台云，鲤鱼食钩猿失群[⑳]。湘妃庙下已春尽，虞帝城前初日曛[㉑]。谢游桥上澄江馆，下望山城如一弹[㉒]。鹧鸪声苦晓惊眠，朱槿花娇晚相伴[㉓]。顷之失职辞南风，破帆坏桨荆江中[㉔]。斩蛟破璧不无意，平生自许非匆匆[㉕]。归来寂寞灵台[㉖]下，着破蓝衫[㉗]出无马。天官[28]补吏[29]府中趋[30]，玉骨[31]瘦来无一把。手封狴牢屯制囚，直厅印锁黄昏愁[32]。平明赤帖使修表，上贺嫖姚收贼州[33]。旧山万仞青霞外，望见扶桑出东海[34]。爱君忧国去未能，白道青松了然在[35]。此时闻有燕昭台[36]，挺身东望[37]心眼开[38]。且吟王粲从军乐，不赋渊明归去来[39]。

彭门十万皆雄勇，首戴公恩若山重[40]。廷评日下握灵蛇，书记眠时吞彩凤[41]。之子夫君郑与裴，何甥谢舅当世才[42]。青袍白简风流极，碧沼红莲倾倒开[43]。我生粗疏不足数，《梁父》哀吟鸲鹆舞[44]。横行阔视倚公怜，狂来笔力如牛弩[45]。借酒祝公千万年，我徒礼分常周旋[46]。收旗卧鼓相天子，相门出相光青史[47]。

① 唐宣宗李忱大中三年(849)一月，武宁节度使(治所在今江苏省徐州市)卢弘止(或作“正”)辟李商隐入幕任判官。此诗是诗人翌年之春赠幕府同僚之作，是一首自叙平生的抒情诗。诗人写其自“憔悴在书阁”至“赴辟下昭桂”“失职辞南风”，再至“补吏府中趋”，其困顿失意、境遇之坎坷，可谓不堪言状。正值其苦闷彷徨之际，卢弘止辟他入幕，与之商讨政务，待之甚善，因此他精神为之一振，写出“且吟王粲行军乐，不赋渊明归去来”的诗句，以表达其从军报国的理想。此作为七言古诗，或谓七言歌行。诗作构思

精致,具有鲜丽流畅、挥洒自如、豪放不羁的风格,又有沉郁顿挫之笔。古人评此诗曰:“傲岸激昂,儒酸一洗。”(冯浩《玉谿生诗集笺注》引清田兰芳语)转韵:换韵。此诗四句一换韵;末四句叠用两句换韵,即两平韵换两仄韵。四同舍:指幕府中刘允章等四位同僚。其他三位具体为谁,失考。

② “沛国”两句:谓徐州府是有传奇色彩的汉高祖刘邦的故里所在地,在这蒲青柳碧的美好春天,我来到这里。沛国:《史记·高祖本纪》载:“高祖(按:汉高祖刘邦),沛丰邑中阳里人,字季。父曰太公,母曰刘媪。其先刘媪尝息大泽之陂,梦与神遇。是时雷电晦冥,太公往视,则见蛟龙于其上。已而有身,遂产高祖。”沛国即今江苏徐州市,东汉改沛国,唐代置徐州府。沛,汉高祖刘邦的故里,在今江苏省沛县。蒲:蒲草,或谓蒲柳。柳:杨柳。

③ “我来”两句:谓我来到徐州,再也看不见这位具有雄才大略的帝王,只能独自在庙中酹酒祭奠了。按:这里暗喻诗人深有生不逢时、怀才不遇之感。《史记·高祖本纪》载:“高祖为人,隆准而龙颜,美须髯,左股有七十二黑子。”又传刘邦为亭长时,在送徒役往郦山而经过丰(今江苏省丰县)西大泽中时,有白帝子化为大蛇挡道,他拔剑斩蛇,路径遂开。隆准人:指刘邦。隆准,高鼻梁。沥酒:滴酒。庙:沛县有高祖庙。客:诗人自称。

④ “征东”两句:谓卢弘止幕府的同僚皆为才俊之辈,同僚劝我不要远行,就久居卢幕吧。征东:汉代有“征东将军”名号,这里指卢

弘止。鸳与鸾：鸳侣鸾朋，指同僚皆为才俊之辈。悬征鞍：悬挂马鞍。

⑤ “蓝田”两句：谓卢幕如同蓝田宝肆，人才济济；同舍四友更为杰出，我岂敢跻身此间。按：这两句赞美同僚，亦是自谦之辞。蓝山：《长安志》载，“蓝田山在长安县(今陕西省蓝田县南三十里)，其山产玉，亦名玉山”。宝肆：宝玉之肆店，借指卢幕。仍是：更是。青琅玕(láng gān)：青玉石，玉中佳品。琅玕，《广韵》载，“美石次玉”。

⑥ “武威”两句：谓卢弘止为节度使中的豪杰，年少得志，武功高强。武威将军：《三国会要》载，“蜀有武威中郎将，昭烈置”。这里借指卢弘止，卢为武宁节度使，故借称之。使中侠：谓卢弘止为节度使中有豪侠气概的人物。箭道惊杨叶：《战国策·楚策》载，“楚有养由基，善射，去柳叶者百步而射之，百发百中”。

⑦ “战功”两句：谓卢弘止不仅战功卓著，且能识文才，同情我困居秋斋，辟我入幕。《旧唐书·卢弘正传》载：“三迁兵部郎中、给事中。会昌末，王师讨刘稹……即命为邢、洺、磁团练观察留后，未行而稹诛。乃令弘正衔命宣谕河北三镇。使还，拜工部侍郎。”数(shǔ)文章：评论文章，这里谓卢弘止兼有文才。梦蝴蝶：《庄子·齐物论》载，“昔者庄周梦为蝴蝶，栩栩然蝴蝶也；自喻适志与！不知周也。俄然觉，则蘧蘧然周也。不知周之梦为蝴蝶与？蝴蝶之梦为周与？”

⑧“诘旦”两句：谓卢弘止向朝廷奏辟李商隐入幕，皇帝批后卢派车马接送诗人入幕。《樊南乙集序》载：“（大中三年）十月，尚书范阳公（卢弘止）以徐戎凶悍，节度阙判官，奏入幕。”诘旦：天明。天门：指皇宫。煌煌：光明的样子。

⑨“路逢”两句：谓由于赴程匆匆，我于腊月的风雪中经过梁园故地，亦无暇与友人叙旧话别。邹枚：邹阳、枚乘，西汉著名的文学家，曾为梁孝王刘武宾客。这里李商隐借指宣武节度使（治汴州，在今河南省开封市）幕府的友人李郢等。揖（yī）：拱手礼。大梁：战国时，魏惠王迁都大梁（今河南省开封市附近）。按：以上是此诗的第一段，写卢弘止奏辟诗人入幕经过，并交代幕府中有同僚四人。

⑩“忆昔”两句：谓回想过去卢公出任会昌县令时，我曾去拜见他，他非常谦逊地接待我。会昌：唐朝昭应县，即今陕西省临潼区。宰：县令。卢弘止于大和八年（834）任昭应县县令。谒（yè）：拜见。

⑪“众中”两句：谓卢弘止激赏我的诗文，我似乎可以与古代的屈原、宋玉相比。按：从“回看”句，不难看出李商隐当时的自负狂态。《高唐》：《高唐赋》，为战国时屈原弟子宋玉作，是辞赋之中的名篇。此赋写楚襄王游云梦（大泽名）高唐（台馆），梦见巫山神女的艳情故事。这里指卢弘止欣赏诗人的诗文。由：通“犹”。年辈：同年。

⑫ “公事”两句：谓卢弘止在唐武宗朝中任御史大夫时，有了疑难便请我去帮助。武皇：指唐武宗李炎。铁冠：法冠。《旧唐书·舆服志》载，“法冠，一名獬豸冠，以铁为柱，其上施珠两枚，为獬豸之形”。又《旧唐书·职官志》载，“御史台：大夫、中丞押大事，则冠法冠……”卢弘止当时可能任御史大夫，掌副丞相之职。历厅：超越厅堂。相所难：谓帮助卢公解决疑难问题。

⑬ “我时”两句：谓我当时任职秘书省，壮志难酬；在书阁值夜时，整整一夜，亦只能卧枕散发芸香气味的图书。憔悴：指失意。在书阁：在秘书省藏书处。当时为唐武宗会昌五年，李商隐服母丧满，官秘书省正字，属九品下，官位比校书郎低。其职责是校理秘阁图书。芸香：驱除书中蠹虫的香料。阑：尽。按：以上八句，是写诗人于会昌时期与卢弘止结交的情况。

⑭ 明年：翌年，即唐宣宗大中元年。

⑮ 赴辟：应征上任。

⑯ 昭桂：昭，即昭州，治所在今广西省平乐县；桂，即桂州，为桂管使署所在地，故址在今广西省桂林市。桂昭属桂管观察使管辖。郑亚出任桂管观察使时，李商隐应其征聘为幕僚，前往赴任。

⑰ 东郊：指京都长安东郊。

⑱ 兄弟：李商隐弟羲叟。当时羲叟新登进士第。

⑲ “韩公”两句：谓在韩公堆举目回看长安，去国怀乡之情油然而生。按：北朝乐府《陇头歌辞》云，“陇头流水，呜声呜咽。遥望秦

川，心肝断绝”。李商隐“回望”句可能暗用此意。韩公堆：《长安志》载，“韩公堆，驿名，在蓝田县南二十五里”。跋马：勒马使之回转。秦川：《三秦记》载，“长安正南秦岭根，水流为秦川，一名樊川”。又《方舆纪要》载，“秦孝公徙都之，谓之秦川，亦曰关中”。这里指长安一带。树如荠：南朝梁戴暠《度关山》诗曰，“今上关山望，长安树如荠”。荠，荠菜。

⑳“依稀”两句：谓我南去荆楚之地，仿佛望见巫山行云，更感抑郁愁苦，孤孑无依。依稀：仿佛。阳台云：宋玉《高唐赋》序中神女自称，“妾在巫山之阳，高丘之阻。旦为朝云，暮为行雨，朝朝暮暮，阳台之下”。鲤鱼食钩：汉乐府《乌生》载，“鲤鱼乃在洛水深渊中，钓钩尚得鲤鱼口”。李商隐用此典故，暗示自己为了谋生，遂上钓钩。猿失群：暗喻其孤孑失侣。

㉑“湘妃”两句：谓春尽时抵湖南，夏时到达桂林。湘妃庙：舜妃娥皇、女英庙，在湖南省湘阴县北洞庭湖畔，又名黄陵庙。已春尽：诗人于三月二十八日至潭州（今湖南省长沙市），大抵过湘妃庙时已经春尽。虞帝城：桂林城。桂州临桂县虞山下有舜祠。初日曛：《玉篇》载“熏，热也”。曛，古通“熏”。按：以上八句，写赴桂途中情景。

㉒“谢游”两句：写桂林名胜景色。谢游桥、澄江馆：南朝诗人谢灵运和谢朓二人皆曾游过岭南，此桥与馆皆在桂林，系属何人，说法不一，有待稽考。山城：指桂林城。如一弹：《太平寰宇记》载，

国……(九月)西川节度使杜悰奏收复维州”。又《樊南乙集序》载,“尹即留假参军事,专章奏。属天子事边,康季荣首得七关,数月,李玼得秦州,月余,朱叔明又得长乐州,而益丞相亦寻取维州,联为章贺”。两者即可互为印证。平明:天明。赤帖:书写贺表所用的红色纸帖。修表:书写。嫖姚:西汉名将霍去病,曾为嫖姚校尉而随大将军卫青出塞抗击匈奴。这里借指收复三关七州的唐朝将领。按:以上八句,写诗人在京兆尹府的事务和境遇。

㉞“旧山”两句:谓我的故乡玉阳山比青霞山还要高,登上山巅就可以看见日出扶桑的奇妙景象。旧山:指诗人故乡河南省王屋山,他青年时代曾在王屋山的分支玉阳山学道。青霞:道书《云笈七签》云,“(元始天王)东游碧水豪林之境,上憩青霞九曲之房”。扶桑:神话东方大海中的神树,为太阳栖息之所。

㉟“爱国”两句:谓玉阳山的白道青松仍了然在目,因为有“爱君忧国”的抱负,所以未能飘然而去。白道:李白《洗脚亭》诗载,“白道向姑熟,洪亭临道旁”。清王琦注曰,“人行迹多,草不能生,遥望白色,故曰白道,唐诗多用之”。

㊱燕昭台:战国时燕昭王筑台,置千金于其上,以招揽天下贤才。世称黄金台,或称燕昭台。这里借指卢弘止镇徐州,征聘人才。

㊲挺身东望:徐州在长安东,故云。

㊳心眼开:谓豁然开朗,或谓心花怒放。清田兰芳说:“一纵一收,揽入本题。”(冯浩《玉谿生诗集笺注》引)

㊴“且吟”两句：谓乐于追随卢弘止而从军入幕，不效法陶渊明弃官归田隐居。王粲：东汉末年文学家，字仲宣，山西高平（今山西省邹城市）人，“建安七子”之一。初避难荆州，依刘表，不得志，后归依曹操，参加东征张鲁，写《从军诗五首》，其中有“从军有苦乐，但闻所从谁”的诗句。渊明归去来：东晋诗人陶渊明有《归去来辞》，表示要弃官归田，过隐居生活。按：以上八句为一节，写自己“爱君忧国”，随卢公入幕，施展报国之才。从“忆昔”至“归去来”为第二大段，是全诗的主干，追叙诗人会昌末至卢幕这段时间的经历及遭遇。

㊵“彭门”两句：谓彭城十万雄兵都感谢卢弘止的恩德，因他整顿军纪，才避免了祸乱。按：以下叙卢幕情况。《旧唐书·卢弘正传》载，徐方自智兴之后，军士骄怠，银刀军尤不法。弘止戮其尤无状者，终弘止治，不敢哗。彭门：徐州，徐州古代名彭城，唐朝天宝元年置彭城郡。首戴：《列子·汤问》说，渤海之东，有座大山，常随潮波上下浮动，帝派禺彊用十五个巨鳌，举首而戴之，五山始峙立不动。

㊶“廷评”两句：赞美同僚中大理评事官以擅长文章而知名京城，书记官的文思颇新颖，藻汇颇富赡。廷评：大理寺评事官，从八品下阶，这里指同舍所带的京官官衔。日下：指京城。握灵蛇：曹植《与杨德祖书》载，“人人自自谓握灵蛇之珠，家家自谓抱荆山之玉”。“握灵蛇”即握灵蛇之珠。所谓“灵蛇珠”，即隋侯之珠。《淮

南子·览冥训》高诱注“隋侯之珠”云：隋侯见一大蛇断伤，以药敷之。其后，大蛇于江中衔大珠报之。“书记”句：《晋书·文苑传》载，“（罗含）尝昼卧，梦一鸟，文彩异常，飞入口中，因惊起说之……自此后藻思日新”。书记，指同僚。

㊷“之子”两句：赞美同僚中的其中两位与古代的何无忌和谢安一样，都是当时将帅之才。之子：《诗经·魏风·汾沮洳》曰，“彼其之子，美如英”，又曰，“彼其之子，美如玉”。之，那个。夫君：屈原《九歌·云中君》载，“思夫君兮太息”。“夫子”指朋友，唐诗亦用之。李商隐《雨中长乐水馆送赵十五滂不及》曰：“夫君太骋锦障泥。”其中的“夫君”亦为此意。郑与裴：《汉书·郑当时传》说，郑当时性好客，曾置驿马于长安郊外，送迎宾客。又《世说新语·赏誉》说，裴景声清才。这里的“郑与裴”，是借古人指同僚。何甥：《南史·宋武帝纪》载，“何无忌，刘牢之（在淝水之战中担任前锋）外甥，酷似其舅”。谢舅：指谢安，曾指挥淝水之战，取得大捷。其甥羊昙，为安器重，故谓谢舅。

㊸“青袍”两句：谓幕府同僚虽官品低下，却颇富文才，且极为风流；与府主相处，亦相得甚欢。青袍：青衫，同“蓝衫”，唐朝八、九品官员所穿服装。白简：竹木手板，唐朝为六品以下官员使用。碧沼红莲：《南史·庾杲之传》云，王俭任庾杲之为长史，萧缅写信给他说，“景行（庾杲之字）泛绿水，依芙蓉，何其丽也”。故时人称俭府为莲花池。后世称幕府为莲幕。沼，莲池。倾倒开：形容莲

花盛开的景象。按：以上八句，赞美府主与同僚。

㊹“我生”两句：谓我生性粗犷疏略，并不足称道，却受到卢弘止的赏识和器重。《三国志·吴书·鲁肃传》载，张昭訾毁鲁肃，谓“肃年少粗疏，不可用”。粗疏：粗犷疏忽。不足数：不足称道。《梁父》：《梁父吟》。世传诸葛亮的《梁父吟》，是他哀悼春秋末年齐国三壮士公孙接、田开疆、古冶子被谗身死之作。这里借以寄托对谗言陷害正人之慨。鸲鹆（qú yù）舞：《晋书·谢尚传》云，王导辟谢尚为掾，说，“闻君能作鸲鹆舞，一座倾想”。尚便著衣帻而舞，旁若无人。

㊺“横行”两句：谓因备受府主赏识、怜爱，我便写出雄健豪放的诗篇。按：两句极写得遇知己之乐。横行阔视：极为得意的神态。倚公怜：依仗府主的怜爱。牛弩：用牛筋、牛角制作的弩（弓）。

㊻“借酒”两句：谓借酒敬祝卢公长寿，我辈愿永远追随在其麾下。我徒：我辈。礼分：礼数。周旋：追随。

㊼“收旗”两句：谓卢公能武能文，将以亚相出任宰相而辅佐天子；其光辉业绩，定能载入史册。按：以上八句，写卢公知遇之乐，并祝愿府主高升。“彭门”句至终句为本诗第三段，写称赞同舍、祝愿恩主，并抒发怀抱。清纪昀评此诗：“直作长庆体，接落平钝处，未脱元、白习径；中间沉郁顿挫处，则元、白不能为也。”（《玉谿生诗说》）《后汉书·隗嚣传》载：“还师振旅，櫜弓卧鼓。”《史记·孟尝君列传》载：“将门必有将，相门必有相。”

戏题枢言草阁三十二韵[1]

君[2]家[3]在河北[4]，我家在山西[5]。百岁本无业，阴阴仙李枝[6]。尚书[7]文与武[8]，战罢幕府开[9]。君从渭南[10]至，我自仙游[11]来。平昔苦南北，动成云雨乖[12]。逮[13]今两携手，对若床下鞋[14]。夜归碣石馆，朝上黄金台[15]。

我有苦寒调，君抱阳春才[16]。年颜各少壮，发绿齿尚齐[17]。我虽不能饮，君时醉如泥。政静筹画简，退食多相携[18]。扫掠[19]走马[20]路，整顿射雉[21]翳[22]。春风二三月，柳密莺正啼。清河[23]在门外，上与浮云齐[24]。欹冠调玉琴[25]，弹作《松风》哀[26]。又弹《明君怨》，一去怨不回[27]。感激坐者泣，起视雁行低[28]。翻忧龙山雪，却杂胡沙飞[29]。仲容铜琵琶，项直声凄凄[30]。上贴金捍拨，画为承露鸡[31]。

君时卧枨触[32]，劝客白玉杯。苦云年光疾，不饮将安归？我赏此言是，因循未能谐[33]。君言中圣人，坐卧莫我违[34]。榆荚乱不整，杨花飞相随[35]。上有白日照，下有东风吹[36]。青楼[37]有美人[38]，颜色如玫瑰[39]。歌声入青云，所痛无良媒[40]。少年苦不久，顾慕良难哉[41]！徒令真珠肶，裛入珊瑚腮[42]。君今且少安，听我苦吟诗。古诗何人作？老大犹伤悲[43]！

① 冯浩说："义山在徐幕，心事稍乐，故有此种之作。"（《玉谿生诗集笺注》）这即是说，此诗写于大中四年（850），是在枢言草阁的题诗。诗写诗人与草阁主人李枢言有相同的遭遇，抒发了怀才不遇、抱负难施的牢愁。但诗人并没有因此消沉颓丧，而以积极奋发的精神相勉励。冯浩评此诗说："音节古雅，情景潇洒，神味绵渺，离合承引，极细极自然，五古中上乘也。"（《玉谿生诗集笺注》）枢言：草阁主人姓李，字枢言，是诗人在徐幕时的同僚。

② 君：指枢言。

③ 家：指家世。

④ 河北：《新唐书·宰相世系表》有"赵郡李氏"，枢言或系出赵郡李氏，故云。

⑤ 山西：指陇西。李唐王室源出陇西李氏，李商隐与李唐王室同宗，故云。

⑥ "百岁"两句：谓我们两家虽世代无业，却和李唐王室同属神仙李耳的后代支系。业：产业。阴阴：枝叶茂盛的样子。仙李枝：唐高宗李治把老子李耳奉为李氏之祖，追号为太上玄元皇帝，并当

㉕“欹冠”句：谓侧冠弹琴，表示潇洒，亦含有不受封建礼教约束之意。欹(qī)冠：侧冠。玉琴：用玉石镶饰的琴。

㉖《松风》哀：琴曲有《风入松》，传为晋嵇康所作(《乐府诗集》卷六十)，似是指此。

㉗“又弹”两句：借弹《昭君怨》，抒发怀才不遇的心曲。《明君怨》：《昭君怨》，琴曲名。《琴操》说，王昭君在匈奴，恨帝始不见遇，作怨思之歌，后人名为《昭君怨》。晋避司马昭讳而改为《明君怨》。

㉘“感激”两句：谓枢言琴艺极高，颇有感染力。感激：情绪激动。坐：一作“卧”，误。雁行低：琴声哀怨，鸿雁亦为之低飞。与钱起《归雁》“二十五弦弹月夜，不胜清怨却飞来”的诗意相似。

㉙“翻忧”两句：谓哀怨的琴曲，似乎席卷龙山之雪，夹杂千里胡沙，呼啸而来。鲍照《学刘公干体》载：“胡风吹朔雪，千里度龙山。”翻忧：即忧翻，忧怨倾倒的意思。龙山：在今内蒙古自治区托克托，古代属云中郡，为北方边塞。

㉚“仲容”两句：晋阮咸字仲容，妙解音律，善弹琵琶(《晋书·阮咸传》)。传说他曾制铜琵琶。项直：琵琶有直项和曲项两种，阮咸所弹为直项琵琶。按：项直声凄，似在借物暗喻人性格耿直，不随波逐流。

㉛“上贴”两句：谓琵琶上贴金饰的捍拨，画着承露鸡图。金捍拨：捍拨为弹奏琵琶所用拨弦的工具，以金饰之，故谓“金捍拨”。承露鸡：南郡产的一种鸡，又叫长鸣承露鸡。按：《诗经·郑风·风

雨》载，“风雨如晦，鸡鸣不已”。又李贺《致酒行》云，“雄鸡一声天下白”。由此看来，“画为承露鸡”句，似暗喻诗人在风雨如晦的岁月里，总是像雄鸡那样振翅长鸣。

㉜ 卧枨（chèng）触：谓卧枨而多有感触。枨，《说文》载，“枨，杖也”。

㉝ “因循”句：谓我有不能饮酒的习惯，不能和你一样畅饮。因循：守旧不变。谐：配合适当。

㉞ “君言”两句：谓我爱喝酒，坐卧都不能与酒分开。《三国志·魏书·徐邈传》载，邈为尚书郎时，禁酒，邈私饮而沉醉，校事赵达问以曹事。邈曰，“中圣人”。醉客谓清酒为“圣人”，浊酒为“贤人”。中（zhòng）圣人：谓饮酒而醉。后世便称喝醉酒为“中圣人”，而省称“中圣”。如李白《赠孟浩然》诗曰：“醉月频中圣，迷花不事君。”违：背，分开。

㉟ “榆荚”两句：韩愈《晚春》诗载，“草树知春不久归，百般红紫斗芳菲。杨花榆荚无才思，唯解漫天作雪飞”。其中“杨花”两句，是在借写景，讽刺那些趋炎附势，或随波逐流之辈。李商隐这两句诗，即本于韩诗，亦含有韩诗之意。

㊱ “上有”两句：借写有“白日照”和“东风吹”，暗喻正是奋发有为的大好时机。

㊲ 青楼：豪贵人家用青漆涂饰的高楼。

㊳ 美人：借以比喻有才华和抱负之士。

㊴ 玫瑰：司马相如《子虚赋》载，“其石则赤玉玫瑰”。“玫瑰”即红

宝石。

㊵“歌声”两句：借写美女无媒难嫁，暗抒志士怀才不遇、年华虚度之慨。

㊶“少年”两句：暗喻年华易逝，抱负难施。顾慕：眷恋。

㊷“徒令”两句：谓白让汗珠沾湿了美女珊瑚般的腮。真珠肶（pí）：《孟子·滕文公》载，“其颡有泚”，意谓额上冒出汗来。泚（cǐ），出汗的样子。疑“真珠肶”为“真珠泚”之误。“真珠泚”即为冒出汗珠。真珠，形容似真珠般的汗珠。裛（yī）：当为“浥”之借字，沾湿。珊瑚：谓肉红色。

㊸“君今”四句：为诗人答枢言之词。“老大”句：汉乐府古辞《长歌行》载，“百川东到海，何时复西归？少壮不努力，老大徒伤悲！”此句即本于此，意谓应当及时努力，建立功业。按：末段以对答形式，曲折地抒发了诗人和友人怀才不遇的心声，并及时勉励，互相警诫。

房 中 曲[①]

蔷薇泣幽素，翠带花钱小[②]。娇郎痴若云，抱日西帘晓[③]。枕是龙宫石，割得秋波色[④]。玉簟失柔肤，但见蒙罗碧[⑤]。忆得前年春，未语含悲辛[⑥]。归来已不见，锦瑟长于人[⑦]。今日涧底松，明日山头檗[⑧]。愁到天地翻，相看不相识[⑨]。

① 大中五年(851)，李商隐罢徐幕归，其妻王氏春夏间卒，卒前夫妻未及见面。这首五古诗为悼亡诗，表现诗人缅怀和悼念王氏的深情。房中曲：乐府曲名。

② “蔷薇”两句：为悼亡诗起兴。泣幽素：本谓蔷薇花含露水，由于采用拟人的修辞手法，意谓好像幽冷恬淡的花朵也在哭泣。与杜甫《春望》中的“感时花溅泪”诗句用法相似。翠带：指蔷薇细长柔软、翠绿的枝条，形容它像翠带一般。花钱小：谓蔷薇圆而小的花瓣。

③ “娇郎”两句：谓娇儿悲伤失神，若浮云无所依托；抱枕而眠，日高帘卷，尚卧而不起。娇郎：指诗人之子娇儿。

④“枕是”两句：谓宝石般的枕头，光亮照人，好像是剪割下的亡妻的秋波。按：睹物思人，更感凄怆。龙宫石：龙宫宝石，泛指宝石。秋波：李贺《唐儿歌》载，“一双瞳人剪秋水”。“秋波”谓明净的秋水似眼波。

⑤“玉簟”两句：谓簟席上已没有爱妻的柔嫩玉体，只能看见蒙盖着的翠被而已。玉簟(diàn)：似玉般的竹席。蒙：盖。罗碧：翠被。

⑥“忆得”两句：谓回忆前年春天离别之时，爱妻有疾，预感将不久于人世，故未语先悲。按：诗人当时未曾在意，今日想来，愈感悲痛。

⑦“锦瑟”句：谓只见她生前喜爱弹奏的锦瑟，依然放在那里。

⑧涧底松：本于左思《咏史八首》“郁郁涧底松”。山头蘗(bò)：《子夜四时歌》载，“黄蘗向春生，苦心随日长”。蘗，即黄柏，中药，味苦。因“随日长”，故谓在“山头”。“今日”两句：谓自己今日犹如涧底之松，郁郁难伸；明天却像山头之蘗，滋味尤苦。

⑨“愁到”两句：谓纵使相思到天翻地覆，或有相见之日，亦恐已不相识。这里“设必无之想，作必无之虑，哀悼之情，于此为极”(《李商隐诗歌集解》引钱良择语)。地：一作“池”。按：苏轼悼亡词《江城子》中的“纵使相逢应不识，尘满面，鬓如霜”似受到此诗的启迪。

王十二兄与畏之员外相访，见招小饮，时予以悼亡日近，不去，因寄[1]

谢傅[2]门庭旧末行[3]，今朝歌管属檀郎[4]。更无人处帘垂地，欲拂尘时簟竟床[5]。嵇氏幼男犹可悯，左家娇女岂能忘[6]！秋霖腹疾俱难遣，万里西风夜正长[7]。

① 诗人因悼亡日近，心绪凄凉，未应邀赴宴，即写此作寄王、韩二兄。此诗对亡妻的悼念深情与其对身世的自伤融为一体，和盘托出。钱良择评此诗说："平平写去，凄断欲绝，唐以后无此风格矣。"（《李商隐诗歌集解》引）王十二：王茂元之子，诗人之内兄。畏之：韩瞻，字畏之，与李商隐同年进士，又是连襟，时为尚书省某部员外郎，交谊笃深。招小饮：谓招至王家宴饮。悼亡日近：诗人爱妻王氏，卒于大中五年春夏间，秋天为悼亡日，故云。

② 谢傅：谢安，《晋书》本传谓其死后赠为太傅，故云。这里代指诗人岳父王茂元。

③ 门庭旧末行：《世说新语·贤媛》说，谢安侄女谢道韫嫁王凝之，她认为王不及谢门叔伯兄弟，曾说，"一门叔父，则有阿大、中郎，

群从兄弟，则有封、胡、遏、末，不意天壤之中，乃有王郎”。李商隐所娶王氏，为茂元女儿中之幼女，因此，他于此使用此典表示自谦，说自己在诸婿之中，列于末行。

④ “今朝”句：谓今日歌饮属于畏之兄了。字句里蕴含无限悲苦和凄凉。檀郎：晋朝潘岳，小字檀奴，人称潘郎或檀郎。唐人多用檀郎指女婿，如李贺《牡丹种曲》诗云，“檀郎谢女眠何处，楼台月明燕夜语”。这里指韩瞻。

⑤ “更无”两句：谓卧室人去房空，帷帘垂地；想拂去床上灰尘，只见竹席铺满空床。按：这两句对亡妻的悼念，声情凄楚，和盘托出，潘诗差之远矣！簟(diàn)竟床：潘岳《悼亡诗》载，“辗转眄枕席，长簟竟床空，床空委清尘，室虚来悲风”。簟，竹席。竟，极，这里谓铺满。

⑥ “嵇氏”两句：谓妻子故去，留下的幼小儿女，应当深受哀怜和关怀。嵇氏幼男：嵇康《与山巨源绝交书》载，“女年十三，男年八岁，未及成人，况复多病，顾此悢悢，如何可言”。这里以嵇康之子八岁丧母，借指其子衮(gǔn)师。左家娇女：左思《娇女诗》云，“左家有娇女，皎皎颇白皙”。这里借指其女，即《娇儿诗》中的“阿姊”。

⑦ “秋霖”两句：谓秋雨绵绵的烦闷和内心的隐痛，都难以排除；何况正值万里西风，茫茫长夜，则更难熬度！秋霖腹疾：语本《左传》昭元年“雨淫腹疾”。原指淫雨引起的腹泻。

夜　　冷①

树绕池宽月影多②，村砧坞笛隔风萝③。西亭翠被余香薄④，一夜将愁向败荷⑤。

① 此作是悼亡诗。大中五年(851)秋，柳仲郢由河南尹迁任东川(治所在梓州，今四川省三台县)节度使，辟李商隐为书记。诗人来东都(洛阳)谒谢柳仲郢而作此悼亡诗，写得极其悲怆，哀惋欲绝。

② "树绕"句：谓月光如水，诗人绕池树漫步散愁。

③ "村砧"句：谓村妇捣衣和农人吹笛的和谐声音，隔着藤萝由风传送过来。按：乡村男女亲密相伴，诗人孤身孑然，则更加引起诗人失去王氏的痛苦。村砧(zhēn)：谓村中妇女的捣衣声。坞笛：坞中农民的吹笛声。萝：藤萝。

④ "西亭"句：谓西亭翠被尚留余香，无人相依，唯感被薄夜冷。西亭：王茂元东都崇让宅有西亭，为李商隐夫妇寓室。翠被余香薄：何逊《嘲刘郎诗》云，"稍闻玉钏远，犹怜翠被香"，语即本此。

⑤ "一夜"句：谓夜不成寐，愁不自禁，只有凄然与"败荷"共鸣，即另首悼亡诗《西亭》"孤鹤从来不得眠"之意。败荷：半枯的荷叶。

宿晋昌亭闻惊禽①

羁绪②鳏鳏③夜景侵④，高窗不掩见惊禽⑤。飞来曲渚烟方合，过尽南塘树更深⑥。胡马嘶和榆塞笛，楚猿吟杂橘村砧⑦。失群挂木知何限，远隔天涯共此心⑧。

① 李商隐曾出于令狐楚门下，后因娶王茂元女为妻，即被令狐楚之子令狐绹等人记恨，认为他忘恩附逆。大中四年，令狐绹已经高官同平章事。大中五年，李商隐罢徐幕，妻子亡故，仍不能得到令狐绹的同情而举用。李商隐可能借与令狐楚的旧情，客宿令狐氏晋昌宅第某亭。此诗大约即写于大中五年诗人丧妻后，东川（治所在梓州，今四川省三台县）节度使柳仲郢辟其为书记，此诗为其将行而未行前之作。诗题标明"宿晋昌亭"，并用"惊禽"自喻，亦可见此诗蕴意之深了。悼亡之痛、失意之感、远行之恨，三种情绪交织在一起，所以通篇写得如此沉郁怆痛！晋昌亭：晋昌，即京城长安晋昌里，为已故大臣令狐楚的宅第所在地。

② 羁绪：谓因事羁绊而产生的心绪。

③ 鳏鳏（guān）：《释名》载，"无妻曰鳏。鳏，昆也；昆，明也。愁悒不

寐，目恒鳏鳏然也。故其字从鱼，鱼目恒不闭者也”。义山新丧妻，“鳏鳏”是说他愁闷不寐，目恒不闭，并关合其丧妻。

④ 夜景侵：谓夜色映入眼帘。

⑤ 惊禽：惊弓之禽，东西乱飞，正与诗人境况相似。

⑥ “飞来”两句：谓惊禽飞来曲江池时已经暮霭沉沉，远过南塘时更是烟笼树深。颇有“绕树三匝，何枝可依”的意味。曲渚：曲江池，距晋昌里颇近。南塘：长安慈恩寺前的南池，与晋昌里相邻。

⑦ “胡马”两句：谓榆塞吹笛的征夫听到胡马之悲鸣，橘村捣衣的思妇听到楚猿之哀吟，将是何等滋味！按：这两句是设想之词。《汉书·韩安国传》载，“蒙恬为秦侵胡，辟数千里……树榆为塞”。楚猿吟：屈原《九歌·山鬼》载，“猿啾啾兮又夜鸣”。砧（zhēn）：捣衣时垫在下面的器具，这里指捣衣的思妇。

⑧ “失群”两句：谓天下许多失群挂木者，虽远隔天涯却共怀难堪、悲凉的心绪。失群：以马自喻。挂木：以猿自喻。

井　　络①

井络天彭一掌中②，漫夸天设剑为峰③。阵图东聚烟江石④，边柝⑤西悬雪岭松⑥。堪叹故君成杜宇⑦，可能先主是真龙⑧？将来为报奸雄辈，莫向金牛访旧踪⑨！

① 此诗为诗人大中五年(851)赴东川幕府时途中所见而有感之作。诗人主张国家统一，反对分裂。因此，警告那些野心家，巴蜀天险并不足恃，不要图谋割据，重蹈覆亡旧辙。立论正大，音节响亮，别具一格。写景和用典都很精切，结句警深，令人寻味。冯浩评此诗说："义山佳处，在议论感慨，专以对仗求之，只是昆体诸公面目耳！"(《玉谿生诗集笺注》)

② "井络"句：谓岷山、天彭山，好像只是在手掌中。井络：《三国志·蜀书·秦宓传》注，"《河图·括地象》曰：'岷山之地，上为井络，帝以会昌，神以建福，上为天井。'"又左思《蜀都赋》载，"远则岷山之精，上为井络"。井宿的分野叫"井络"。井，井宿。络，网络。古人根据天上星宿的位置，划分地上相应的区域，称作"星宿分野"。蜀地是井络的分野，因此以"井络"指蜀地，亦可指岷山。

天彭：《水经注》载，“天彭山，两峰相对，其形如阙，谓之天彭门，亦曰天彭阙”。天彭即天彭山，在今四川省灌县古城。

③ 漫夸：随意地夸说。剑为峰：据《旧唐书·地理志》和《元和郡县志》记载，剑门山长达七十余里，连山绝险，峭壁千丈，作飞阁以通行旅，其主峰在今四川省剑阁县北。杜甫《剑门》诗云：“唯天有设险，剑门天下壮。”李商隐此句即本于杜诗，而却反其意。“漫夸”句：谓不要任意夸说剑门天险。

④ “阵图”句：谓诸葛亮在川东烟雾缭绕的长江边聚石垒成御敌的八阵图。据《水经注·江水注》和《荆州图记》记载，三国时诸葛亮在鱼腹县（今四川省奉节县）长江边平沙地上聚石垒成八阵图，各高五丈，广十围，纵横相当，中间相去九尺云云，凡六十四聚。烟：一作“燕”。石：一作“口”。

⑤ 柝（tuò）：打更报警的木梆。

⑥ 雪岭松：《元和郡县志》载，“雪山在松州嘉城县东八十里，春夏常有积雪，故名”。雪岭，即雪山。雪山在松州，故云“雪岭松”。唐代松州地带，是汉、蕃交界处，经常发生冲突，因此报警木柝高悬。

⑦ “堪叹”句：谓可叹的是古代望帝身死，早已化为杜鹃。故君成杜宇：《蜀记》载，“昔有人姓杜名宇，王蜀，号曰望帝，宇死，俗说云，宇化为子规。子规，鸟名也。蜀人闻子规鸣，皆曰望帝也”。《成都记》载，“望帝死，其魂化为鸟，名曰杜鹃，亦曰子规”。故君，指望帝。

⑧ “可能”句：谓刘备哪里是真龙天子，而能统一天下呢？可能：岂能。先主：指刘备。真龙：《三国志・吴书・周瑜传》载，“(刘备)必非久屈为人用者……恐蛟龙得云雨，终非池中物也”。

⑨ “将来”两句：谓用古人据蜀而亡的史实，正告那些怀有割据野心的奸雄之辈，莫要沿着金牛道重蹈失败者的旧辙。将来：拿来。为报：正告。奸雄辈：指怀有割据野心的人。金牛访旧踪：《华阳国志・蜀志》载，秦惠王作石牛五头，饰金于牛尾，谓能“便金”之金牛。蜀人悦之，派五壮丁搬回石牛。石牛不便金，怒而送回石牛，但却开辟了通蜀之道，即石牛道。秦惠王派张仪、司马错等从石牛道伐蜀而灭之。金牛，因饰金于石牛尾，故谓金牛。旧踪：谓蜀人失败的旧迹。

武侯庙古柏[①]

蜀相阶前柏，龙蛇捧閟宫[②]。阴成外江畔，老向惠陵东[③]。大树思冯异，甘棠忆召公[④]。叶凋湘燕雨，枝折海鹏风[⑤]。玉垒经纶远[⑥]，金刀历数终[⑦]。谁将出师表，一为问昭融[⑧]！

① 大中五年(851)冬，诗人在东川(治所在梓州，今四川省三台县)柳幕而差赴西川(治所在今四川省成都市)推狱(会审)。此诗大约为此时诗人观览武侯庙而作，以柏喻人，赞颂诸葛亮辅佐刘备建立的业绩及其谦逊的人品，并对他因时势限制，未能完成统一中国的大业而深感惋惜。此诗风格老重警切，为诗人后期精湛遒炼之杰构。武侯：诸葛亮，字孔明，琅琊阳都(今山东省沂南县)人，汉末隐居于邓县隆中(今湖北省襄阳市西)，后辅佐刘备建立蜀汉政权，与曹魏、孙吴政权形成三足鼎立之。其任丞相，谥忠武侯(《三国志 · 蜀书 · 诸葛亮传》)。古柏：《成都记》载，“武侯庙前有双大柏，古峭可爱，人云诸葛手植”。

② “蜀相”两句：谓武侯祠庙阶前的古柏，像龙蛇一样拱卫着閟宫。

蜀相：指诸葛亮。阶前柏：陆游《老学庵笔记》载，“此柏在陵旁庙中忠武侯室之南”。杜甫《古柏行》曰，“孔明庙前有老柏，柯如青铜根如石”。捧：拱卫之意。閟（bì）宫：深闭的祠庙。閟，关闭。这里指蜀汉先主刘备与武侯的祠庙。《成都记》载：“先主庙西院，即武侯庙。”杜甫《古柏行》亦云：“先主武侯同閟宫。”

③“阴成”两句：谓古柏树繁叶茂，荫庇岷江岸；它苍劲的枝柯，总是向着东边的惠陵。意谓诸葛亮忠于汉室，荫庇蜀人。阴：同“荫”，同音假借。外江：《明一统志》载，“自成都一府而言，则郫（从灌县古城经郫县到成都的岷江东段）为内江；沱、湔（亦为岷江东段）为外江。自成都一城而言，则流江为内江，而郫又为外江”。这里指岷江。惠陵：刘备的陵墓。

④“大树”两句：谓人们看见大树，就会追思冯异不伐己功的品德；看见甘棠，就会缅怀召公的业绩和遗爱。这里以冯异和召公暗喻武侯，并谓其有文武兼备之意。纪昀说此两句：“乃一篇眼目，不但以用事（用典）工细赏之。”（《玉豁生诗说》）冯异：《后汉书·冯异传》载，“冯异字公孙，颍川父城（今河南省叶县东北）人也，通《左氏春秋》《孙子兵法》……异为人谦退不伐（矜夸）……每所止舍，诸将并坐论功，异常独屏树下，军中号曰‘大树将军’”。甘棠：棠梨树。召公：召公奭，召公巡行南国，宣扬文王之政，于甘棠树下休息决狱。后人念其遗爱，因赋《甘棠》之诗（《诗经·召南·甘棠》之诗即是）。

⑤“叶凋”两句：谓古柏树叶遭暴雨袭击而凋落，枝柯遭巨风摇撼而断折。这里暗喻武侯因时势险恶，未能完成统一大业。湘燕雨：《湘州记》载，“零陵山（舜葬地，在今湖南省宁远县东南）有石燕，遇风雨则飞，雨止还为石”。海鹏风：《庄子·逍遥游》载，“鹏之徙于南冥也，水击三千里，抟扶摇而上者九万里……”抟（tuán）扶摇，谓自下而上的旋风。

⑥“玉垒”句：谓诸葛亮治理蜀汉，胸中有宏伟远大的规划。玉垒：山名，在成都西北岷山界，即今四川省阿坝藏族自治州汶川县境内。经纶：《中庸》曰，“唯天下至诚，为能经纶天下之大经”。朱熹注曰，“经纶者，皆治丝之事。经者，理其绪而分之；纶者，比其类而合之也”。这里比喻治理国家的规划。

⑦“金刀”句：谓刘汉王朝的气运已尽。言外之意是说并非诸葛亮没有文才武略。金刀：《汉书·王莽传》载，“夫刘之为字，卯、金、刀也”。历数：谓天历运之数，即天象运行的次第。古人迷信，认为帝王相承与天象运行的次第相应，故称帝位承继的次第为“历数”。

⑧“谁将”两句：谓谁能拿着《出师表》，去问一问苍天呢！这里颇有“出师未捷身先死，长使英雄泪满襟”（杜甫《蜀相》）之意，诗人深为诸葛亮痛惜。出师表：蜀后主刘禅建兴五年（227），诸葛亮在汉中出师伐魏前上的表疏，后人称为《出师表》。昭融：杜甫《投赠哥舒开府翰二十韵》曰“契合动昭融”。

杜工部蜀中离席①

人生何处不离群？世路干戈惜暂分②。雪岭未归天外使，松州犹驻殿前军③。座中醉客延醒客，江上晴云杂雨云④。美酒成都堪送老，当垆仍是卓文君⑤。

① 唐肃宗时，严武镇守成都，奏任杜甫为节度使参谋，检校尚书工部员外郎(《旧唐书·杜甫传》)，世称“杜工部”。此诗为李商隐拟杜甫体，故冠“杜工部”三字。大中六年(852)春，李商隐在成都推狱事毕返回东川时，在饯别的宴席上写了此作。他回东川后不久，柳仲郢即奏加他为检校工部郎中，这也正暗合“工部蜀中离席”的诗题。此作主要是抒发诗人忧国伤时的情怀，同时对当时认为“边事已息”“海内无事”(《资治通鉴》)的“醉客”之辈也给予了嘲讽。

② “人生”两句：谓平生以来，到处漂泊，总是过着离群索居的生活；世路艰难，干戈迭起，即使暂别也令人依依不舍。离群：《礼记·檀弓》载，“吾离群索居，亦已久矣”。“离群”谓与亲朋故旧分别。世路：世上道路。

③“雪岭”两句：谓雪岭少数民族仍扣留朝廷使臣未归，松州地区还驻守着边防大军。言外之意是说，边塞形势紧张。雪岭：雪山，亦即今岷山，其主峰名贡嘎山，在今四川省康定市。其山脉蜿蜒至西部，称为大雪山脉。大雪山脉一带为吐蕃族（藏族）聚居之地。《元和郡县志》载：“雪山在（松州嘉城）县东北八十里，春夏常有积雪，故名。”天外使：谓派往边远少数民族地区的使者。《旧唐书·吐蕃传》载，唐宝应（唐代宗李豫年号）二年三月，派左散骑常侍兼御史大夫李之芳、左庶子兼御史中丞崔伦出使吐蕃（今属西藏自治区），被扣留。“未归天外使”大约即指此事。松州：唐代州名，今四川省阿坝藏族自治州松潘县。唐太宗李世民内属，置松州都督府，为唐朝与吐蕃和南山党项人争夺的地区。殿前军：原指神策军（皇帝的禁卫军），唐中叶以后，各地将领欲得优厚给养，亦奏请属神策军，称神策行营。杜甫《岁暮》诗云：“烟尘犯雪岭，鼓角动江城。”

④“座中”两句：《楚辞·渔父》载，“屈原曰：‘举世皆浊我独清，众人皆醉我独醒。’”所谓“醉客”“醒客”，即用此典。“醒客”，诗人自指。“醉客”，指那些认为“边事已息”“海内无事”之辈。“晴云”与“雨云”，暗喻边境军事形势变幻不定、忽好忽坏。

⑤“美酒”两句：谓凭借成都美酒本来就可以养老了，更何况还有像卓文君这样的美女当垆卖酒呢！按：末联似含有讽意，意在言外，可细细品味。纪昀说：“起二句大开大合，矫健绝伦。”（《玉谿

生诗辑评》)蔡宽夫《诗话》说：王安石晚年极喜义山此诗三、四两句，谓“虽老杜无以过”。美酒成都：“成都美酒”的倒词，成都古来即产美酒，故云。仍是：更有。卓文君：汉司马相如之妻，才貌出众。《史记·司马相如列传》载，司马相如与卓文君婚后，相如未发迹之前，家贫如洗；相如尽卖车骑，买一酒肆卖酒，文君当垆，相如涤器于市中。这里借卓文君指美女。

二月二日[①]

二月二日江上行[②],东风[③]日暖闻吹笙[④]。花须柳眼各无赖,紫蝶黄蜂俱有情[⑤]。万里忆归元亮井[⑥],三年从事亚夫营[⑦]。新滩莫悟游人意,更作风檐夜雨声[⑧]。

① 二月二日为蜀中踏青节。李商隐大中五年被辟入东川柳中郢节度使幕,至大中七年(853)恰为“三年”,亦可见此诗正作于大中七年,于柳幕。刘学锴、余恕诚两位先生对此作的艺术评价恰到好处,他们说:“这首诗别具一格,它以乐境写哀思,以美好的春色反衬凄苦的处境,以轻快流走的笔调抒写抑郁不舒的情怀,以清空如话的语言表现深婉浓至的情思,收到了相反相成的艺术效果。一路写来,无明显顿挫曲折,却包蕴着感情变化发展的层次,显得自然浑成,不着痕迹。”(《李商隐诗选》)

② 江上行:谓在江上乘船游览。

③ 东风:春风。

④ 日暖闻吹笙:笙为吹奏乐器,由簧片、笙管、斗子三部分组成。《说文》:“笙,十三簧,像凤之身也。”今有十七、十九、二十四、三十

六簧等。笙簧怕潮，天气潮湿而声涩，天暖而声清。这里是说日暖听到清亮之笙声。

⑤“花须”两句：谓江岸花柳相映、蜂蝶双飞，一片恼人春色。按：此情此景，不禁勾起诗人孑然一身而客居异乡的思归之情。何焯说：“前半逼出忆归，如此浓至，却使人不觉……其神似老杜处，在作用（艺术构思），不在气调（风格模拟）。”（《义门读书记》）花须：花蕊细长似须。柳眼：初生柳叶，细长似眼初展。无赖：杜甫《奉陪郑驸马韦曲二首》（其一）诗云，“韦曲花无赖，家家恼杀人”。可知“无赖”在这里是逗恼人的意思。

⑥“万里”句：晋代诗人陶渊明《归园田居五首》（其一）诗云“井灶有遗处，桑竹残朽株”。此句借陶渊明弃官归田的事，谓自己客居万里异乡，也想返归故里。按：陶渊明充任过军府幕僚，故与下句构成偶对并不嫌牵强。元亮：《宋书·陶潜传》载，“陶潜字渊明；或云渊明，字元亮”。

⑦“三年”句：谓已经羁留柳幕三年矣。按：五、六两句流露出诗人羁留柳幕，精神抑郁，欲归不能的心态。三年：大中五年被辟入柳幕，至大中七年，恰为三年时间，故云。从事：谓在柳幕充任幕职。亚夫营：《汉书·周亚夫传》载，汉文帝时，大将周亚夫，军纪严明，屯军细柳（在今陕西省临潼区东北），后世称“柳营”或“亚夫营”。这里以柳姓，暗指柳仲郢。

⑧“新滩”两句：谓新滩不理解我客居万里异乡的苦闷，更作风吹屋

檐、夜雨凄迷之声，以触动我的乡愁！冯浩说：“‘悟’字入微。我方借此遣恨，乃‘新滩莫悟’，而更作风雨凄其之态，以动我愁，真令人驱愁无地矣。”(《玉谿生诗集笺注》)新滩：江上新近出现的沙滩。游人：诗人自称。夜雨：一作“雨夜”。

初　　起[①]

想象咸池日欲光，五更钟后更回肠[②]。三年苦雾巴江水，不为离人照屋梁[③]。

① 此诗与前首《二月二日》为同时之作，作于大中七年(853)于柳幕时。此诗表现了诗人三年留滞于巴江雾水，深感压抑，盼望早日日出雾开、重见光明的心曲。不把它坐实写某人某事，更有深远的意境和韵味。初起：谓晨起对雾有感之作。

② “想象”两句：谓五更钟响后，更加令人愁肠百转；神话里说太阳在咸池就要放射出万丈光芒了。按：这两句为倒装句，是说诗人在焦急地等待日出。咸池：神话中太阳升起后沐浴的地方。《淮南子·天文训》载：“日出于旸(yáng)谷，浴于咸池，拂于扶桑，是谓晨明。”回肠：愁肠辗转。

③ “三年”两句：谓留滞柳幕三年，且为巴江雾水所笼罩而愁苦；灿烂的阳光却不愿为我这漂泊异乡之人一照屋梁。按：清程梦星说，“此在东川幕中感叹流滞之作。幕官多有入为朝士者，而义山寂处三年，故借日光以比君上，而慨其沉埋苦雾不为照临也。玩

起语‘想象咸池’四字，则寄情遥远可知，非专为蜀中漏天之谚也”（《李义山诗集笺注》）。此说可取。苦雾：令人苦恼的雾气。巴江水：泛指东川一带的江河。离人：诗人自指。照屋梁：宋玉《神女赋》载，“耀乎如白日初出照屋梁”。

寓　　兴①

薄宦仍多病，从知竟远游②。谈谐叨客礼③，休浣接冥搜④。树好频移榻，云奇不下楼⑤。岂关无景物，自是有乡愁⑥！

① 大中六、七年(853、854)，诗人留滞东川柳幕，丧妻年余，衰颓多病，因官微位卑，府主仅以幕宾相待，诗人深感巴山蜀水虽美，但并非久留之地，故作此诗，以寄情怀。寓兴：寄托兴味。

② “薄宦”两句：谓我官位卑微、多病，竟随柳仲郢到东川幕府任职。冯浩说：“‘竟’字悲痛！”(《玉谿生诗集笺注》)可见柳仲郢并非真为诗人知己也。薄宦：官位卑微。从知：随从相知。知，知己。

③ “谈谐”句：谓宾主晤谈相谐，只是以幕宾相待而已。谈谐：陶渊明《乞食》诗载，“主人解余意，遗赠岂虚来？谈谐终日夕，觞至辄倾杯”，即为此句“谈谐”所本，谓宾主晤谈相谐。叨客礼：谓谦以幕宾之礼相待。叨，谦逊之词。

④ 休浣：休沐。浣，洗濯。冥搜：高适《陪窦侍御灵云南亭宴诗得雷字》诗载，“连唱波澜动，冥搜物象开”。裴说《寄曹松》诗云，“冥搜

不易得,一句至公知”。可见这里的“冥搜”指构思作诗。“休浣”句:谓公休之日,我陪同府主游览名胜,构思作诗。

⑤ “树好”两句:谓夏日于树下休息,就荫避阳,故频移卧榻;云奇出岫(xiù),高楼易观,故不下楼。移榻:就荫避阳,故移卧榻。

⑥ “岂关”两句:谓并非无景物可赏,是自己不堪忍受思乡的愁苦,即王粲《登楼赋》“虽信美而非吾土兮,曾何足以少留”之意。此句写得比较婉转,意在言外。

梓州罢吟寄同舍[①]

不拣花朝与雪朝，五年从事霍嫖姚[②]。君缘接座交珠履，我因分行近翠翘[③]。楚雨含情皆有托，漳滨多病竟无聊[④]。长吟远下燕台去，唯有衣香染未销[⑤]。

① 此诗为大中九年(855)诗人罢幕职时寄同僚之作。诗中抒发诗人与同僚、府主的情谊，以及对自己体弱多病、年华虚度的感慨。此诗写得情思婉转、含蓄蕴藉、余味不尽。纪昀说："起手斗入有力，结语感叹不尽。"(《玉谿生诗说》)梓州：今四川省三台县，为当时东川节度使柳仲郢治所所在地。大中九年十一月，柳罢东川节度使，调任吏部侍郎。罢吟：吟罢。同舍：指同僚。

② "不拣"两句：谓在柳幕从事五年，无论春天还是冬天，我都与同僚友好相处。不拣：不论。花朝：《旧唐书・罗威传》载，"威每花朝月夕，与宾佐赋咏，甚有情致"。旧历二月十二日为百花盛开之日，称为花朝。雪朝：冬天下雪之日。五年：大中五年至大中九年，恰为五个年头。从事：为幕府从事人员。霍嫖姚：《汉书・霍去病传》谓，霍去病曾做"票姚校尉"，这里暗喻柳仲郢。

③“君缘”两句：谓因为幕府公务，你便结交达官贵人；我却只能接近歌妓舞女。君：指同舍。缘：因。接座：接近府主席位而坐，以示特蒙礼遇。交珠履：《史记·春申君列传》载，“春申君客三千余人，其上客皆蹑珠履以见赵使”，故知“交珠履”谓结交达官贵客。分行：崔液《踏歌词》载，“歌响舞行分，艳色动流光”。“分行”谓筵席中歌舞的分行。翠翘：韦应物《长安道》诗道，“丽人绮阁情飘飘，头上鸳钗双翠翘”。翡翠鸟尾上长毛曰翘，像美人首饰的形状，故谓“翠翘”。这里代指官妓。

④“楚雨”两句：谓官妓在歌舞中含情脉脉，有托终身之意；我体弱多病，无聊怅卧，不敢奉陪。楚雨：宋玉《高唐赋》序所说楚王梦遇巫山神女的事情。序中说神女自称：“旦为朝云，暮为行雨，朝朝暮暮，阳台之下。”这里“楚雨”代指官妓。漳滨多病：建安诗人刘桢《赠五官中郎将四首》（其二）载：“余婴沉痼疾，窜身清漳滨。”清漳，水名，在今河北省临漳县境内。此句中的“漳滨”，诗人借以自指。

⑤“长吟”两句：谓承蒙府主厚渥，我将远离梓幕；唯与诸君同僚，往日所受感染余香未消。燕台：《嘉庆一统志》载，“燕昭王于易水东南（今河北省易县东南）筑黄金台，延天下士，后人慕其好贤之名，亦筑台于此”。这里以燕台暗喻柳幕。衣香：习凿齿《襄阳记》载，“荀令君（彧）至人家，坐处三日香”。

筹 笔 驿[①]

猿鸟犹疑畏简书[②],风云长为护储胥[③]。徒令[④]上将[⑤]挥神笔[⑥],终见降王走传车[⑦]。管乐有才真不忝[⑧],关张无命欲何如[⑨]? 他年锦里经祠庙[⑩],梁父吟成恨有余[⑪]。

① 此诗为诗人大中九年(855)冬随柳仲郢还朝途经筹笔驿时所写咏怀古迹的诗篇。诗写诸葛亮虽有管乐之才,但却逢昏庸后主,最终也未能挽回蜀汉覆灭的命运,为其未能实现宏愿深表遗憾。诗人亦借此作抒发其壮志难酬、漂泊一生的慨叹。筹笔驿:《方舆胜览》说,筹笔驿在绵州绵谷县(今四川省广元市)北九十九里,诸葛亮出师伐魏,曾驻军筹划于此,因而得名。此为川、陕间交通之驿站。

② "猿鸟"句: 谓猿鸟不接近筹笔驿,好像是畏惧诸葛亮当年严明的军令。犹疑: 迟疑不决。简书:《诗经 · 小雅 · 出车》载,"岂不怀归? 畏此简书"。《朱熹集传》曰,"简书,戒命也"。古代用竹简写字,故谓简书,这里指军队的戒令。

③ "风云"句: 谓筹笔驿上空的风云屯聚,好像总是在护卫着诸葛亮

设置的木栅篱笆。储胥：军队驻地设置的防护木栅篱笆。

④ 徒令：白教，空教。

⑤ 上将：主将，即诸葛亮。

⑥ 挥神笔：运笔筹划，料敌如神。

⑦ “终见”句：谓由于后主昏庸无能，最终蜀汉王朝还是覆灭了。何焯说：“破题来势极重，妙在次联接得矫健，不觉其板。”（沈厚塽《李义山诗集辑评》）降王：指后主刘禅。走传车：《三国志·蜀书·后主传》载，魏景元四年（263），司马昭派邓艾、钟会伐蜀，邓艾兵至成都城北，后主刘禅便自缚出降，举家东迁洛阳。“走传车”即指此。传车，即驿站供长途远行用的车。传，传舍，即驿站。

⑧ “管乐”句：谓诸葛亮真不愧为像管仲、乐毅那样具有非凡才能的政治家和军事家。管乐：《三国志·蜀书·诸葛亮传》载，“每自比于管仲、乐毅，时人莫之许也。惟博陵崔州平、颍川徐庶元直与亮友善，谓为信然”。管，即管仲，春秋时代著名的政治家，辅佐齐桓公以成霸业。乐，乐毅，战国时代著名的军事家，曾为燕昭王败齐。忝（tiǎn）：愧。

⑨ “关张”句：谓关、张亡命，诸葛亮失去得力大将，还能有何作为呢？关：关羽。《三国志·蜀书·关羽传》载，关羽，字云长，河东解（今山西省临晋、虞乡县境）人，先主（刘备）为汉中王，拜羽为前将军。羽率兵攻曹仁于樊，而曹公（操）派徐晃救曹仁。羽不能克，引军退还。孙权已据江陵，尽虏羽妻子，并遣将斩羽及其子于

临沮(今湖北省当阳市西北)。张：张飞。《三国志·蜀书·张飞传》载，张飞，字益德，涿郡人。先主为汉中王，拜飞为右将军，迁车骑将军，领司隶校尉。先主伐吴，飞率兵万人，自阆中会江州，临发时，其部将张达、范强杀飞，持其首顺流而奔孙权。无命：夭亡。欲何如：又还能做什么呢？

⑩“他年”句：谓大中五年，我差赴成都时曾经拜谒武侯祠庙。他年：往年，即指大中五年，诗人差赴成都推狱(会审)。锦里：《益州记》载，“益州城(今四川省成都市)张仪所筑，锦城在州南，蜀时故宫也，其处号锦里”。祠庙：指武侯(诸葛亮)祠庙。先主刘备庙在东院，诸葛亮庙在西院。

⑪“梁父”句：此句关合诸葛亮喜欢作《梁父吟》，实则是谓自己在“他年”凭吊武侯祠而写成的那首《武侯庙古柏》怀古伤今的诗篇后，深感遗恨无穷。梁父吟：古乐曲名。《三国志·蜀书·诸葛亮传》载：“亮躬耕陇亩，好为《梁父吟》。”《白虎通》载：“梁甫，泰山旁山名。”《文选·张衡〈四愁诗〉》载：“我所思兮在泰山，欲往从之梁父艰。”李善注曰：“言王者有德，功成则东封泰山，故思之。泰山以喻时君，梁父以喻小人也。”按：陆昆曾评此诗：“直是一篇史论，而于‘筹笔驿’三字又未尝抛荒。从来作此题者，摹写风景，多涉游移；铺叙事功，苦无生气；惟此最杰出。”(《李义山诗解》)

重过圣女祠[①]

白石岩扉碧藓滋[②]，上清沦谪得归迟[③]。一春梦雨常飘瓦，尽日灵风不满旗[④]。萼绿华来无定所，杜兰香去未移时[⑤]。玉郎会此通仙籍，忆向天阶问紫芝[⑥]。

① 此诗为大中十年(856)诗人由东川(治所在梓州，今四川省三台县)归京，途经圣女祠而作。因开成二年(837)诗人初登进士第时，曾途经这里而写过《圣女祠》诗，故谓此作为《重过圣女祠》。当时诗人潦倒归来，故借“圣女”自喻，以抒其“沦谪归迟”之慨。程梦星谓此诗为“刺当时女道士”之作(《李义山诗集笺注》)，未免有失牵强。全诗巧比曲喻，寄寓遥深，典丽朦胧，耐人寻味。圣女祠：《水经·漾水注》说，武都(郡名，在今陕西省宝鸡市)秦冈山，“悬崖之侧，列壁之上有神像，若图指状妇人之容，其形上赤下白，世名之曰‘圣女神’”。这里指“圣女神”的祠庙，是唐朝京城长安通往西川(治所在今四川省成都市)和梁(今河南省开封市)的必经之地。

② “白石”句：谓圣女祠白色的石门上，长满了碧绿的苔藓。白石岩

扉：白石门。碧藓滋：生长出绿苔。藓，苔。

③“上清”句：谓此仙女从天上仙境沦谪到人间，迟迟未能归去。按：“沦谪归迟”四字，是全诗眼目，诗人借此抒发己慨。上清：《三洞宗元》载，“其三清境者，玉清、上清、太清是也，亦名三天”。《太真经》曰，“三清之间，各有正位，圣登玉清，真登上清，仙登太清”。“上清”是道教所称神仙居住的宫殿名。沦谪：沦落降谪。

④“一春”两句：谓一春如梦似幻之细雨飘洒在屋瓦上，微弱之神风整日吹拂，也不能把整面旗帜吹动。按：此两句描写圣女祠的环境氛围极其寂寥，暗示圣女处境不佳。梦雨：宋玉《高唐赋》序说，楚王梦遇巫山神女，并与神女发生情事。神女说：“妾在巫山之阳，高丘之阻，旦为朝云，暮为行雨，朝朝暮暮，阳台之下。”又王若虚《滹南诗话》引萧闲语：“盖雨之至细若有若无者，谓之梦。”这里所谓“梦雨”，二者兼而有之。飘瓦：谓雨飘洒在屋瓦上。灵风：陶弘景《真诰》载，“《右英王夫人歌》云：‘阿母延轩观，朗啸蹑灵风。’”“灵风”即神风。

⑤“萼绿”两句：以萼绿华来无定所、杜兰香去未多时，来表现圣女“沦谪归迟”的情景。这里诗人暗喻自己亦身处此境。萼绿华：陶弘景《真诰·运象》载，“萼绿华者，自云是南山人，不知是何山也。女子，年可二十上下，青衣，颜色绝整。以升平三年十一月十日夜降于羊权家，自此往来，一月辄六过”。“萼绿华”为仙女。杜兰香：仙女（见《墉城集仙录》）。未移时：没有多久。

⑥“玉郎”两句：谓“圣女”追忆昔日玉郎曾为其登入仙籍，去天阶求取紫芝之事。刘学锴、余恕诚说：“‘忆’字贯上下两句。不说当前，而当前沦谪归迟的境遇和盼望重登仙籍的情感自见。”(《李商隐诗选》)其所言甚是。玉郎：《太平御览》引《金根经》曰，“青宫之内，北殿上有仙格，格上有学仙簿箓，及玄名年月深浅，金简玉札，有十万篇，领仙玉郎所典也”。“玉郎”为道教掌管学仙簿箓的仙官。会：曾。通仙籍：谓将名字载入仙籍。仙籍，登记仙人的名册。天阶：上天宫之台阶。紫芝：神芝(《茅君内传》)。

韩冬郎即席为诗相送，一席尽惊。他日余方追吟“连宵侍坐徘徊久”之句，有老成之风，因成二绝寄酬，兼呈畏之员外①

其　一

十岁裁诗②走马成③，冷灰残烛动离情④。桐花万里丹山路，雏凤清于老凤声④。

① 大中五年(851)七月，柳仲郢任东川(治所在梓州，今四川省三台县)节度使，辟李商隐为书记。李商隐赴梓时，韩冬郎即席赋诗相送，颇佳，故诗人《留赠畏之》诗曾称赞说：“郎君下笔惊鹦鹉。”事隔五年(大中十年)，李商隐从梓州回长安，追忆往事，便写了这两首绝句，作为对韩氏父子的酬答。诗其一，盛赞韩偓少年才华出众，诗风清新老成，超过父辈。韩冬郎：韩偓，小字冬郎。其父韩瞻，字畏之，时为尚书省某部员外郎，与李商隐同年进士，又是连襟，交谊甚深。连宵侍坐徘徊久：为韩冬郎相送诗句，诗已佚。

② 裁诗：作诗。走马成：形容其构思敏捷，像跑马一样迅速。

③ “冷灰”句：谓当时面对残烛冷灰，为离情别绪所感动，韩偓写下

感情真挚的相送诗篇。按:“残烛冷灰”四字,表现了当时诗人丧妻的凄凉心境。冷灰:烛芯的灰烬。

④“桐花”两句:谓在桐花盛开的万里丹山道路上,传来凤凰的鸣和之声,而雏凤的鸣声比老凤更清丽动听。按:这里比喻韩冬郎的才华超过父辈,前程无量。桐:梧桐。传说梧桐树为凤凰所栖。丹山:《山海经·南山经》说,丹山产凤凰。雏凤:《晋书·陆云传》载,陆云小时,吴尚书闵鸿见之而奇其才,说“此儿若非龙驹,当是凤雏”。

其　二①

剑栈风樯各苦辛②,别时冬雪到时春③。为凭何逊休联句④,瘦尽东阳姓沈人⑤。

① 诗人把韩偓比作南朝八岁即负诗名的何逊,而把自己比作老病的沈约,对韩偓大加赞赏。一则说明诗人的虚心,二则也说明他对晚辈的奖掖。

②“剑栈”句:谓往返东川水陆兼程,非常辛苦。剑栈(zhàn):栈道,指在悬崖险绝处,依山势架木而成的道路。这里是指通往四川的剑阁县北、大小剑山间的栈道。风樯(qiáng):船上挂风帆的桅杆,这里指船。

③“别时”句：点明往返东川的时令。诗人大中五年冬往东川，十年春随柳仲郢返回长安，故云。

④“为凭”句：谓请何逊休要联句了。这里以何逊比作韩偓，是说自己不及韩偓有敏捷的诗才。凭：请。何逊：南朝诗人。据《南史·何逊传》载，何逊八岁能赋诗，弱冠州举秀才，范云见其对策，大相称赏，结为忘年交。联句：根据议定的诗题，几人轮流赋诗若干句，连缀成诗篇。何逊集中有范云联句云：“洛阳城东西，却作经年别。昔去雪如花，今来花似雪。”而“别时冬雪到时春”句，即关合“昔去”“今来”两句。

⑤“瘦尽”句：谓沈约已经病老，无法应对诗句。自注：“沈东阳约尝谓何逊曰：‘吾每读卿诗，一日三复，终未能到。’余虽无东阳之才，而有东阳之瘦矣。”《南史·沈约传》载，隆昌（齐废帝年号）元年，沈约出为东阳太守，并向人言已老病，革带应常移孔。这里诗人以沈约自比，是说作诗联句，自己已经不能与韩偓匹敌。

暮秋独游曲江①

荷叶生时春恨生，荷叶枯时秋恨成。深知身在情常在②，怅望③江头江水声。

① 诗人当年(837)中进士第时，曾在曲江亭馆饮宴，告别同科好友。大中十年(856)初，诗人由梓幕归抵长安，经柳仲郢推荐，任盐铁推官。本年秋暮，诗人又到曲江池故地重游，便写了这首诗。对于此诗的主旨，主要有两种不同看法。其一，谓其为爱情诗，如冯浩说："前有《荷花》《赠荷花》二诗，盖意中人也，此则伤其已逝矣。"(《玉谿生诗集笺注》)其二，谓其为悼亡诗，如张采田说："此亦悼亡之作，与《赠荷花》等篇不同，作艳情者误。"(《玉谿生年谱会笺》)根据本诗的内容，再看《赠荷花》诗，"世间花叶不相伦，花入金盆叶作尘。唯有绿荷红菡萏，卷舒开合任天真。此花此叶常相映，翠减红衰愁杀人"，即不难看到，这首《暮秋独游曲江》与《赠荷花》的诗旨相同，正是爱情诗，伤其意中人远逝，已是人去楼空、物是人非，故只能"怅望江头江水声"也。冯浩赞之为"调古情深"(《玉谿生诗集笺注》)。纪昀赞之为"不深不浅，恰到好处"(《玉谿

生诗说》)。张采田说,“措语生峭可喜,亦复宛转有味”(《李义山诗辨正》),颇有乐府民歌的特色。曲江:京城之曲江池,方圆七里,南有紫云楼、芙蓉苑,花卉环绕,烟水明媚,为唐朝当时风景佳境。其时允许公卿士大夫之家于江头立亭馆。

② 身在情常在:程梦星说,“‘身在情常在’一语最为凄惋,盖谓此身一日不死,则此情一日不断也”(《李义山诗集笺注》)。

③ 怅望:惆怅而有所想望。

正月崇让宅[①]

密锁重关[②]掩绿苔[③]，廊深阁迥此徘徊[④]。先知风起月含晕，尚自露寒花未开[⑤]。蝙拂帘旌终展转[⑥]，鼠翻窗网小惊猜[⑦]。背灯独共余香语[⑧]，不觉犹歌《起夜来》[⑨]。

① 大中十一年(857)，诗人在盐铁推官任内，游江东(今江苏省南京市、扬州市等地)，大约正月途经洛阳，夜宿崇让宅而写此作。这是一首悼亡诗，前幅写崇让宅的凄凉景象，后幅由蝙、鼠拂翻引起的惊猜，表现了诗人缅怀亡妻的痛苦和深情。何焯评之曰："此悼亡之诗，情深一往。"(沈厚塽《李义山诗集辑评》)崇让宅：李商隐岳父王茂元在洛阳的故宅。

② 密锁重关：宅内重重房屋关闭，锁而不用。

③ 掩绿苔：绿苔掩径，意谓荒凉至极。

④ "廊深"句：谓诗人在此荒宅大院中徘徊。按：诗人极其苦闷的心情，于此已透纸背。廊深阁迥：谓廊长阁高。迥，高远。

⑤ "先知"两句：谓月含雾气，呈现出起风征兆；花怯寒露，尚犹未开。陆昆曾说："仰以望月，月既含晕；俯而看花，花又未开，总是一派凄

凉景况。”(《李义山诗解》)晕:《玉篇》载,“晕,日月旁气也”。

⑥“蝙拂”句:谓由于蝙蝠拂扫帘旌,我总是辗转不能成寐。蝙:蝙蝠。拂:翼扫。帘旌:帘箔旌,帘上端的横布沿(《南史·柳世隆传》)。终展转:总是辗转反侧,不能入寐。

⑦“鼠翻”句:谓老鼠翻动窗纱,便心惊,猜疑是亡妻的响动。窗网:窗纱。冯浩说:“心有追忆,动成疑似。”(《玉谿生诗集笺注》)

⑧“背灯”句:谓背灯怅望,独自共亡妻余香而语。背灯:白居易《村雪夜坐》诗云,“南窗背灯坐,风霰暗纷纷”。“背灯”指背向着灯。

⑨“不觉”句:谓便情不自禁地吟唱起古诗《起夜来》。《起夜来》:乐府旧题。《乐府解题》云:“《起夜来》,其辞意犹念畴昔,思君之来也。”一作“夜起来”,误。唐施肩吾《起夜来》诗云:“香销连理带,尘覆合欢杯。懒卧相思枕,愁吟《起夜来》。”

正月十五夜闻京有灯恨不得观[1]

月色灯光满帝都[2],香车宝辇[3]隘通衢[4]。身闲不睹中兴盛,羞逐[5]乡人赛[6]紫姑[7]。

① 对于此诗的写作年代,自清代以来就有三种不同的看法。程梦星认为作于唐文宗开成年间,说“文宗开成中,建灯迎三宫太后”(《李义山诗集笺注》)。张采田认为作于唐武宗会昌末诗人永安闲居时。认为“武宗朝回纥既破,泽、潞又平,而义山方丁忧蛰处,不克躬预庆典,故曰‘身闲不睹中兴盛’也”(《玉谿生年谱会笺》)。冯浩认为作于唐宣宗时。冯氏说,“……《旧书·纪》《通鉴》:宣宗大中之政,有贞观之风,迄于唐亡,人思咏之,谓之小太宗。三州七关,乃得收复。以云中兴,于斯为合……则‘身闲’者,必东川归后,病还郑州时也。‘乡人’亦似郑州较亲切。”(《玉谿生诗集笺注》)冯说得颇有道理。诗作竭力描写京城观灯的热闹景象,以渲染“中兴”盛况,并抒发自己“身闲”“恨不得观”的遗憾。字里行间亦流露出不能报效国家的感慨。

② “月色”句:《初学记·岁时部下》云,正月十五日,“《史记·乐书》

曰:‘汉家祀太一,以昏时祠到明。’今人正月望日夜游观灯,是其遗事”。帝都:指京城。

③ 香车宝辇:指达官贵人乘坐的马车。宝辇,指用金银和宝石镶饰的车。

④ 隘通衢:谓拥挤于道路。隘,拥挤堵塞。

⑤ 羞逐:羞随。

⑥ 赛:迎神。旧俗以仪仗、鼓乐迎神,叫“赛会”。

⑦ 紫姑:《异苑》载,“世有紫姑神,古来相传云,是人家妾,为大妇所嫉……正月十五日,感激而死,故世人以其日作其形,夜于厕间或猪栏边迎之”。

幽居冬暮[1]

羽翼摧残日[2]，郊园寂寞时[3]。晓鸡惊树雪，寒鹜守冰池[4]。急景倏云暮，颓年浸已衰[5]。如何匡国分，不与夙心期[6]？

① 幽居：闲居。关于此诗的写作年代，有三种不同的看法。冯浩认为，此诗于诗人会昌四年(844)移家山西省永乐县之前，居母丧中作(《玉谿生诗集笺注》)。刘学锴、余恕诚说："诗作于永乐闲居后期。"(《李商隐诗选》)张采田说："此诗迟暮颓唐，必晚年绝笔。"(《玉谿生年谱会笺》)他同意程梦星说"此乃大中末年废罢居郑州时作"(《李义山诗集笺注》)。根据此诗的内容及抒发的感情而言，张采田所说极是，此诗当于诗人晚年病故前而罢废闲居郑州时作。诗作抒发了诗人颓年衰弱、不能实现匡救国家宿愿的悲愤，写得自然深至，圆浑有味。

② "羽翼"句：《乐府诗集·飞来双白鹄》曰，"飞来双白鹄，乃从西北来……忽然卒(猝)疲病……羽毛日摧颓"。此句写诗人以鹄鸟自比，谓因羽翼受到摧残，不能奋飞远举。

③ “郊园”句：谓幽居郊园，寂寞无聊。郊园：指在郑州闲居的郊外住所。

④ “晓鸡”两句：谓报晓之鸡因树上积雪而惊讶，误以为天亮而鸣啼，耐寒的鸭子仍然在冰池里游戏。何焯说这两句“工于比兴”(《义门读书记》)。姚培谦说：“‘晓鸡’句，喻不改其常；‘寒鹜’句，喻不移其守。”(《李义山诗集笺注》)何、姚二氏所说甚是，可谓不失慧眼，看到了其中“寄托遥深”之苦衷。鹜(wù)：鸭子。

⑤ “急景”两句：谓光明瞬间即逝，不觉已到岁暮；到了颓败之年，身体逐渐衰弱了。鲍照《舞鹤赋》载：“穷阴杀节，急景凋年。”急景：瞬间即逝之光阴。倏(shū)：忽然。云暮：《诗经・小雅・小明》载，“岁聿云莫(暮)”。云，语助词。颓年：颓败之年。浸：渐。

⑥ “如何”两句：谓没有匡国之职，徒有匡国夙愿。《诗经・小雅・六月》载：“以匡王国。”匡国：匡正国家。匡，正也。分：职分。夙心：素愿。期：合。

未编年诗

无题二首[①]

其　一

凤尾香[②]罗薄几重[③]，碧文圆顶[④]夜深缝[⑤]。扇裁月魄[⑥]羞难掩，车走雷声[⑦]语未通。曾是[⑧]寂寥[⑨]金烬暗[⑩]，断无[⑪]消息石榴红[⑫]。斑骓[⑬]只系垂杨岸[⑭]，何处西南待好风[⑮]。

① "无题"诗是李商隐的首创。他的"七律无题"，最具有审美价值，亦最能代表其无题诗别具一格的艺术风格。这两首《无题》诗，写作年代不详，是闺情诗，表现闺中少女向往与恋人相会的急切心情及失望的心理。然而，诗评家大多认为，这两首诗是托喻闺情，以抒发诗人不遇之慨。如冯浩说，"将赴东川，往别令狐，留宿而有悲歌之作……此种真沉沦悲愤，一字一泪之篇"(《玉谿生诗集

笺注》),即是典型的一例。此等看法,显然失于穿凿,是不足取的。此诗写闺中女子急于与恋人相会的情怀。

② 凤尾香罗:凤文罗,一种带有凤纹的薄罗。

③ 重:层。

④ 碧文圆顶:唐人婚礼多用百子帐,这里是说,卷柳为圈,做成青碧花纹的圆顶罗帐。

⑤ 夜深缝:谓深夜缝制罗帐,以表示她欲与恋人相会的急切心情。

⑥ 扇裁月魄:汉代班婕妤《怨歌行》载,“裁成合欢扇,团团似明月”。“扇裁月魄”谓如圆月形的合欢扇。月魄,即明月。

⑦ 车走雷声:司马相如《长门赋》载,“雷殷殷而响起兮,声像君之车音”,即写陈皇后被打入冷宫,盼望见到汉武帝的急切心情。此谓对方车声如雷,匆匆而过。

⑧ 曾是:已是。

⑨ 寂寥:寂静无声。司马相如《上林赋》载:“悠远长怀,寂漻(同“寥”)无声。”

⑩ 金烬暗:谓金烛烧尽,暗淡无光。

⑪ 断无:绝无。

⑫ 石榴红:谓石榴花开,又过一春。

⑬ 斑骓:有黑白杂毛的马。

⑭ 垂杨岸:谓相隔不远。

⑮ “何处”句:曹植《七哀诗》云,“愿为西南风,长逝入君怀”。此句

即化用曹植诗意，意谓哪里能等到美好的西南风，把我吹送到“伊人”怀中。待：一作“任”。

其　二[①]

重帏深下莫愁堂[②]，卧后清宵细细长[③]。神女生涯原是梦[④]，小姑居处本无郎[⑤]。风波不信菱枝弱[⑥]，月露谁教桂叶香[⑦]。直道相思了无益，未妨惆怅是清狂[⑧]。

① 此诗写闺中少女相思的苦闷及失望情怀，写得极其沉痛。

② “重帏”句：谓闺中女子以莫愁自比。重帏：层层帏幕。深下：深垂。莫愁：古代女子名，洛阳人，后嫁卢家为妇，称卢家莫愁。又有石城（今湖北省天门市西北）莫愁，善歌谣，称石城莫愁。堂：居室。

③ “卧后”句：谓深闺独卧，清夜漫长，甚感寂寞。清宵：清夜。细细长：形容清夜之漫长。

④ “神女”句：谓深感自己爱情的遇合，如同梦幻一般。神女：巫山神女，瑰姿玮态，姣丽无比，楚王曾与她在梦中欢会。见宋玉《高唐赋》和《神女赋》。

⑤ “小姑”句：原注为，“古诗有‘小姑无郎’之句”。南朝乐府《青溪

小姑曲》云,“小姑所居,独处无郎”。此句诗即由此脱化而来,谓自己终身难托。

⑥“风波”句:谓我的身体犹如菱枝那样柔弱,哪能禁得住风波的吹折。不信:不相信。

⑦“月露”句:谓谁能让月露滋润桂叶,使之花开飘香呢?月露谁教:“谁教月露”的倒词。谁教,谁令。

⑧“直道”两句:谓即使相思无益,也不妨痴情而惆怅终身。直道:便说。清狂:内心不慧,犹说痴情。

嫦　　娥[①]

云母屏风烛影深，长河渐落晓星沉[②]。嫦娥应悔偷灵药，碧海青天夜夜心[③]。

① 此诗写作年代不详。对于此诗的主旨，自古以来即众说纷纭。如何焯说此诗是诗人“自比有才调，翻致流落不遇也”（沈厚塽辑《李义山诗集辑评》）；冯浩说此诗是讽刺女道士“不耐孤孑”（《玉谿生诗集笺注》）；纪昀说此诗是悼亡诗（《玉谿生诗说》）；张采田说此诗“依违党局，放利偷合，此自忏之词”（《玉谿生年谱会笺》）；等等。据考，诗人曾与女道士宋华阳姊妹过从甚密，已经与宋华阳产生了恋情。我们从诗人《月夜重寄宋华阳姊妹》诗中，即不难窥见个中消息。诗云：“偷桃窃药事难兼，十二城中锁彩蟾，应共三英同夜赏，玉楼仍是水精帘。”其中，“偷桃”比喻人间爱情，“窃药”比喻入道，“锁彩蟾”比喻宋华阳被关在道院“三英”指诗人与宋华阳姊妹三人。这是诗人写给宋华阳姊妹的第二首诗，故曰“重寄”。诗作写诗人向往能与宋华阳姊妹同赏圆月的美丽景色，同时也表现出诗人对宋华阳的思念。考察李商隐诗集，其中并没有

写给宋华阳姊妹的第一首诗。由此可见，此作《嫦娥》应是写给宋华阳姊妹的第一首诗，是说女道士宋华阳为道院的寂寞冷清感到后悔，实则表现诗人对她的思念之情。嫦娥：《淮南子·览冥训》载，“羿请不死之药于西王母，恒娥窃以奔月”。恒娥是羿的妻子，因偷吃不死之药而奔月，这是神话传说。汉代因避汉文帝刘恒讳，而改恒娥为“嫦娥”（或“常娥”）。

② “云母”两句：写主人公彻夜不眠、孤寂冷清，依稀看到屏风后面的蜡烛即将燃尽，呈现出深暗的烛影；天上的银河在逐渐降落，拂晓前挂在天空的启明星也已经消失。云母：一种有光泽结晶体的矿物质，切成薄片后可以用来装饰器物。长河：银河。

③ “嫦娥”两句：谓嫦娥日夜面对青天碧海，可能在后悔不该偷吃“灵药”而成仙子吧。此二句写得含蓄蕴藉，生动形象，令人回味不尽。碧海：《十洲记》载，“东有碧海，与东海等，水不咸苦，正作碧色”。

无　　题[①]

相见时难别亦难，东风无力百花残[②]。春蚕到死丝方尽，蜡炬成灰泪始干[③]。晓镜但愁云鬓改，夜吟应觉月光寒[④]。蓬山此去无多路，青鸟殷勤为探看[⑤]。

① 此诗写作年代不详。对于此诗的主旨，学术界向来有不同的看法，有人说是政治诗，有人说是爱情诗，有人说是悼亡诗。而从其表达的思想感情来看，它应是一首爱情诗，表现男主人公与其相爱女子难分难舍的恋情及别后相思的痛苦。这里援引刘禹锡的《怀妓》诗，便可以作为佐证。刘诗云："三山不见海沉沉，岂有仙踪更可寻。青鸟去时云路断，姮娥归处月宫深。纱窗遥想春相忆，书幌谁怜夜独吟？料得夜来天上镜，只应偏照两人心。"不难看出，李诗与刘诗表达感情的深浅虽然有所不同，但毕竟它们有共同之处。由此，也就可以肯定这首《无题》诗是爱情诗。

② "相见"两句：谓在春意荡然、百花凋残的暮春时节，与恋人难得相会在一起，而她却又要匆匆相别而去。相见时难别亦难：曹植《当来日大难》诗云，"今日同堂，出门异乡。别易会难，各尽杯

觞”。这句比“别易会难”更进一层。东风：春风。

③ “春蚕”两句：用生动形象的比喻，表达主人公对爱情忠贞不渝的精神。这两句也成为千古名句，具有丰富的哲理内涵。丝：借喻情思。泪：借喻眼泪。

④ “晓镜”两句：写主人公想象对方早晨对镜相看，可能会为自己变得憔悴、苍老而忧愁；月夜吟诵诗句，大概也会感到寒气袭人。晓镜：清晨照镜。云鬓：形容女子鬓发如云，仪态倩丽。改：谓变得憔悴、衰老。

⑤ “蓬山”两句：利用神话传说，表达主人公相思的极端痛苦及急不可待的心情。蓬山：《史记·封禅书》载，“使人入海求蓬莱、方丈、瀛洲，此三神山者，其传在渤海中”。青鸟：《汉武故事》载，“七月七日，上（指皇帝）于承华殿斋，正中，忽有一青鸟从西方来，集殿前，上问东方朔。朔曰：‘此西王母欲来也。’有顷，王母至，有二青鸟如乌，夹侍王母旁”。后人因此以青鸟代称使者。

览　　古[1]

莫恃金汤[2]忽太平，草间霜露[3]古今情[4]。空糊赪壤真何益[5]，欲举黄旗竟未成[6]。长乐瓦飞随水逝[7]，景阳钟堕失天明[8]。回头一吊箕山客，始信逃尧不为名[9]。

① 此诗"以古鉴今"，写作年代不详。首两句是全诗之纲，告诫当政者，金城汤池不足恃，古今王朝兴废，如草间霜露，日出即晞，应当居安思危。

② 金汤：《汉书·蒯通传》载，"边城之地，必将婴城固守，皆为金城、汤池，不可攻也"。金，比喻坚不可摧。汤，比喻沸热不可接近。

③ 草间霜露：谓瞬间即晞，比喻王朝兴废，瞬息即变。

④ 古今情：谓是古今不变的道理。情，理。

⑤ "空糊"句：谓白墙壁上涂红色的文彩，对于巩固江山并无益处。空糊赪(chēng)壤：鲍照《芜城赋》载，"制磁石以御冲，糊赪壤以飞文。观基扃之固护，将万祀而一君。出入三代，五百余载，竟瓜剖而豆分"。此句即从此段文字脱化而来。糊，粘。赪壤，赤土，可粘涂和装饰墙壁。

⑥“欲举”句：谓吴主想应天象而成天子，竟未能实现。黄旗：《三国志·吴书·吴主传》裴松之注引《吴书》，陈化为郎中令出使魏，魏文帝问道：“吴魏峙立，谁将平一海内者乎？”陈化说：“……旧说紫盖、黄旗，运在东南。”按：古代迷信，黄旗紫盖，谓有天子之气。

⑦“长乐”句：谓长乐宫殿屋瓦尽飞，随着雨水一同流逝。长乐瓦飞：《史记·乐书》载，“师旷鼓琴，再奏，大风雨，飞廊瓦，左右皆奔走”。又《汉书·平帝纪》载，“大风吹长安城东门，屋瓦且尽”。

⑧“景阳”句：谓景阳楼钟堕，无异于天昏。按：“景阳钟堕”及上句“长乐瓦飞”，象征君主荒淫，失去统治。“失天明”及上句“随水逝”，应“草间霜露”瞬息即变之意。景阳钟堕：《南史·武穆裴皇后传》载，“齐武帝数游幸，载宫人于后车。宫内深隐，不闻端门鼓漏声，置钟于景阳楼上，应五鼓。及三鼓，宫人闻钟声，便早起妆饰”。

⑨“回头”两句：谓思古鉴今，方信许由逃尧，非务高名，而是为了逃避乱世(参见刘学锴、余恕诚《李商隐诗歌集解》)。箕山客：《史记·伯夷列传》载，太史公曰：“余登箕山，其上盖有许由冢云。”逃尧不为名：《庄子·逍遥游》曰，“尧让天下于许由……许由曰：‘子治天下，天下既已治矣，而我犹代子，吾将为名乎？’”又《庄子·徐无鬼》曰，“啮缺遇许由，曰：‘子将奚之？’曰：‘将逃尧。’”“箕山客”指许由。“回头”两句即由此典化出。

无　　题[①]

紫府仙人[②]号宝灯[③]，云浆未饮结成冰[④]。如何雪月交光夜，更在瑶台十二层[⑤]。

① 此诗写作年代不详。诗作托寓神仙相隔遥远，不可企及，曲折地反映了诗人的某种追求。可说它为爱情诗，亦可说它为追求理想的诗，但不能说得太实，否则便会失于穿凿。

② 紫府仙人：《抱朴子·地真》载，"昔黄帝东到青丘，过风山，见紫府先生，受三皇内文，以劾召万神"。紫府，仙人的居所。

③ 宝灯：《白氏六帖》载，"银宫金阙，紫府青都"。道源注，"佛有宝灯之名，神仙无此号，然佛亦称金仙，故可通用"。

④ "云浆"句：谓到神仙居所宴饮，尚未饮时云浆便结成冰。云浆：《汉武故事》载，"西王母曰：'太上之药有玉津金浆，其次药有五云之浆。'""云浆"即仙酒。

⑤ "如何"两句：谓为何在这雪月交辉之夜，神仙竟相隔十二层瑶台之远呢！如何：为何。瑶台十二层：《拾遗记》说，昆仑山旁有瑶台十二，各广千步，皆五色玉为台基。阮籍《咏怀》(第十九)曰：

“西方有佳人,皎若白日光……飘飖恍惚中,流盼顾我傍。”此可作为理解这首《无题》诗的参考。

霜　　月[①]

初闻征雁已无蝉[②]，百尺楼高水接天[③]。青女素娥俱耐冷[④]，月中霜里斗婵娟[⑤]。

① 此诗写作年代不详。有人说它是艳情诗，看来非是。诗作赞美霜月之神不惧寒冷，在霜里月中争奇斗妍、超凡脱俗的精神。显然，它是诗人品格和精神的自我写照。

② “初闻”句：陶渊明《己酉岁九月九日》诗曰，“哀蝉无留响，征雁鸣云宵”。此句即从陶诗化出，意谓听见南飞大雁的鸣啼，寒蝉已经不再歌唱。意思是说，已经到了深秋时节。

③ “百尺”句：谓在百尺高楼上举目遥望，月光、霜华与明净的夜空连成一片。《晋书・乐志》载：“百尺高楼与天连。”此句即由此典化出。高：一作“南”，非是。水：指月光、霜华似水。

④ “青女”句：谓青女、素娥皆不惧寒冷。青女：《淮南子・天文训》载，“至秋三月……青女乃出，以降霜雪”。“青女”即主降霜雪之女神。素娥：嫦娥窃药奔月，月色白，故谓素娥。

⑤ 斗婵娟：争奇斗妍之意。婵娟，美好的姿态。

蝉[①]

本以高难饱[②],徒劳恨费声[③]。五更疏欲断,一树碧无情[④]。薄宦梗犹泛[⑤],故园芜已平[⑥]。烦君最相警,我亦举家清[⑦]。

① 此诗写作年代不详,是托物抒怀之作,曲折地表现诗人品格高洁,但怀才不遇、穷困潦倒而无人同情的处境。

② “本以”句:谓寒蝉栖息高树,餐风饮露,本来就很难饱腹。这里暗喻自己品格高洁、不同凡俗。高难饱:《吴越春秋》载,“夫秋蝉登高树,饮清露,随风挠挠,长吟悲鸣”。

③ “徒劳”句:谓寒蝉终日哀鸣寄恨,亦徒劳枉然。诗人暗喻自己怀才不遇。

④ “五更”两句:谓天快亮时,蝉声稀疏而无力续鸣;其所栖息的碧树,却无动于衷,毫不同情。这里暗喻诗人处境冷酷。

⑤ “薄宦”句:此句双关,由蝉从此树飞到彼树,联想到自己的宦途就像木梗遇雨一样漂泊不定。薄宦:《南史·陶潜传》载,“弱年薄宦”。“薄宦”谓微官。梗犹泛:《战国策·赵策》载,土梗与木

梗斗说:“汝不如我……汝逢疾风淋雨,漂入漳、河,东流至海,泛滥无所止。”土梗,土块。木梗,树枝条。

⑥ “故园”句:谓田园已经长满荒草,应当归去了。陶渊明《归去来辞》云:“归去来兮兮,田园将芜胡不归?”芜已平:谓长满荒草。

⑦ “烦君”两句:谓有劳你提醒我,我的家也很清贫。这里表现了诗人对冷酷的现实社会的愤懑。君:指蝉。相警:相警诫。举家清:谓全家清苦,一贫如洗。正如诗人说自己“百岁本无业”(《戏题枢言草阁三十二韵》)。

潭　　州①

潭州官舍暮楼空，今古无端入望中②。湘泪浅深滋竹色③，楚歌重叠怨兰丛④。陶公战舰空滩雨⑤，贾傅承尘破庙风⑥。目断故园人不至，松醪一醉与谁同⑦！

① 此诗写作年代不详。唐宣宗李忱大中元年(847)，李商隐在桂管观察使(治所在今广西省桂林市)郑亚幕府任掌书记。冬，李商隐奉郑亚之命至南郡(今湖北省江陵县)，曾经过潭州(今湖南省长沙市)。大中二年二月，郑亚贬循州(今广东省龙川县)，李商隐三、四月间离桂州北归。五月至潭州，曾在湖南观察使李回幕府短期逗留。此诗可能就写于这两年内，为吊古伤今之作，表达对被贬的有功之臣的怀念和对大中统治集团的不满，并抒发个人的乡思羁愁。

② “潭州”两句：首句交代写诗地点在潭州官舍楼上，时间为傍晚。次句点题，即举目眺望，吊古伤今。楼空：描写傍晚官舍凄凉孤寂的氛围。无端：无由。

③ “湘泪”句：《博物志》载，“尧之二女，舜之二妃，曰湘夫人。舜崩，

二妃啼，以涕挥竹，竹尽斑”。此句即用此典。湘泪：谓二妃娥皇、女英为舜崩而涕泪。滋竹色：以涕挥洒竹上，竟长成斑竹。所谓“斑竹一点千滴泪”，即由此而来。

④“楚歌”句：《史记·屈原贾生列传》载，“楚人既咎子兰(按：楚怀王之子)以劝怀王入秦而不反也，屈平既嫉之……令尹子兰闻之大怒”。又《离骚》曰：“兰芷变而不芳兮，荃蕙化而为茅。何昔日之芳草兮，今直为此萧艾也。”楚歌：指屈原的辞赋。重叠：反复。因屈原在辞赋中多次写出类似的句子，故谓“重叠”。怨兰丛：怨恨子兰等人蜕化变质，显然是影射当时朝中之人。

⑤“陶公”句：谓昔日陶公战舰立功的古战场，现在已是雨洒的空滩。《晋书·陶侃传》载，陶侃，字士行，本鄱阳人，为江夏太守，又加为督护，使其与诸军并力抗拒陈恢，以运船为战舰，所向必破。后来讨杜弢，进克长沙，“封长沙郡公”。

⑥“贾傅”句：《史记·屈原贾生列传》载：“贾生为长沙王太傅三年。”《西京杂记》载：“贾谊在长沙，鹏鸟集其承尘。”《寰宇记》载：“贾谊庙在长沙县南六十里，庙即谊宅。”贾傅：贾谊。承尘：房屋的天花板。谓贾谊的旧宅今非昔比，如今已变成风雨吹打的破旧祠庙了。

⑦“目断”两句：谓我思念故乡，友人不至，我举杯与谁同醉呢！此两句写得极其新巧又极能抒情，表现诗人缺乏知音的愁苦。目断故园：望断故乡。人不至：友人不来。松醪(láo)：用松子酿造的酒。

北齐二首①

其　一

一笑相倾国便亡②，何劳荆棘始堪伤③。小怜玉体横陈夜④，已报周师入晋阳⑤。

① 这两首诗写作年代不详，是咏史诗，借北齐后主高纬因“内作色荒，外作禽荒”而亡国的史实，警诫唐朝封建统治者应从中吸取教训。

② “一笑”句：《史记·周本纪》载，周幽王宠幸褒姒，欲其笑万方，褒姒仍不笑。幽王举烽火，诸侯以为有寇而皆至，至而无寇，褒姒乃大笑。幽王甚悦之，便数举烽火。申侯怒，与西夷犬戎等攻幽王。幽王举烽火征兵，诸侯不信，兵不至，于是幽王被杀于骊山之下。又《汉书·外戚传》载：“(李)延年侍上起舞，歌曰：‘北方有佳人，绝世而独立，一顾倾人城，再顾倾人国。’”此句即化用上述两典。倾：倾心，倾倒。

③ “何劳”句：谓何必劳神等到看见宫殿长满荆棘，才感到亡国的悲伤呢！《吴越春秋·夫差内传》载，吴王夫差信谗，伍子胥垂涕说：

“舍谗攻忠，将灭吴国，城郭丘墟，殿生荆棘”。堪：一作“悲”。按：前两句是为三、四两句所作的铺垫。

④“小怜”句：《北史·冯淑妃传》载，“冯淑妃，名小怜，大穆后从婢也。穆后爱衰，以五月五日进之，号曰续命，慧黠，能弹琵琶，工歌舞，后主（高纬）惑之，坐则同席，出则并马，愿得死生一处”。又释德洪《楞严合论》引司马相如《好色赋》云，“花容自献，玉体横陈”。今此赋失传，或系假托。玉体横陈夜：写北齐后主高纬与冯小怜夜间的“色荒”生活。

⑤“已报”句：《北史·齐后主纪》载，“辛酉，延宗与周师战于晋阳，大败，为周师所虏”。此句即化用此典。北齐以晋阳（今山西省太原市）为根本地，晋阳破，齐即面临危亡局面。此句诗即谓冯妃进御之夕，齐亡之征已定，不待事至始知。按：其与上句“措语骏快、警策，饶有韵致”（叶葱奇语）。

其　二

巧笑知堪敌万几①，倾城最在著戎衣②。晋阳已陷休回顾，更请君王猎一围③。

①“巧笑”句：谓当冯妃对齐后主高纬嫣然一笑，齐后主就会放下千

头万绪的政务。巧笑：《诗经·卫风·硕人》载，“巧笑倩兮”。又宋玉《登徒子好色赋》云，“嫣然一笑，惑阳城，迷下蔡”。“巧笑”即谓美好的一笑。万几：同“万机”。《汉书·百官公卿表》载：“相国、丞相……掌丞天子，助理万机。”

② “倾城”句：谓冯妃美艳动人，尤其在着戎装从猎之时。倾城：比喻绝色的美女，能使全城的人倾慕。

③ “晋阳”两句：谓冯妃劝后主不要因“晋阳”陷没而停止打猎，她请后主更杀一围。晋阳：《北史·冯淑妃传》载，“周师之取平阳，帝猎于三堆。晋州亟告急，帝将还，淑妃请更杀一围，帝从其言……及帝至晋州，城已欲没矣”，显然李商隐误把平阳、晋州当作“晋阳”。按：此诗前两句议论深婉，幽折警动；三、四两句但述事实，讽喻蕴藉，令人回味。

咏　　史[①]

北湖南埭水漫漫[②]，一片降旗百尺竿[③]。三百年[④]间同晓梦[⑤]，钟山何处有龙盘[⑥]？

① 此诗写作年代不详，它抒发了诗人对南朝三百年兴亡历史的感慨，借以告诫唐朝统治者，要居安思危，金城汤池并不足恃。全诗写得雄奇开阔，铿锵有致。

② "北湖"句：首句写景，"水漫漫"三字，即扫尽六代繁华。北湖：玄武湖，东晋元帝司马睿三年始修北湖。宋文帝刘义隆元嘉二十三年(446)改为玄武湖(《宋书·文帝纪》)。南埭(dài)：在今南京市郊，在当时青溪口，有鸡鸣埭，通潮沟，以泄玄武湖水，南入秦淮河。埭，即水闸。诗谓"南埭"，取与"北湖"对称之意。玄武湖和鸡鸣埭，是六朝帝王游宴之地。漫漫：茫茫。

③ "一片"句：刘禹锡《西塞山怀古》诗云，"一片降幡出石头"。"石头"即石头城，在今南京市。此句即由刘诗化出，泛指六朝君主因荒淫而相继亡国。

④ 三百年：这里专指南朝而言。南朝自东晋立国(317)至陈亡

(589)凡二百七十二年,这里是取整数。

⑤ 晓梦:谓时间像晓梦一样短促。

⑥ “钟山”句:谓钟山所谓“龙盘虎踞”的优越地形又何足恃呢?此与刘禹锡所谓“兴废由人事,山川空地形”(《金陵怀古》)同旨。钟山:《吴录》载,刘备曾使诸葛亮至京,因观秣陵(今江苏省南京市)山阜,乃叹曰:“钟山龙蟠(盘),石头虎踞,真乃帝王之宅也。”“钟山”即南京市紫金山。

南　　朝[①]

玄武湖[②]中玉漏催[③]，鸡鸣埭[④]口绣襦[⑤]回[⑥]。谁言琼树朝朝见，不及金莲步步来[⑦]。敌国军营漂木柹[⑧]，前朝神庙锁烟煤[⑨]。满宫学士皆颜色[⑩]，江令当年只费才[⑪]。

① 此作为咏史诗，写作年代不详，意在揭示南朝君主荒淫亡国的史实，以警诫唐朝统治者。取材、构思颇费匠心，语言错综变化，讽刺冷隽、警切。

② 玄武湖：《宋书・文帝纪》载，“元嘉（宋文帝刘义隆年号）筑北堤，立玄武湖”。“玄武湖”即今南京市玄武门外玄武湖。

③ 玉漏催：意谓时光催促，天快亮了。玉漏，古代滴水的计时器，用玉石制成，故谓“玉漏”。

④ “鸡鸣埭”：《南史・武穆裴皇后传》载，齐武帝萧赜，经常到琅琊城游玩，宫人常从，早上到玄武湖北埭时，鸡始鸣，故谓“鸡鸣埭”。埭（dài），土坝，水闸。

⑤ 绣襦：锦绣做的短袄，代指宫女。

⑥ 回：来。

⑦“谁言”两句：谓陈后主之荒淫，比齐东昏侯还有过之。此两句属于流水对，笔法十分灵活。琼树朝朝见：《南史·张贵妃传》载，陈后主陈叔宝，荒淫无度，每引宾客对贵妃等游宴，皆歌咏所创制艳词丽曲，以美张贵妃、孔贵妃的容色。其《玉树后庭花》云：“璧月夜夜满，琼树朝朝新。”“琼树朝朝见”即由此典化出。金莲步步：《南史·齐废帝东昏侯纪》载，“（齐东昏侯萧宝卷）又凿金为莲花，以帖地，令潘妃行其上，曰：‘此步步生莲华也。’”

⑧“敌国”句：谓隋军造战船的木片已经漂过来，意谓隋军压境，形势十分危险。《南史·陈后主纪》载，隋文帝杨坚命人大造战船，准备伐陈，有人建议保密，以免泄露军机。文帝说：“吾将显行天诛，何密之有？使投柿于江，若彼能改，吾又何求？”敌国：指隋。柿（fèi）：制战船时削下的木片。

⑨“前朝”句：谓陈后主沉溺于女色，不祭祖庙，王朝即将覆灭。《通鉴·陈纪》载：“大市令章华……上书极谏，略曰：‘陛下（陈后主陈叔宝）即位，于今五年……祠七庙而不出，拜三妃而临轩……今疆土日蹙，隋军压境，陛下若不改弦易张，臣见麋鹿复游于姑苏矣。’”前朝神庙：指陈前三祖之宗庙。锁烟煤：为烟尘所封。煤，油烟凝结的灰尘。

⑩“满宫”句：谓满宫的学士，都由有容色的宫女来充当。据《南史·张贵妃传》载，陈后主宠张贵妃和孔贵妃等，以宫中有文学才能的袁大舍等为女学士，每引宾客对贵妃等游宴，则使诸贵人及

女学士与狎客共赋新诗，互赠互答，并选宫女有容色者以千百数，令习而歌之。颜色：指有容色的宫女。颜，一作“莲”。

⑪“江令”句：谓江总等狎客为歌咏贵妃、宫女的容色，费尽才华。据《南史·江总传》载，总，字总持。陈后主即位，他历任吏部尚书、仆射、尚书令。身为尚书令，他却不理政务，日与后主游宴于后庭，与孔暄、孔范、王瑗等十余人，号称为“狎客”。

无　　题[1] 一作阳城

白道萦回入暮霞，斑骓嘶断七香车[2]。春风自共何人笑，枉破阳城十万家[3]。

① 此诗是“藉美人以喻君子”，可能是诗人暮游有感，以寓身世之慨。纪昀说，“怨极以唱叹出之，不露怨张之态”（《玉谿生诗说》），寄寓极为微妙。

② “白道”两句：谓一美丽女子乘坐疾驰的七香宝车，萦绕白道，入暮霞而去。白道：李白《洗脚亭》诗曰，“白道向姑熟，洪亭临道旁”。王琦注，“人行迹多，草不能生，遥望白色，故曰白道。唐诗多用之”。斑骓嘶断：形容车马疾驰。斑骓（zhuī），长有苍黑杂毛的马。嘶断，嘶煞。七香车：用七种香木所制成的车。

③ “春风”两句：谓春风倚笑，却共何人？迷惑阳城，枉生颜色。言外之意是说，那女子寂寞无主，不见赏识。自：却。阳城：宋玉《登徒子好色赋》载，“嫣然一笑，惑阳城，迷下蔡”。阳城、下蔡，为二县名。

失　　题[①]

幽人不倦赏，秋暑贵招邀[②]。竹碧转怅望，池清尤寂寥[③]。露花终裛湿，风蝶强娇饶[④]。此地如携手，兼君不自聊[⑤]。

① 此诗似寄友人之作，抒发了诗人寂寥、惆怅的情怀。

② “幽人”两句：谓在秋暑之际，我本想邀请友人同去游赏。幽人：幽隐之人，指“君”，即诗人的友人。不倦赏：谓有游赏风光的雅兴。贵：欲。招邀：邀请。

③ “竹碧”两句：谓竹碧池清，本最宜消暑，只因情绪不佳，故于怅望中转觉寂寥。

④ “露花”两句：谓自身如露花风蝶，强作娇娆而已。裛（yì）：沾湿。娇饶：一作“娇娆”，柔美、妩媚。

⑤ “此地”两句：谓如果邀你携手同游，那连同你也不能排除惆怅、寂寥的意绪。兼：同。不自聊：谓无法排遣寂寥、惆怅的情绪。

无　　题[①]

照梁初有情，出水旧知名[②]。裙衩芙蓉小，钗茸翡翠轻[③]。锦长书郑重[④]，眉细恨分明[⑤]。莫近弹棋局，中心最不平[⑥]。

① 此作采用比兴手法，借少女在爱情上的失意，而寄寓诗人仕途上的失意和苦闷。

② “照梁”两句：谓少女妩媚多姿，情窦初开，犹如照耀屋梁的朝日、刚刚出水的红莲，美名早传于世。照梁：宋玉《神女赋》载，“其始来也，耀乎若白日初出照屋梁”。出水：何逊《看伏郎新婚》诗云，“雾夕莲出水，霞朝日照梁，何如花烛夜，轻扇掩红妆”。

③ “裙衩”两句：谓少女的美丽妆饰极其小巧、精美。裙衩（chà）芙蓉：为“芙蓉作裙衩”。芙蓉，荷花。裙衩，指下裳。钗茸（róng）翡翠：用翡翠做的钗茸。茸，本为草初生时纤细的形状，这里指翡翠钗的翠鸟羽毛形状。轻：轻巧。

④ “锦长”句：谓少女情书，频频寄远。锦长书：在锦绣上书写的情书。郑重：频繁。

⑤ “眉细”句：谓从少女的细眉中分明表现出遭到嫉妒的怨恨。眉细：《后汉书·五行志》云，汉桓帝元嘉中，京都妇女作愁眉，细而曲折。后人便把细眉视为女子含愁的情状。

⑥ “莫近”两句：谓不要靠近弹棋，否则看到棋局的不平，便会引起爱情失意的苦闷。“中心不平”，语义双关，暗喻诗人仕途失意的苦闷和不平。弹棋：《后汉书·梁冀传》注，“《艺经》曰：‘弹棋，两人对局，白黑棋各六枚，先列棋相当，更相弹也。其局（棋盘）以石为之。’”又《西京杂记》载，“汉元帝好击鞠（球），为劳，求相类而不劳者，遂为弹棋之戏”。

无　　题[①]

近知[②]名阿侯[③]，住处小江流。腰细不胜舞[④]，眉长惟是愁[⑤]。黄金堪作屋，何不作重楼[⑥]？

① 此作为齐梁体谐律诗，亦有学者认为是三韵五言律诗。此作以女子托寓，暗喻对其知遇厚爱者，谓其既然相助，何不向朝廷推荐重用呢？

② 近知：近闻。

③ 阿侯：萧衍《河中之水歌》曰，“河中之水向东流，洛阳女儿名莫愁，莫愁十三能织绮，十四采桑南陌头，十五嫁作卢家妇，十六生儿字阿侯”。这里是以“阿侯”代指诗中的女主人公。

④ “腰细”句：谓阿侯腰细弱，经不起舞蹈。腰细：汉成帝宠妃赵飞燕“体轻腰弱，善行步进退”（《西京杂记》），又《白氏六帖》，“飞燕体轻，能为掌上舞”。

⑤ “眉长”句：谓阿侯漂亮的长眉间，含有无限愁情。伏知道《为王宽与妇义安主书》载：“长眉始画，愁对离妆。”

⑤ “黄金”两句：谓既堪金屋深藏，何不作重楼居之，让其展露芳姿！

黄金屋:《汉武故事》载,“帝(指刘彻)为胶东王,数岁,长公主抱置膝上,问曰:‘儿欲得妇否?’……指左右长御百余人,皆云不用。指其女阿娇好否,笑对曰:‘好。若得阿娇作妇,当作金屋贮之。’”

重楼:高楼。

无题二首[①]

其　一

长眉画了绣帘开，碧玉行收白玉台[②]。为问翠钗钗上凤，不知香颈为谁回[③]？

① 从这两首诗的语气来看，似并非有何寓托，亦不像冶游之作。诗中多戏语，可能是赠妓之作。

② “长眉”两句：谓美人晨起对镜梳妆，妆毕，侍女拉开绣帘，收拾镜台。碧玉：出自《古乐府·碧玉歌》中的“碧玉小家女”。“碧玉”指婢女。白玉台：玉做的镜台。

③ “为问”两句：谓你打扮得如此漂亮，不知为谁而美呢？问翠钗：代指问人。回：来。

其　二

寿阳公主嫁时妆①，八字宫眉②捧额黄③。见我佯羞④频照影⑤，不知身属冶游郎⑥。

① “寿阳”句：谓美女模仿寿阳公主出嫁时所画的梅花妆打扮自己。《海录碎事》载：“宋武帝女寿阳公主，人日卧于含章(殿)檐下，梅花落公主额上，成五出之花，拂之不去，自后有梅花妆。”

② 八字宫眉：据《艺文类聚》说，汉武帝宫人画八字眉。此诗这里即用此典。

③ 捧额黄：眉心与鼻梁间擦抹的黄粉，因擦抹在眉间，故谓“捧”。

④ 佯羞：假装害羞。

⑤ 频照影：顾影自怜。

⑥ “不知”句：谓美人尚不知自身属于狎客呢！此乃戏词而已。冶游郎：狎客。冶游，遨游。

无　　题[①]

八岁偷照镜，长眉已能画[②]。十岁去踏青[③]，芙蓉[④]作裙衩[⑤]。十二学弹筝，银甲[⑥]不曾卸[⑦]。十四藏六亲，悬知犹未嫁[⑧]。十五泣春风，背面秋千下[⑨]。

① 此诗写一个少女聪颖、灵巧，她的姿容和才华随着年龄的增长已经显露，到其情窦已开时，仍被深藏闺中，不能出嫁，因此便感到青春虚度，悲伤不已。诗歌吸取了民歌的表现手法，清新活泼，含蓄有味。

② “八岁”两句：谓女孩八岁就爱美，会自己照镜画眉。偷照镜：写女孩爱美而又害羞的心态。

③ 踏青：春天郊游。

④ 芙蓉：荷花。

⑤ 裙衩：下裳。

⑥ 银甲：杜甫《陪郑广文游何将军山林十首》曰，“银甲弹筝用”。“银甲”指戴在指端银制的弹筝爪甲。

⑦ 卸：除去，取下。

⑧ “十四”两句：谓少女情窦已开，父母还未曾许嫁。六亲：谓外祖父母、父母、姊妹等。悬知：猜想到。

⑨ “十五”两句：谓少女向往爱情，但无奈只能面对秋千，对着春风哭泣。按：此诗可能有所寓托，抒发诗人怀才不遇之慨。所以，屈复说：“才士之少年不遇，亦可叹也。”(《玉谿生诗意》)

无题二首[①]

其　一

待得郎来月已低[②]，寒暄不道醉如泥[③]。五更又欲向何处？骑马出门乌夜啼[④]。

① 旧本皆附《留赠畏之》后，为三首，似误。清代冯舒谓俗改本作《无题》，《万首唐人绝句》题作《无题》，今据此。这两首诗是学齐、梁《乌栖曲》《乌夜啼》体的小诗，算不上艳情之作，但格调极佳，似无寄托。这两首诗也吸收了民歌的风调，颇有情致。

② “待得”句：谓郎君在外冶游，直至深夜方归。月已低：月已偏，谓深夜。

③ “寒暄”句：谓郎君在外酗酒，归来不道寒暄，就像烂泥一般醉卧在床上。寒暄：慰问起居。

④ “五更”两句：谓五更时分，郎君又骑马而去，并惊动树上的乌鸦一阵乱啼。

其　二

户外重阴暗不开[①]，含羞迎夜复临台[②]。潇湘浪上有烟景，安得好风吹汝来[③]？

① “户外”句：谓闺中女子，因户外独居阴暗，内心颇为烦闷。重阴：十分阴暗。重，层。

② “含羞”句：谓她思念心切，于夜间含羞登台远望。迎夜：夜间。临台：登台。

③ “潇湘”两句：谓潇湘烟花柳色迷人，怎得好风把你吹来并宿言情呢？潇湘：今湖南省潇水流到零陵西北和湘江合，故称“潇湘”。烟景：谓烟花柳色。

风　　雨[①]

凄凉《宝剑篇》[②]，羁泊[③]欲穷年[④]。黄叶仍风雨，青楼自管弦[⑤]。新知遭薄俗，旧好隔良缘[⑥]。心断新丰酒，销愁斗几千[⑦]？

① 此诗约写于诗人晚年游江东时。写诗人枉有匡世抱负，却漂泊一生，受尽摧抑，新知遭毁，旧好相隔疏远，无可奈何，只有借酒消愁而已。字里行间显然流露出郁抑不平之气。纪昀说此诗写得“神力完足”，且说“仍”字、“自”字蕴含“多少悲凉”（《玉谿生诗说》）。张采田说：“‘新知’‘旧好’句法，老杜及名家集中多有之，此乃一篇之主意，而谓之疵累露骨，诚非末学所晓。”（《李义山诗辨正》）

② “凄凉”句：此句以郭元振自喻，抒发怀才不遇之慨。《宝剑篇》：唐代郭元振《古剑歌》曰，“良工锻炼经几年，铸得宝剑名龙泉……何言中路遭弃捐，零落漂沦古狱边。虽复尘埋无所用，犹能夜夜气冲天”。

③ 羁泊：出自庾信《哀江南赋》中的“下亭漂泊，高桥羁旅”。“羁泊”谓漂泊羁旅。

④ 穷年：终身。

⑤ “黄叶”两句：谓自身如黄叶般遭到风雨摧残，豪华之家却在寻欢作乐，歌声悠扬。仍：兼。青楼：比喻豪华之家。

⑥ “新知”两句：谓新交的知己竟遭到浅薄世俗之辈的谗毁，旧时友好已良缘隔阻，关系疏远。

⑦ “心断”两句：谓盼望得到新丰美酒，消尽胸中愁苦。这里蕴含着诗人极为复杂的勃郁不平之气！心断新丰酒：暗喻其向往京城长安。心断，心望，念念不忘。新丰，长安附近(在今陕西省临潼区东北)。斗几千：王维《少年行四首》(其一)云，“新丰美酒斗十千”。

陈后宫[①]

茂苑城如画，阊门瓦欲流[②]。还依水光殿，更起月华楼[③]。侵夜[④]鸾开镜[⑤]，迎冬[⑥]雉献裘[⑦]。从臣皆半醉，天子正无愁[⑧]。

① 南朝陈后主陈叔宝是历史上有名的荒淫皇帝，他大兴土木，营造宫室，并与宠妃、宫嫔和一批号称“狎客”的文人，酣歌狂饮，生活奢侈糜烂，因此导致国家覆亡。此诗即借咏史，讽刺李唐王朝皇帝的奢侈、荒淫生活。因并非确指某人某事，故更加具有普遍的讽刺意义。

② “茂苑”两句：借陈朝后宫比喻唐朝宫室的华丽。茂苑城如画：南朝都城建康（今江苏省南京市）的宫苑，皆在台城（皇宫所在地）内，故谓“城如画”。阊门：阊阖门，是神话传说中的天门，这里指宫门。

③ “还依”两句：谓大造亭台楼阁。依：靠着，傍着。水光殿：虚构的殿名。

④ 侵夜：入夜。

⑤ 鸾开镜:“开鸾镜”的倒词,谓宫嫔宠妃,对镜晚妆。

⑥ 迎冬:入冬。

⑦ 雉献裘:“献雉裘”的倒词。这里是用晋朝太医司马程据献雉头裘(《晋书·武帝纪》)的典故,讽刺陈后主的奢侈生活。意在借古讽今。

⑧ “从臣”两句:借陈后主陈叔宝和北齐后主高纬的荒淫生活,比喻和讽刺唐朝君臣醉生梦死的生活。天子无愁:《北史·齐后主纪》载:“盛为无愁之曲,帝自弹琵琶而唱之,侍和之者以百数,人间谓之无愁天子。”

马嵬二首(其二)[1]

海外徒闻[2]更九州[3],他生未卜此生休[4]。空闻虎旅传宵柝[5],无复鸡人报晓筹[6]。此日六军同驻马[7],当时七夕笑牵牛[8]。如何四纪为天子,不及卢家有莫愁[9]?

① 唐玄宗李隆基天宝十五载(756)六月,安史叛军攻破潼关,玄宗与杨国忠、杨玉环等,仓皇出逃奔蜀,行至马嵬驿,随军将士杀杨国忠,并逼杀杨贵妃。玄宗无奈,令杨贵妃自缢而死。此即历史上有名的"马嵬之变"。李商隐根据这一题材写了两首"马嵬"诗,此选其中一首,讽刺唐玄宗荒淫误国、执迷不悟的丑恶行径。此诗讽刺辛辣、冷隽,堪称唐诗同类题材中的佳作。马嵬:马嵬坡,故址在今陕西省兴平市西。

② 海外徒闻:"徒闻海外"的倒词。

③ 更九州:古代谓中国有九州,总称赤县神州。据说中国之外如赤县神州者还有九州(《史记·邹衍传》),故曰"更九州"。其实,诗句中的"九州"只是借用,实则是指陈鸿《长恨歌传》中所说的海外仙山,山上有"玉妃太真院"。

④“他生”句：此句诗是倒装句法，意谓玄宗与杨贵妃此生不能白头偕老，来生也不可能再结为夫妇。《太真外传》写方士说，杨妃在海外仙山，天宝十载(751)七月，与玄宗相约，于牵牛织女相见之夕侍上(玄宗)。他们因感牛女事，密相誓盟，“愿世世为夫妇”。

⑤“空闻”句：谓玄宗奔蜀而夜宿马嵬，夜间只能听到卫兵巡逻时敲击的梆子声。虎旅：指护卫皇帝的禁军。传：一作“鸣”。宵柝(tuò)：夜间巡逻用的梆子。

⑥“无复”句：其接上句，谓不能像在宫中那样安然寝卧，有鸡人报晓了。鸡人报晓：据《汉官典职仪式选用》记载，宫中不得养鸡，卫士候于朱雀门外传鸡唱，以警起百官。筹：更筹。

⑦“此日”句：谓当日六军不进，请杀杨氏。此日：指天宝十五载六月十四日，即玄宗奔蜀而夜宿马嵬驿那天。六军同驻马：《旧唐书·肃宗纪》载，“丁酉，至马嵬顿，六军不进，请诛杨氏，于是诛国忠，赐贵妃自尽”。六军，泛指护卫皇帝的禁军。驻马，立马不前。

⑧“当时”句：指天宝十载七月七日，玄宗与杨贵妃讥笑牛郎和织女，只能每年七夕相会，而他们却誓盟“愿世世为夫妇”。此句深含讽刺意味。按：前四句为倒叙，犹如电影倒叙镜头。

⑨“如何”两句：谓为何玄宗当了四十四年的皇帝，竟与宠妃生离死别，还不如卢家莫愁夫妇能永世相守呢？四纪：十二年为一纪。

李隆基于开元元年(712)即位,至天宝十五载(756),凡四十四年,这里是取整数。卢家有莫愁:萧衍《河中之水歌》曰,“河中之水向东流,洛阳女儿名莫愁,十五嫁作卢家妇,十六生儿字阿侯。卢家兰室桂为梁,中有郁金苏合香”。

富平少侯[①]

七国[②]三边[③]未到忧[④]，十三身袭富平侯[⑤]。不收金弹抛林外[⑥]，却惜银床[⑦]在井头[⑧]。彩树转灯珠错落，绣檀回枕玉雕锼[⑨]。当关不报侵晨客，新得佳人字莫愁[⑩]。

① 此诗写作年代不详，为托古讽今之作，内容与诗题并不相关，只是托古事以讽刺唐朝世袭权贵，不忧国事，挥金如土，终日沉溺于声色，过着醉生梦死的生活。富平少侯：《汉书·张安世传》载，汉昭帝封张安世为富平侯。又据《汉书·张延寿（安世之子）传》载，张安世四代孙张放幼年嗣爵，故谓“富平少侯”。

② 七国：《汉书·景帝纪》载，汉景帝时，吴、楚、赵、胶西、济南、淄川、胶东等七个诸侯国叛乱。这里指藩镇割据。

③ 三边：指汉代幽、并、凉边远地区，这里指吐蕃、回纥、党项等少数民族对中原的侵扰。

④ 未到忧：不知忧。

⑤ “十三”句：表面是指张放幼年嗣爵，实则暗喻唐朝世袭的年少权贵。

⑥ “不收”句：《西京杂记》载，“韩嫣（汉武帝宠臣）好弹，常以金为丸，所失者日有十余。长安为之语曰：‘苦饥寒，逐弹丸。’”此句即由此典化出。

⑦ 银床：井边的辘轳架。

⑧ 井头：井边。

⑨ “彩树”两句：写装饰极其奢侈。彩树转灯：《开元天宝遗事》载，“韩国夫人置百枝灯树，高八十尺，竖之高山，上元夜点之，百里皆见”。“彩树转灯”谓彩灯在树上环绕。珠错落：形容彩树转灯像明珠一样参差错落。绣檀回枕：绣着回环花纹且带有丝锦外罩的檀枕。玉雕锼（sōu）：谓在檀枕上镶嵌着雕刻精美的玉块。

⑩ “当关”两句：讽刺唐朝权贵贪恋女色，荒废政务。按：诗中所讽刺的对象是泛指，未必确指某人某事，若予坐实，似有“索隐派”之弊。当关：看守门户的吏卒。侵晨：凌晨。莫愁：《旧唐书·音乐志》说，石城有女子名莫愁，善歌谣。“莫愁”与首句“未到忧”相呼应，暗示有愁而不知愁。

流　莺[1]

流莺漂荡复参差[2]，度陌临流不自持[3]。巧啭[4]岂能无本意[5]，良辰未必有佳期[6]。风朝夜露阴晴里，万户千门开闭时[7]。曾苦伤春不忍听，凤城何处有花枝[8]？

① 此诗是托物寓怀之作，曲折地反映了诗人“十年京师寒且饿”（《樊南甲集序》），流落不遇，无所栖托的生活。

② 参差：形容流莺飘荡，参差不齐，暗喻诗人行踪不定。

③ “度陌”句：谓行不自主。不自持：不能自主。

④ 巧啭：谓流莺巧啭宛啼。

⑤ 本意：谓苦衷。

⑥ “良辰”句：谓身逢盛世，未必能够遇合，施展抱负。

⑦ “风朝”两句：谓不论是朝风夜露、阴雨晴日，还是千门万户或开或闭之时，流莺都在到处飘荡啼啭。此两句暗喻诗人不避风寒，到处奔波，寻觅知音和栖身之地。风朝：朝风。阴晴里：阴雨晴日。万户千门：《史记·孝武本纪》载，“于是作建章宫，度为千门万户”。

⑧ “曾苦”两句：谓我曾因伤春而愁苦，不忍心听到流莺凄凉的啼叫声，京城哪里有花枝供流莺栖息呢？按：末联归到自身，词哀心苦，字字血泪也！春：一作“心”。凤城：杜甫《夜》诗：“步蟾倚杖看牛斗，银汉遥应接凤城。”赵次公注云：“秦穆公女弄玉吹箫，凤降其城，因号丹凤城。其后言京城曰凤城。”

贾　　生[①]

宣室[②]求贤访[③]逐臣[④]，贾生才调[⑤]更无伦[⑥]。可怜夜半虚前席，不问苍生问鬼神[⑦]。

① 贾生：贾谊。此诗借贾谊的不幸遭遇，抒发自己怀才不遇、无法施展“欲回天地”的远大政治抱负的感慨。此诗构思新颖，寄寓遥深，且以唱叹出之，不见丝毫议论痕迹，比同题材的诗作更高一筹。

② 宣室：汉朝未央宫前殿的正室(《三辅黄图》)，这里指朝廷。

③ 访：征询。

④ 逐臣：贾谊被贬为长沙王太傅，故谓“逐臣”，即被放逐出京城之臣。

⑤ 才调：谓政治才能。

⑥ 更无伦：更无人可比。

⑦ “可怜”两句：谓可惜文帝夜半求贤，不问有关民生和治理国家的大事，却问些祭祀鬼神的小道。按：李商隐与贾谊的遭遇有些相似，即有远大的政治理想却未能实现，因此贾谊的遭遇引起他的

强烈共鸣。这里所谓“不问苍生问鬼神”,实则是暗喻知遇厚爱者只重视他的文才,而不重视他的政治才能。《史记·屈原贾生列传》载:“贾生征见,孝文帝方受釐(按:祭天地五畤,皇帝不自行,祠还致福),坐宣室。上因感鬼神事,而问鬼神之本。贾生因具道所以然之状。至夜半,文帝前席。既罢,曰:‘吾久不见贾生,自以为过之,今不及也。’”可怜:可惜。虚前席:徒然地把坐位前移而靠近贤者。苍生:民生。

屏　　风[1]

六曲连环接翠帷，高楼半夜酒醒时[2]。掩灯遮雾密如此，雨落月明俱不知[3]。

① 此诗不像有何寄托，似乎只是咏屏风，写诗人刹那间的朦胧感受，但却写得颇富诗情，别具风味。

② “六曲”两句：谓“高楼酣饮，浓睡翠帷，半夜酒醒，但见床横六曲屏风”（刘学锴、余恕诚《李商隐诗歌集解》）。六曲：指屏风六扇或六折。连环：连接环绕。翠帷：床边的漂亮帷帐，即寝处。

③ “掩灯”两句：谓屏风掩灯遮雾，与室外隔绝，或是落雨，或是月明，一概不知。按：叶葱奇说，“这是讽刺皇帝蔽聪塞明，对民间疾苦一无所知之作”（《李商隐诗集疏注》），此观点可供参考。

一　　片①

一片琼英②价动天③，连城十二昔虚传④。良工巧费真为累，楮叶成来不值钱⑤！

① 对于此诗的主旨，古今众说纷纭。清代冯浩说："自叹之词，当在未第时。"（《玉谿生诗集笺注》）此说事出有因，诗人早年以文著称，"出诸公间"，因此他考进士时，几次遭权贵嫉妒而落第。冯浩所谓"自叹之词"，即指此而言。其实，此诗写得并不含蓄，是诗人自论其诗文的"论诗文"诗。王达津说诗人："虽尚对偶、用典，他却主张以自然为基础，他是说一片完整的美玉，胜过连城玉璧，如果枉费心力去雕琢，制成支离破碎的楮叶，就破坏了玉的完美。"（《李商隐诗杂考》）叶葱奇先生亦有此种见解，并且，他援引《樊南甲集序》和《樊南乙集序》，说明李商隐认为他苦心为人所草笺奏的"四六"文"未足矜"，亦"卒不足以为名"（《李商隐诗集疏注》）。这首诗表现了诗人主张抒发性灵、以自然为美的文学观。

② 琼英：玉的美名和光彩。琼，玉的美名。英，英华，谓玉的光彩。

③ 价动天：谓琼英的价值能惊动天地，形容琼英的宝贵。

④“连城”句：谓所谓“和氏璧”，也是虚有其名。《史记·廉颇蔺相如列传》载：“赵惠文王时得楚和氏璧，秦昭王闻之，使人遗赵王书，愿以十五城请易璧。”《北史·彭城王勰传》又云：“今陛下赐刊一字，足以价等连城。”此句即化用上述两典。十二：当作“十五”。

⑤“良工”两句：谓若把琼英雕琢成楮叶一样，那已经毫无价值！按：诗人的这种文学观，与李白“清水出芙蓉，天然去雕饰”的文学主张是一致的。楮(chǔ)叶：《列子·说符》载，“宋人有为其君以玉为楮叶者，三年而成，锋杀茎柯，毫芒繁泽，乱之楮叶中而不可别也。此人遂以巧食宋国。子列子闻之，曰：‘使天地之生物，三年而成一叶，则物之有叶者寡矣。’”楮，木名，叶似桑叶。

武 夷 山①

只得流霞酒一杯②，空中箫鼓当时回③。武夷洞里生毛竹，老尽曾孙更不来④。

① 武夷山在今福建省武夷山市南三十里，山中有清溪九曲，山光水色，风景独好。古代传说有仙人葬于溪中。唐朝皇帝多迷信神仙。此诗即借武夷山神话，讽刺唐朝权贵求仙虚妄之作。纪昀说："辨神仙之妄也，吞吐出之，语殊蕴藉。"(《玉谿生诗说》)

② "只得"句：《抱朴子・祛惑》载，"又河东蒲坂有项曼都者，与一子入山学仙，十年而归家。家人问其故，曼都曰：'……仙人但以流霞一杯与我，饮之辄不饥渴……'此妄语乃尔，而人犹有不觉其虚者"。"只得"句即由此神话脱化而来。

③ "空中"句：谓空中"箫鼓"(乐响)之声立刻又回到空中。《诸山记》云："武夷山神号武夷君，一日语村人曰：'汝等以八月十五日会山顶。'是日，村人毕集……只闻空中人声，不见其形。须臾乐响，亦但见乐器，不见其人。"当时回：谓立时回。

④ "武夷"两句谓：武夷山洞长满毛竹，能刺人致疾，世人皆老，武夷

君也没再来。生毛竹：《武夷山记》载，“武夷君因少年慢之，一夕山心悉生毛竹如刺，中者成疾，人莫敢犯，遂不与村落往来，蹊径遂绝”。曾孙：《明一统志》云，武夷山君置酒会乡人，呼乡人为“曾孙”。

代赠二首[①]

其　一

楼上黄昏望欲休，玉梯横绝月如钩[②]。芭蕉不展丁香结，同向春风各自愁[③]。

① 这两首诗，虽属绝体，而绝非刻意为之，汲取了古乐府诗的营养，写得情致缠绵，绮丽细密，如行云流水，自成一格。代赠：代为一女子赠其恋人而写。

② “楼上”两句：谓黄昏时刻，楼上的闺中女子急盼恋人到来，欲望还休；等到夜晚，两人又被阻隔，不能相会。宋代张先《一丛花》词曰：“梯横画阁黄昏后，又还是斜月朦胧。”“楼上”两句即是化用这两句诗的意境。望欲：一作“欲望”。玉梯横绝：谓被阻隔。月如钩：一作“月中钩”，误。

③ “芭蕉”两句：谓他们的爱情既像芭蕉叶子无法舒展，又像丁香花蕾结而不放，他们只有面对春风各自愁苦罢了。

其　二

东南日出照高楼①，楼上离人唱石州②。总把春山扫眉黛③，不知供得几多愁④？

①“东南”句：古乐府《陌上桑》曰，“日出东南隅，照我秦氏楼”。此句即从此化出。

②“楼上”句：谓恋人要离别而去，唱一曲《石州词》寄托情思吧。石州：古乐府曲名，为戍妇思夫之作。

③“总把”句：谓把蛾眉画得像春山那样美丽。春山扫眉黛：《西京杂记》载，“卓文君姣好，眉色如望远山”。扫，画。眉黛，黛画眉鬓，黑而有光泽。黛，青黑色的颜料，古代女子用来画眉，故称“黛眉”，或“眉黛”。

④“不知”句：谓不知能供给恋人几多愁情。这里实则是说女子愁情甚多。此句写得极为婉曲，饶有情趣。元好问《鹧鸪天·妾薄命辞》中的“天也老，水空流，春山供得几多愁？桃花一簇开无主，尽着风吹雨打休”，即是从此句拓展写来。

瑶　池[1]

瑶池阿母绮窗开[2]，黄竹歌声动地哀[3]。八骏日行三万里，穆王何事不重来[4]？

①《穆天子传》说，周穆王西游，上昆仑之山，至西王母之邦，西王母在瑶池宴请天子（周穆王）。西王母为其作歌谣曰："白云在天，山陵自出。道里悠远，山川间之。将子无死，尚能复来！"天子答曰："予归东土，和治诸夏。万民平均，吾顾见汝。比及三年，将复而（汝）野。"晚唐几代皇帝，笃信神仙，皆因服丹药而呜呼哀哉。此诗即通过西王母约会周穆王的故事，对唐朝封建统治者求仙服丹、祈求长生的迷信思想，给予生动、有趣的讽刺，从而宣扬了人有生即有死的唯物思想。瑶池：仙境宫殿。

②"瑶池"句：谓西王母在瑶池敞开门窗，等候周穆王到来。阿母：仙人西王母。绮（qǐ）窗：雕刻有花纹的美丽窗户。

③"黄竹"句：谓只听到《黄竹歌》的哀歌声，却未见人来。言外之意是说，周穆王没有如约而来，已经死去。黄竹：仙境地名，这里指《黄竹歌》。《穆天子传》说，周穆王在苹泽打猎，"日中大寒，北风

雨雪,有冻人,天子作诗三章以哀民”。

④“八骏”两句:谓周穆王的八骏能日行三万里,他若未死,为何不如约到来呢?八骏:指周穆王的八匹骏马,即赤骥、盗骊、白义、逾轮、山子、渠黄、华骝、绿耳(《穆天子传》)。传说八骏能日行三万里。

柳[①]

柳映江潭底有情[②]？望中频遣客心惊[③]。巴雷隐隐千山外，更作章台走马声[④]。

① 此诗写作年代不详。据说，大和八年(834)，李商隐二十二岁时，曾和洛阳商人的女儿、十七岁的柳枝发生过恋情，后柳枝被权贵夺去，便破坏了他们的美好姻缘。因此，诗人先后写作五六首赠柳和咏柳的诗篇，以表现对柳枝的思念。这首诗的思想内容更为复杂，其中包含对柳枝的思念，同时亦表现自己身在巴蜀，目睹映入江潭之柳，触景生情，勾起自身潦倒之感和怀念京师长安之情。

② “柳映”句：谓为何对映入江潭之柳有极深的感情呢？柳映江潭：庾信《枯树赋》载，“昔年移柳，依依汉南。今看摇落，凄怆江潭。树犹如此，人何以堪”。底：何。

③ “望中”句：谓我看见江潭柳色，便会频频惊心。频遣：频频使。客：诗人客寄异乡，故自称为客。

④ “巴雷”两句：思人京师，并不直言，而借巴雷托出，更觉意曲而情挚，耐人寻味。按：韩翃，南阳(今河南省沁阳市附近)人，天宝末

年进士。家有姬柳氏，安史之乱时离散，出家为尼。韩翃为平卢节度使书记时，曾作《章台柳》诗寄柳氏，诗云："章台柳，章台柳，昔日青青今在否？纵使长条似旧垂，亦应攀折他人手。"柳氏被蕃将沙咤利劫夺，韩翃又用计救回，两人重新团聚。此诗后两句，是否亦暗借韩翃与柳氏的故事，关合诗人与柳枝的情事？这一点仅供思考。巴雷：司马相如《长门赋》载，"雷隐隐而响起兮，声象君之车音"。章台：《汉书·张敞传》载，"敞为京兆（尹）……时罢朝会，过走马章台街"。

有　　感①

非关宋玉有微辞②，却是襄王梦觉迟③。一自《高唐赋》成后，楚天云雨尽堪疑④。

① 此诗是借宋玉的辞赋，来说明自己的诗歌创作。诗人究竟是在为其"无题诗作解"(冯浩《玉谿生诗集笺注》引杨氏语)，还是"为似有寓托而实不然者作解"(纪昀《玉谿生诗说》)，论者往往各执一端。其实，这二者兼而有之。这说明对诗人所写男女恋情之作，应当具体分析，其中有的作品是有寄托的，有的作品是无寄托的，认为皆有寄托，或皆无寄托，都是不对的。而对于诗人一些难以考证有无寄托之作，可以姑且存疑。

② "非关"句：谓并非宋玉喜欢写作含蓄委婉的作品进行讽刺。宋玉：屈原弟子，战国时代著名的辞赋家。宋玉《登徒子好色赋》载："大夫登徒子侍于楚王，短宋玉曰：'玉为人体貌闲丽，口多微辞，又性好色……'玉曰：'体貌闲丽，所受于天也；口多微辞，所学于师也。至于好色，臣无有也。'"微辞：用委婉含蓄的言辞托讽。

③ "却是"句：谓实在是因为楚襄王醒悟太迟了。襄王：楚襄王。据

宋玉《高唐赋》序说，楚襄王与宋玉游云梦之台，望高唐楼馆，上有云气，须臾之间，变化无穷。宋玉告诉襄王，此气叫“朝云”（巫山神女的化身），昔日先王（怀王）游高唐，怠而昼寝，梦见一妇人（巫山神女），愿荐枕席，王因幸之。《神女赋》序说，其夜，襄王寝，“果梦与神女遇”云云。可见这两篇赋，皆为讽刺楚襄王荒淫误国而作。梦觉：梦醒。

④ “一自”两句：谓自从宋玉作《高唐赋》以微辞托讽后，人们便怀疑，他凡是写男女恋情之作，都是别有寄托的。言外之意是说，并不尽然。这里，诗人以宋玉自况，认为自己以微辞托讽之作，并不都是别有寄托。楚天云雨：《高唐赋》序说，楚怀王临幸巫山神女后，神女辞之曰：“妾在巫山之阳，高丘之阻，旦为朝云，暮为行雨，朝朝暮暮，阳台之下。”故云“楚天云雨”。据此，后人便把“云雨”视为男女发生性关系。

初食笋呈座中①

嫩箨②香苞③初出林④，於陵论价重如金⑤。皇都陆海应无数⑥，忍剪凌云一寸心⑦！

① 此诗写作年代不详，为诗人早年应举不第或受挫折时的作品。诗作借竹笋托物寓怀，既抒发其凌云壮志，亦暗喻被剪伐之忧虑。

② 嫩箨（tuò）：竹笋的嫩皮。

③ 香苞：竹皮包着的笋，味美，故谓“香苞”。

④ 初出林：刚从竹林中长出。

⑤ “於陵”句：谓美味的嫩笋，要是陈仲子论其价，可能像金子那样贵重呢！於（wū）陵：地名，唐时为长山县（治所在今山东省邹平市东南），为陈仲子居地，这里代指陈仲子。《高士传·陈仲子传》云，陈仲子居於陵，楚王闻其贤，欲任他为相，仲子告诉其妻。其妻说：今已有容膝之安，有一肉之味，而怀楚国之忧，乱世多害，恐先生不保命也。于是仲子与其妻逃去，为人灌园。

⑥ “皇都”句：谓在京都，山珍海味应有尽有。皇都：指京城长安。陆海：谓陆地、海中所产之珍美之物。

⑦“忍剪”句：谓怎会忍心摧残可以高耸入云的笋芽呢！这里既关合嫩笋一片生机的凌云气概，又暗喻自己凌云壮志被剪伐的忧虑。忍剪：谓怎么忍心剪伐。全诗巧比曲喻，词婉而丰，正体现了义山诗的鲜明特点。

宿骆氏亭寄怀崔雍、崔衮[①]

竹坞无尘水槛清[②],相思迢递隔重城[③]。秋阴不散霜飞晚,留得枯荷听雨声[④]。

① 此诗当是诗人失意离开京城时所写,写作年代不详。诗作写景抒情,抒发诗人怀友之情和身世萧条、寂寞之感。全诗寓情于景,含而不露,极有余味。宿:夜宿。骆氏亭:似在京郊,具体不详。寄怀:托以怀念。崔雍、崔衮(gǔn):崔戎之子,诗人的从表兄弟。他们在京城长安,故诗中有“隔重城”云耳。

② “竹坞”句:骆氏亭即临池湖而建,故谓水清无尘。竹坞(wù):池湖周围植竹为障者。水槛:傍水有栏杆之亭榭。

③ “相思”句:谓怀念崔雍、崔衮从兄弟,他们远在京城。由“隔重城”亦可知骆氏亭在郊外。相思:思念。此处相思二字,微露端倪,寄怀之意,全在言外。迢递:含有高、远之意。重城:高城,指京城。

④ “秋阴”两句:谓秋阴不散而延迟了霜期,因此才能够夜闻雨打枯荷之声。这里暗喻诗人寂寞无聊、雨夜不眠的精神状态。所以古人评论说:“不言雨夜无眠,只言枯荷聒耳,意味乃深!”(纪昀《玉谿生诗辑评》)秋阴:秋天阴霾之天气。

赠田叟[1]

荷蓧衰翁似有情[2],相逢携手绕村行[3]。烧畬晓映远山色,伐树暝传深谷声[4]。鸥鸟忘机翻浃洽[5],交亲得路昧平生[6]。抚躬[7]道直诚感激[8],在野无贤心自惊[9]。

① 此诗写作年代不详。诗人有感于人际关系的炎凉,因此热情地歌颂一位农民老者,称他为有人情、贤德之人,从而驳斥了朝中权贵所谓“野无遗贤”的谬论。田叟:农民老者。

② “荷蓧”句:谓老农民很有人情。荷蓧(diào)衰翁:《论语·微子》载,“子路从而后,遇丈人(老农民),以杖荷蓧”。荷蓧,挑着用草编的农器具。荷,挑。衰翁,即老农民。

③ “相逢”句:谓老农民极为热情好客,与诗人携手话语、绕村观看,欢然相契。

④ “烧畬”两句:谓但见远山晨光映照着烧畬之色,耳闻深谷夜传伐树之声。言外之意是说,不近城市趋炎之色,不闻世俗强聒之声。烧畬(shē):火种田。晓映:晨光映照。暝传:夜传。

⑤ “鸥鸟”句:谓海翁忘机,鸥鸟却与海翁相处得很融洽。这里暗指

诗人遇到忘机之田叟,却相处得很好。鸥鸟忘机:“忘机鸥鸟”之倒词。《列子·黄帝》说:“海上之人有好沤(同鸥)鸟者,每旦之海上,从沤鸟游,沤鸟之至者百数而不止,其父曰:‘……汝取来,吾玩之。’明日之海上,沤鸟舞而不下。”忘机,忘记巧诈的心机。翻:反而。浃(jiā)洽:融洽。

⑥“交亲”句:谓失路相依,得路相弃,如昧平生,是最可恨的无情之人。按:此句是反衬上句而言。交亲得路:依人得路。昧平生:如昧平生,好像平生不曾认识。昧,昏暗。

⑦抚躬:抚心自问。

⑧道直诚感激:谓田叟为诚实直道之人,故心中感激不平。

⑨“在野”句:谓听到“野无遗贤”便心惊。这里明指田叟为贤者,实则暗喻自己,谴责权贵嫉贤妒能。按:妙在结句“心自惊”三字,讽刺深妙!在野无贤:野无遗贤。《新唐书·李林甫传》载,唐玄宗欲求天下之士,命有一艺者,皆到京就选。李林甫恐士对诏而斥其奸恶,请委尚书省长官试问,使御史丞监总,而无一中选者。李林甫因此贺皇帝,以为“野无留才”。

代　　赠[①]

杨柳路尽处，芙蓉湖上头[②]。虽同锦步障[③]，独映钿箜篌[④]。鸳鸯可羡头俱白，飞来飞去烟雨秋[⑤]。

① 此诗写作年代不详，大约是诗人漂泊江乡时所写。诗题为“代赠”，似为贵家姬妾空房独守者所赋，以抒发其形单影只、寂寞自守、颇不自由的苦闷。

② “杨柳”两句：写女主人公的居所，春光明媚，杨柳依依，荷花飘香，因此勾起她无限愁情。芙蓉：荷花。

③ “虽同”句：谓虽等同于身处有锦步障之豪富之家。虽：一作“谁”。锦步障：《世说新语·汰侈》说，晋代石崇与王恺比奢靡，王恺作紫丝步障(遮蔽尘土的帐幕)四十里，石崇便作锦步障五十里以敌之。

④ “独映”句：谓自己独对空弦。其与上句一起表现女主人公的寂寞心态。钿(diàn)箜篌：《旧唐书·音乐志》载，竖箜篌，体曲而长，有二十二弦，竖抱于怀，用两手齐奏，俗谓之“擘箜篌”。似琴而小，是一种弹拨乐器，有横、竖两种。据说汉代之前即有，汉武

帝祠太一、后土始用之。用钿装饰箜篌，故谓“钿箜篌”。钿，把金属、宝石等镶嵌在器物上作装饰。

⑤“鸳鸯”两句：谓自己向往能像白头偕老的鸳鸯那样，在秋天的烟雨中自由飞翔。按：叶葱奇说，“通首纯用齐梁体，极轻倩可喜，结二句尤波峭有致”（《李商隐诗集疏注》）。

乱　　石①

虎踞龙蹲纵复横②，星光渐减③雨痕生④。不须并碍东西路，哭杀厨头阮步兵⑤。

① 此诗写作年代不详。诗作以“乱石”设喻，暗喻社会黑暗，坏人当道，结党营私，嫉贤妒能，排斥异己，以抒发诗人仕途被抑塞的愤懑。此诗写得悲愤沉郁，可谓字字血、声声泪！

② “虎踞”句：比喻乱石像虎踞龙蹲一样，横七竖八地堵塞道路。

③ 星光渐减：《左传・僖公十六年》载，“陨石于宋五，陨星也”。“星光渐减”谓陨石的星光逐渐减弱。

④ 雨痕生：谓陨石落地，经过日积月累，已生出雨痕。这里暗喻恶人盘踞要津，已经太久了。

⑤ “不须”两句：谓无须再用东西把两条路都堵塞了，已经哭杀阮步兵了！按：东晋时代，司马氏掌权，阮籍担心被害，故酒醉佯狂来掩护自己。这里诗人以阮籍自况，表现对黑暗势力当道、排斥贤能的愤懑。并：合。阮步兵：《晋书・阮籍传》载，“籍闻步兵厨营

人善酿,有贮酒三百斛,乃求为步兵校尉……时率意独驾,不由径路,车迹所穷,辄痛哭而反”。阮籍自求当步兵校尉,故称“阮步兵”。

日　　日[1]

日日春光斗日光，山城斜路杏花香。几时心绪浑无事[2]，得及游丝百尺长[3]。

① 古人写诗，常取首句前二字为题。此诗写作年代无从稽考。它虽然描绘了春光烂漫，丽日当空，万物争奇斗妍，一派皆春的喜人气象，但同时也流露出诗人“心绪”烦乱、郁结不舒的心态。尤其三、四两句，似乎随手拈来，却成难得之妙语，颇受历代诗评家激赏。日日：一作“春日”，一作“春光”。

② “几时”句：谓何时能无烦心之事。心绪：“绪”字与下句百尺长丝之“丝绪”关合。浑：全也，一作“曾”。

③ “得及”句：庾信《春赋》曰，“一丛香草足碍人，数尺游丝即横路”。“得及”句大约即从此典化出，意谓能像游丝那样舒卷自如就好了。

无题四首[①]

其　一

来是空言去绝踪[②]，月斜楼上五更钟[③]。梦为远别啼难唤[④]，书被催成墨未浓[⑤]。蜡照半笼金翡翠[⑥]，麝熏微度绣芙蓉[⑦]。刘郎已恨蓬山远，更隔蓬山一万重[⑧]。

① 此四首诗写作年代不详，体裁亦不相同。前两首为七律，第三首为五律，第四首为七言古体。对于这四首诗，历来诗评家众说纷纭，或认为是爱情诗，或认为是政治寓言诗。认为是政治寓言诗者，如冯浩说："此四章与'昨夜星辰'二首判然不同，盖恨令狐绹之不省陈情也"(《玉谿生诗集笺注》)。此等看法，并未有确凿根据，若句句比附索隐，就会失之于穿凿附会。其实，仔细探究，就会发现这四首诗并不完全相同，前三首写男女之间的情事，故可肯定是爱情诗。第四首有明显的寄托痕迹，故应视为政治寓言诗。第一首是写一个男子无法与恋人相会的痛苦。

② "来是"句：谓她说要来相会，本是空话，自从去后，便不见踪影。

③“月斜”句：谓我在楼上痴情地等待，直到残月西斜，五更钟敲响。

④“梦为”句：谓梦里与她远别，我便悲痛至极，泣不成声。啼难唤：谓悲痛难言。

⑤“书被”句：谓墨尚未磨浓，便急忙写成情书。按：此句是心理描写，表示相思心情之急切。

⑥“蜡照”句：谓夜阑，蜡光半照在绣有金翡翠鸟的幕帷上。蜡照：蜡烛之光。半笼：半罩。金翡翠：绣着金翡翠鸟的幕帷。

⑦“麝熏”句：谓麝香淡淡地透过绣有芙蓉花的被褥。按：其与上句写男主人公思念心切，彻夜不眠。芙蓉：荷花。

⑧“刘郎”两句：谓刘郎已经怨恨蓬莱仙山遥远难寻，而她却比蓬莱仙山还要远千万层！这即是说，他所思慕的女子更加杳远难求。刘郎：《史记·武帝纪》载，汉武帝刘彻笃信神仙，派方士入海求访蓬莱仙山，但终未访到。这里所谓“刘郎”，即指汉武帝。蓬山：蓬莱仙山。

其　二[①]

飒飒东风细雨来，芙蓉塘外有轻雷[②]。金蟾啮锁烧香入，玉虎牵丝汲井回[③]。贾氏窥帘韩掾少[④]，宓妃留枕魏王才[⑤]。春心莫共花争发，一寸相思一寸灰[⑥]。

① 此诗与前首为姊妹篇，主人公是女子，写她被幽禁深闺，无法与恋人相会，只能独自品尝相思的愁苦。此诗构思严密，尤为含蓄蕴藉。

② “飒飒”两句：谓春风飒飒，细雨濛濛，似乎从荷塘外传来他的车声。这里以“雷声”代指车音。按：古代诗评家认为，这两句妙有远神，最耐玩味。飒（sà）飒：屈原《九歌·山鬼》云，“风飒飒兮木萧萧”。“飒飒”形容风声。芙蓉塘：荷塘，指与恋人相约会之地。芙蓉，荷花。有轻雷：司马相如《长门赋》云，“雷殷殷而响起兮，声象君之车音”。

③ “金蟾”两句：谓闺门虽锁，烧香侍女还是开门而入，打水侍女去传递情思后回来了。按：这两句颇费解，众说纷纭，姑且如此诠释。金蟾（chán）啮（niè）锁：装饰在锁上的金蛤蟆。金蟾，金蛤蟆。啮，咬。玉虎：井上辘轳，似虎状，故谓“玉虎”。牵丝：辘轳上牵引水桶的绳索。“丝”与“思”谐音。汲井回：从井中打水回。

④ “贾氏”句：谓贾氏从窗中窥视韩掾，是倾慕他英俊年少。《世说新语·惑溺》说，韩寿年少英俊，贾充辟其为掾（yuàn，长官的属佐），充每聚会，其女皆从窗中窥寿，二人于是相爱私通。此女将皇帝赐给父亲的西域异香赠寿，被贾充发觉，充遂把女儿嫁寿。

⑤ “宓妃”句：谓宓妃（甄氏）自荐枕席，是爱重曹植的才华。按：其与上句是在衬托女主人公的绝望心态。“宓妃”句：李善注《文选·曹植〈洛神赋〉》说，魏东阿王曹植，汉末曾求甄氏为妃，魏太

祖曹操却将此女嫁给五官中郎将曹丕。曹植不平,昼思夜想,废寝忘食。后甄氏受谗而死,曹丕便把她的遗物玉缕金带枕送给曹植。曹植还,息洛水之上,甄氏托梦给他说:“我本托心君王,其心不遂,此枕是我在家时从嫁,前与五官中郎将,今与君王。遂用荐枕席,欢情交集。”曹植遂作《感甄赋》。后明帝曹睿见之,改为《洛神赋》。古代传说,伏羲氏之女名宓妃,溺死于洛水,即为洛水女神。诗中所谓“宓妃”,即指甄氏。魏王:指曹植。

⑥“春心”两句:谓思念的春情啊!可莫要同花儿争奇竞发,一寸相思就会销成一寸灰烬。按:末句语奇笔重,令人触目惊心,颇能引起人们的共鸣。春心:春情,谓怀春之情。一寸:谓心为寸心。灰:香销成灰,这里指绝望。

其　三①

含情春晼晚,暂见夜阑干②。楼响将登怯,帘烘欲过难③。多羞钗上燕,真愧镜中鸾④。归去横塘晓,华星送宝鞍⑤。

① 此诗的主人公是个男子,他与宫中的一个女子相爱,但迫于阻力,无法与恋人幽会,因此感到非常失望和痛苦。此诗写得颇有情

致，令人喜闻乐见。

② 春畹(wǎn)晚：春暮。畹晚，日暮。夜阑干：谓夜色弥漫的样子。阑干，纵横散乱的样子。“含情”两句：谓在春暮时刻，我怀着爱慕与深情等待与她相会；可忽然发现，已经是夜色弥漫了。

③ “楼响”两句：谓想登楼与她会面，又怕有响声而不敢去；帘内灯光明亮，人声喧闹，想过去很难。烘：灯光。

④ “多羞”两句：谓我愧不如钗上之燕，能贴近其身；亦愧不如镜中之鸾，能伴其人。钗上燕：《洞冥记》载，“元鼎(汉武帝刘彻年号)元年，起招灵阁，有一神女，留一玉钗与帝，帝以赐赵婕妤。至昭帝元凤中，宫中犹见此钗，共谋欲碎之。明(次日天明)视钗匣，惟见白燕直升天，后宫人作玉钗，因名玉燕钗”。此即“钗上燕”之所本。镜中鸾：镜上鸾，指镜背所铸鸾凤。

⑤ “归去”两句：谓凌晨我独自沿着横塘路而归，只有启明星悄悄地送我而已。按：主人公失恋的痛苦，已跃然纸背。横塘：地名。华星：启明星。宝鞍：华贵的马鞍。

其　四[①]

何处哀筝随急管，樱花永巷垂杨岸[②]。东家老女嫁不售，白日当天三月半[③]。溧阳公主年十四，清明暖后同墙看[④]。归来展转到五更，梁间燕子闻长叹[⑤]。

① 此诗的主人公是东家贫穷的老女，因嫁而不售，故自伤迟暮，与那些过着繁弦急管、优哉游哉享乐生活的贵族夫妇，形成了鲜明的对照。显然，这里并非是在描写男女对爱情生活的追求，只是通过“东家老女”与贵族夫妇二者的鲜明对比，表现“东家老女”嫁而不售的不幸境况。似乎诗人以“东家老女”自况，曲折含蓄地表现自己政治失意的愁苦。此诗采用七言古体，与典丽、精工的“无题”七律在风格上有着明显的不同，具有民歌的特点。

② “何处”两句：谓在樱花盛开的庭院，垂杨轻拂的河岸，传来繁弦急管的乐声。这里是说贵族之家正在狂舞欢歌。哀筝：曹丕《与朝歌令吴质书》曰，“高谈娱心，哀筝顺耳”，又《礼记·乐记》说，“丝声哀”，故谓“哀筝”。筝，一种弦乐器，最初为五弦，后增至十三弦。管：竹制的吹奏乐器。永巷：长巷。

③ “东家”两句：谓东家贫穷的老女嫁不出去，面对丽日当空、百花盛开的春天，更加感到迟暮不售的悲伤。老女嫁不售：《战国策·燕策》载，“且夫处女无媒，老且不嫁，舍媒而自衒（自我炫耀），弊而不售（困敝嫁不出去）”。此即为“老女嫁不售”所本。白日当天：丽日当空。

④ “溧阳”两句：谓贵族之家的年轻夫妇，在清明节后晴暖的日子里，同去观赏春天的美丽景色。溧阳公主：《南史·梁简文帝纪》载，“初（侯）景纳帝女溧阳公主，公主有美色，景惑之”。“溧阳公主”即由此脱化而出，这里借指贵族之家。但“年十四”，史书无

载，不知何据。同墙看：一起登墙观览春色。

⑤“归来”两句：谓老女归家，辗转反侧，夜不成寐；只有梁间的燕子知道她的痛苦。这里暗喻她缺乏知音，无人倾吐心曲，更加感到寂寞悲痛。

夜雨寄北[①]

君问归期未有期，巴山夜雨涨秋池[②]。何当共剪西窗烛，却话巴山夜雨时[③]？

① 此诗写作年代不详。大中五年(851)七月，柳仲郢任东川节度使(治所在梓州，今四川省三台县)，辟李商隐为书记。直至大中九年(855)十一月，李商隐随柳仲郢调回京师长安之前，一直在巴蜀。此诗大约即写于诗人在东川梓幕期间。《万首唐人绝句》作《夜雨寄内》。冯浩说："语浅情浓，是寄内也。然集中寄内诗，皆不明标题，当仍作'寄北'。"又曰："此时义山于巴蜀间，兼有水陆之程，玩诸诗自见，但无可细分确指。"(《玉谿生诗集笺注》)冯氏所说极是。此作写得缠绵往复，一往情深，非一般赠友人之作，颇像是写给内人王氏的。据考，大中五年夏秋间，诗人之妻王氏辞世。如若此诗是写给内人王氏之作，那此诗也只能作于大中五年王氏逝世之前。

② "君问"两句：谓您问我何时才能归来，我只能告诉您无法定下日期；现在"巴山"一带秋雨淅沥，夜雨已经涨满池塘。这里表现了

诗人雨夜羁旅时寂寞、孤独的心绪，且以巧妙的方式写出。巴山：泛指东川一带的山，与作于梓幕时其他篇什“巴江”“巴雷”的用法相同，如“潼水千波，巴山万嶂”（《为崔从事福寄尚书彭城公启》），以潼水与巴山对举并提，即可佐证。说明这里所谓的“巴山”，并非指今湖北省巴东县南之巴山。

③ “何当”两句：谓几时才能够和您在一起在西窗下共剪烛芯，听我倾吐“巴山夜雨”的情怀呢？不难看出，诗人此时此刻的思念之情，真是达到了顶点！按：此诗采用自问自答的形式，更能表现出新颖奇特的风格和耐人寻觅的诗意。何当：几时能够。却话：回头倾谈。

人　欲[1]

人欲天从竟不疑[2]，莫言圆盖便无私[3]。秦中久已乌头白，却是君王未备知[4]。

① 此诗写作年代不详。诗写诗人义愤填膺，以怒不可遏的笔触，戳穿天从人欲、上天无私的骗局，指斥朝廷听信谗言，陷害忠良的行为。此诗言词激烈，哀怨极深。此诗大约是在为被贬斥和遭迫害的会昌将相鸣不平，未必是针对某人某事而发。

② “人欲”句：谓人们竟不怀疑“人欲天从”的鬼话。人欲天从：《尚书·泰誓》载，“民之所欲，天必从之”。唐人避太宗李世民讳，故改“民”为“人”。

③ “莫言”句：谓不要相信上天无私这种骗人的话。宋玉《大言赋》载“方地为车，圆天为盖”。又《礼记·孔子闲居》云，“子夏曰：‘敢问何谓三无私？’孔子曰：‘天无私覆，地无私载，日月无私照。奉斯三者，以劳天下，此之谓三无私。’”此二典即为诗句所本。

④ “秦中”两句：明写白乌头早已变白，燕太子丹仍迟迟不归，难道是秦王不详知此情吗？实则是借以指斥唐朝皇帝听信谗言，陷害

忠良。秦中久已乌头白：《燕丹子》："燕太子丹质于秦，秦王遇之无礼，不得意，欲求归，秦王不听，谬言曰：'令乌头白，马生角，乃可。'丹仰天叹，乌即白头，马为生角，秦王不得已而遣之。"此句即化用此典。自然界即有白头乌此鸟，如《三国典略》载，"侯景篡位，令饰朱雀门。其日有白头乌万计，集于门楼。童谣曰：'白头乌，拂朱雀，还与吴。'"未备知：未详知。

即　　日[①]

一岁林花即日休[②],江间亭下[③]怅淹留[④]。重吟细把真无奈,已落犹开未放愁[⑤]。山色正来衔小苑,春阴只欲傍高楼[⑥]。金鞍忽散银壶漏[⑦],更醉谁家白玉钩[⑧]。

① 此诗写作年代不详。或谓大中二年(848)诗人离桂州时作,或谓大中五年(851)在东川(今四川省三台县)时作,但皆无可靠依据。就此诗而论,是诗人于暮春时节,面对犹开和已落之林花,怅然而作,以抒发酒阑席散,漏声已晚,茫然不知向何处遣愁的情怀。清代陆昆曾说:"无聊况味,非久于客中者不知。"(《李义山诗解》)纪昀评之曰:"纯以情致胜,笔笔唱叹,意境自深!"(《玉谿生诗辑评》)

② "一岁"句:谓一年开放一次的林花,今日就要凋谢了。按:颇有"匆匆春又归去"的伤春情绪。林花:花林。

③ 江间亭下:谓地点在江间亭下。

④ 怅淹留:谓惆怅留连。淹留,徘徊留连。

⑤ "重吟"两句:谓把玩重吟,真出无奈;落者落,开者尚开,愁愈难

放。按：实写曲折，故佳。未放愁：未尽愁。

⑥“山色”两句：谓山色笼罩着小苑，春阴倚傍着高楼。这是说夜幕将临。衔：这里谓笼罩。小苑：花园。

⑦“金鞍”句：谓酒阑席散，漏声已晚。金鞍：华贵的马鞍，代指宾朋。银壶漏：张衡《漏水转浑天仪制》载，“以玉虬吐漏水入两壶，右为夜，左为昼……铸金铜仙人居左壶，为金胥徒居右壶，皆以左手抱箭，右手指刻，以别天时早晚”。

⑧“更醉”句：谓茫然不知向何处借酒消愁！白玉钩：酒钩，饮者以钩引杯。这里代指酒。

访隐者不遇成二绝[1]

其　一

秋水悠悠浸野扉，梦中来数觉来稀[2]。玄蝉声尽叶黄落，一树冬青人未归[3]。

① 这两首诗写作年代不详，是写南方隐者居所的环境及生活的一个侧面。情景幽深，别有趣味。

② “秋水”两句：谓一泓安闲的秋水浸到隐者的柴扉，似乎感到梦中曾来过多次，而醒来后却又感到很少来过。悠悠：安闲的样子。野扉：柴扉，即隐者简陋的房门。数：数次。

③ “玄蝉”两句：谓秋末玄蝉声尽，树叶黄落，只有冬青树郁郁葱葱，隐者尚未归来。玄蝉：黑色的秋蝉，比知了小，夏末生，秋末死。冬青：冬青树，不落叶乔木，冬天常青。

其　二

城郭休过识者稀[1]，哀猿[2]啼处有柴扉。沧江白石樵渔路，日暮归来雨满衣[3]。

① “城郭”句：谓隐者没有进过城，认识他的人甚少。《后汉书·庞公传》载：“庞公者，南郡襄阳人也，居岘山之南，未尝入城府。”城郭：指城市。郭，外城。休：不。

② 哀猿：《宜都山川记》载：“峡中猿鸣至清，诸山谷传其响，泠泠不绝，行者歌之曰：‘巴东三峡猿鸣悲，猿鸣三声泪沾衣。’”猿声悲哀，故谓“哀猿”。

③ “沧江”两句：谓可能隐者日暮从江边白石路归来，衣服上洒满雨水。按：这两句虽是诗人的想象，却反映了隐者生活的一个侧面，写得非常真实。樵渔路：樵夫、渔父所走之路。

花 下 醉[①]

寻芳不觉醉流霞[②],倚树沉眠日已斜[③]。客散酒醒深夜后[④],更持红烛赏残花[⑤]。

① 此诗描写诗人爱花且陶醉于花的鲜明形象,颇有审美价值,不失为难得的艺术杰构。张采田评之曰:“念思婉转,措语沉着,晚唐七绝,少有媲者,真集中佳唱也。”(《李义山诗辨正》)

② 醉流霞:语义双关,明谓为美酒所醉,暗喻为艳丽的花朵所醉。流霞,《抱朴子·祛惑》说,河东蒲坂项曼都,与一人入山学仙,十年而归家,家人问其故,他说:“仙人以流霞一杯,与我饮之,辄不饥渴。”这里所说“流霞”,指仙酒。

③ “倚树”句:李白《梦游天姥吟留别》诗中有“迷花倚石忽已暝”句,此句即从李白这句诗脱化而出,谓迷花倚树,沉眠多时,已到日斜欲暮时分。

④ “客散”句:谓酒醒客散,已到夜半之后。

⑤ “更持”句:白居易《惜牡丹》诗云,“明朝风起应吹尽,夜惜衰红把

火看”。此为“更持”句所本。宋代苏轼《海棠》诗所说的“只恐夜深花睡去,高烧银烛照红妆”,虽从李商隐此诗脱化而来,但似不如李诗佳。

谒　山[①]

从来系日乏长绳[②],水去云回恨不胜[③]。欲就麻姑买沧海[④],一杯春露冷如冰[⑤]。

① 谒山:谒拜大山。诗人登上高山,看见日落时水去云归的景象,因而有感而作此诗。诗人感叹时光流逝,无所作为;欲求神驻留时光和宇宙变化,但无济于事。这里即表现了诗人的唯物主义思想。此诗取材于神话传说,题材新颖,设想奇特,颇富浪漫主义色彩。

② "从来"句:傅玄《九曲歌》云,"岁暮景迈群光绝,安得长绳系白日?"此句否定了长绳能系日的幻想,比"安得长绳系白日"更果断有力。

③ "水去"句:谓水去云归,时光流逝甚快,我为无所作为而不胜怅恨。水去:《论语・子罕》载,"子在川上曰:'逝者如斯夫,不舍昼夜!'"云回:过眼烟云,飘忽即逝之意。

④ "欲就"句:我以为沧海属于麻姑,想向她买下沧海,那沧海就不会变成桑田了。言外之意是,想借助神灵,驻留宇宙变化和时光。

麻姑：《神仙传》曰，“麻姑自说云，接待以来，已见东海三为桑田”。麻姑为神话中的仙女。

⑤“一杯”句：谓忽然一杯春露，又变成冰。言外之意是说，时光流逝和宇宙变化是不可抗拒的自然规律，求助于神灵，亦无济于事。

临发崇让宅紫薇[①]

一树秾姿独看来，秋庭暮雨类轻埃[②]。不先摇落应为有，已欲别离休更开[③]。桃绥含情依露井，柳绵相忆隔章台[④]。天涯地角同荣谢，岂要移根上苑栽[⑤]？

① 此诗写作年代不详，为诗人娶王氏后调往他任，离开崇让宅临发前之作。诗人借观紫薇有感，以抒发其寂寞无主、怀才不遇的苦闷及惜别之情，并以桃柳与紫薇连类相比，说明处地纵殊，却荣谢不异，何必又为漂泊天涯而恨呢？以此来自我解嘲。全诗寄托遥深，婉曲有味，令人咀嚼。崇让宅：韦氏《述征记》载，“洛阳崇让坊，有河阳（故治在今河南省孟州市西）节度使王茂元宅”。王茂元后调任泾原（故治在今甘肃省泾川县北）节度使。开成三年（838），李商隐考博学鸿词科落选后，即赴泾原王茂元幕，王茂元爱其才，以女嫁之。后来，李商隐往返洛阳间，即住在崇让宅。紫薇：《群芳谱》载，“紫薇……花六瓣，色微红紫……四五月始花，开谢接续，可至八九月”。紫薇为落叶乔木，又叫百日红，可供观赏。

② “一树”两句：表面是在写景，实则用“秾姿独看来”“暮雨类轻埃”来表现诗人的心境，可谓情景交融、自然浑成。秾(nóng)：花木繁盛。秋庭：秋天的庭院，这里点明地点和时间。类：似。轻埃：谢朓《观朝雨》诗云“散漫似轻埃”。这里用“轻埃”形容暮雨的飘洒细微。

③ “不先”两句：谓紫薇不为秋风摇落，应为我开花；我将离别，休要盛开！按：这两句流露出诗人留恋惜别之情。摇落：宋玉《九辩》云，“悲哉秋之为气也，萧瑟兮草木摇落而变衰”。此诗中的“摇落”，是指紫薇被秋风吹落。应为有：冯浩说，“《英华》作‘应有待’，亦非。愚意当作‘应为待’”(《玉谿生诗集笺注》)。冯说亦非。“应为有”即应为有花。有，有花。

④ “桃绥”两句：写桃依露井，柳忆章台，诗人抒发伤已远去，不忍别离之情。桃绥：桃花烂漫，犹如红绥带，故谓“桃绥”。依露井：汉乐府《鸡鸣》诗曰，“桃生露井上，李树生桃旁；虫来啮桃根，李树代桃僵”。章台：长安章台街。柳绵相忆隔章台：含有唐代韩翃与柳氏悲欢离合的爱情故事。《太平广记》(卷四八五)中，许尧佐的《柳氏传》中有韩翃与柳氏的赠答诗。韩诗：“章台柳，章台柳，昔日青青今在否？纵使长条似旧垂，亦应攀折他人手。”柳氏答诗：“杨柳枝，芳菲节，所恨年年赠离别。一叶随风忽报秋，纵使君来岂堪折！”

⑤ “天涯”两句：谓紫薇与桃柳，纵使处地相殊，却同一谢荣，那又何

必谋栽上苑呢？按：这里诗人不仅以此自我解嘲，似乎亦流露出不平与愤慨。上苑：《西京杂记》载，“初修上林苑，群臣远方各献名果异卉三千余种，植其中”。“上苑”即汉代上林苑的简称，这里指唐朝京城的皇家林苑。

有　　感[1]

中路因循我所长[2]，古来才命两相妨。劝君莫强安蛇足[3]，一盏芳醪[4]不得尝。

① 此诗写作年代不详，为诗人怀才不遇、谋事不成，抒发牢愁之作。从其所谓古来才命相妨，莫要“强安蛇足”的诗句中，反映出诗人无限悲愤和凄凉的心地。

② 中路：宋玉《九辩》曰，“然中路而迷惑兮，自厌按而学诵”。因循：司马迁曰，“道家无为，又曰无不为。其实易行，其辞难知。其术以虚无为本，以因循为用”（《史记·太史公自序》）。唐张守节谓“因循”曰，“任自然也”（《史记正义》）。“因循”即道家所谓顺应自然也。

③ 强安蛇足：《战国策·齐策》曰，“楚有祠者，赐其舍人酒一卮，舍人相谓曰：‘数人饮之不足，一人饮之有余。请画地为蛇，先成者饮酒。’一人蛇先成，引酒且饮之，乃左手持卮，右手画蛇曰：‘吾能为之足。’未成，一人蛇成，夺其卮曰：‘蛇固无足，子安能为之足？’遂饮其酒，为蛇足者终亡其酒”。

④ 芳醪：美酒。

端　居[1]

远书[2]归梦[3]两悠悠[4]，只有空床敌素秋[5]。阶下青苔与红树[6]，雨中寥落月中愁[7]。

① 此诗写作年代不详，当为诗人客幕远地之作，表现其思家念远、不堪忍受寂寥冷清的愁苦。此诗写得颇有情致和神韵，深受诗评家好评。端居：闲居。王维《登裴迪秀才小台作》云："端居不出户，满目望云山。"此诗中的"端居"，似取此意。

② 远书：谓远地来书。

③ 归梦：谓我梦归。

④ 两悠悠：两者俱邈然无望。

⑤ "只有"句：谓只能独寝空床，与寂寥凄寒之秋夜相对。表现诗人不堪忍受寂清的环境。敌：对。练字险稳。素秋：梁元帝《纂要》载，"秋日白藏（气白而收藏），亦曰收成，亦曰三秋、九秋、素秋"。

⑥ "阶下"句：谓阶下青苔与红树两相映照。这里具有描写环境、烘托气氛的作用。

⑦ "雨中"句：谓无论阴晴，都同样寥落和愁苦。按：程梦星说，"此

亦失偶之后作"(《李义山诗集笺注》)。冯浩说,"客中忆家,非悼亡也"(《玉谿生诗集笺注》)。说明对此诗的主旨,诗评家曾有不同的看法。

昨　　日[①]

昨日紫姑神[②]去也，今朝青鸟[③]使来赊[④]。未容言语还分散，少得团圆足怨嗟[⑤]。二八[⑥]月轮蟾影破[⑦]，十三弦柱[⑧]雁行斜[⑨]。平明钟后更何事，笑倚墙边梅树花[⑩]。

① 此诗是取句首二字为题的爱情诗，写男主人公与恋人稍聚，却未能倾诉衷肠即匆匆离别，因此更加思念和怅叹。此诗"宛转情深，字字血泪，真玉谿生平极用意之作。措辞凄痛入神，绝无一点尘俗气"（张采田《李义山诗辨》）。昨日：指正月十五日。

② 紫姑神：《异苑》载，"世有紫姑神，古来相传，云是人家妾，为大妇所嫉……正月十五日感激而死，故世人以其日作其形，夜于厕间或猪栏边迎之"。这里借指所爱女子。钱锺书说首句："摇曳之笔，尤为绝唱！"（《谈艺录》）

③ 青鸟：传说中西王母的使者（见《汉武故事》和《山海经·大荒西经》）。这里指"紫姑神"的使者，代指为所爱恋之人传递消息的女子。

④ 赊（shē）：语助词。

⑤ “未容”两句：谓稍聚即别，未及倾诉衷肠，真是令人怨怅和嗟叹。少：稍。足：堪。

⑥ 二八：指正月十六日。

⑦ 蟾影破：传说月中有蟾蜍，这里以蟾蜍代指月，意谓月亮开始不圆。因此，《古诗十九首》有“三五明月满，四五蟾兔缺”的诗句。

⑧ 十三弦柱：筝为弹奏乐器，十三弦，一柱系一弦，故云。

⑨ 雁行斜：谓筝柱的排列像雁飞时的斜行。按：五、六两句为即目所见，主人公触景生情，借二八月缺和筝弦柱的单数，暗喻与恋人的分离。

⑩ “平明”两句：谓她次日拂晓钟响后在做什么呢？可能笑倚着墙边的梅花树在思念我吧！这两句写得极有蕴藉，颇富神韵。平明：指次日拂晓。按：对于此诗的主旨，自古以来即有不同的看法，这里援引如下，以供参考。徐德泓曰：“此去职之诗，亦比体也。”（刘学锴、余恕诚《李商隐诗歌集解》引）程梦星曰：“此亦惜别之词，别无寄托。”（《李义山诗集笺注》）张采田说：“此篇寄意令狐屡启陈情不省，故托艳体以寓慨。”（《李义山诗辨》）叶葱奇说：“这是失意之余怅叹仕途多乖之作。”（《李商隐诗集疏注》）

为　　有[①]

为有云屏无限娇[②]，凤城寒尽怕春宵[③]。无端嫁得金龟婿，辜负香衾事早朝[④]。

① 这是取首二字为题的"闺怨"诗，与王昌龄的《闺怨》诗大同小异。王诗曰："闺中少妇不知愁，春日凝妆上翠楼。忽见陌头杨柳色，悔教夫婿觅封侯。"此谓闺中少妇后悔让丈夫觅封侯，虚度了青春年华。那少妇天真烂漫的神态煞是可爱。李诗写闺中少妇后悔嫁得贵婿，丈夫要趋事早朝而辜负了温暖的香衾。写她娇里娇气，"言外有刺"(冯浩《玉谿诗集笺注》)。

② "为有"句：谓她因有云屏的掩映衬托，显得无限娇柔。为有：因有。云屏：云母屏风。

③ "凤城"句：谓京城冬天严寒过尽，还怕春夜的微寒。按：前句虚写其娇，此句实写其娇。凤城：《九家集注杜诗》宋赵彦才注曰，"秦穆公女吹箫，凤降其城，因号丹凤城，其后言京都之盛曰凤城"。这里指京城。春宵：春天的夜晚。宵，夜。

④ "无端"两句：谓没有理由要嫁得贵婿，他忙着趋事早朝而辜负了

香衾。无端：无理由。金龟婿：《旧唐书·舆服志》载，“天授（武则天年号）元年九月，改内外所佩鱼并作龟……三品以上龟袋（盛龟符的袋子），宜用金饰，四品用银饰，五品用铜饰”。这里指贵婿。香衾：谓温馨的被窝。

银河吹笙[①]

怅望银河吹玉笙[②],楼寒院冷接平明[③]。重衾幽梦他年断,别树羁雌昨夜惊[④]。月榭故香因雨发[⑤],风帘残烛隔霜清[⑥]。不须浪作缑山意[⑦],湘瑟秦箫自有情[⑧]。

① 此诗取首句四字为题,写女道士处境孤独、凄清,以及其对爱情生活的向往,语浅意深,颇有神韵。谓此作为悼亡诗(姚培谦《李义山诗集笺注》),或谓此作为政治诗(叶葱奇《李商隐诗集疏注》),似皆不符合诗意。

② "怅望"句: 谓牛郎、织女每年七夕皆渡过银河相聚,自己却孤独终身,因此不免无限感伤,故怅望银河,吹笙以寄情怀。怅望: 惆怅而有所想望。银河: 天河。玉笙: 用玉石镶饰的笙。笙,管乐器,由若干根长短不同的簧管制成,用嘴吹奏。

③ "楼寒"句: 谓楼寒院冷,思绪万千,夜不成寐。平明: 拂晓。

④ "重衾"两句: 谓可是昨夜失去伴侣而栖息在树枝上的雌鸟的悲鸣,却又惊醒了我温馨的爱情生活之梦。重衾幽梦: 谓温馨的爱情生活之梦。重衾,厚被子。他年断: 往年已经梦断,不再追寻。

别树：树木伸出的斜枝。羁雌：《古诗十九首》云“羁雌恋旧侣”。《列女传》载鲁国陶婴《黄鹄歌》云，“夜半悲鸣兮，想其故雄”。“羁雌”谓失侣而寄宿在树枝上的雌鸟。

⑤“月榭”句：谓月榭上的残花，因雨水的滋润，又散发出阵阵幽香。月榭：台上赏月的屋子。故香：残花的余香。

⑥“风帘”句：谓残烛隔着风帘，在清霜的映衬下，显得更有情韵。风帘：挡风的帘箔。按：五、六两句暗喻女道士并未泯灭追求爱情的心。

⑦“不须”句：谓何必有修道成仙的意念。浪作：徒作，空作。缑山意：《列仙传·王子乔传》云，王子乔者，周灵王太子晋也，好吹笙作凤凰鸣，道士浮丘公引其上嵩山修道，见桓良曰：“告我家，七月七日待我于缑氏山巅。”至时，果然乘白鹤停立山头，数日升仙而去。“缑山意”即谓修道成仙。

⑧“湘瑟”句：谓湘灵弹瑟，秦台吹箫，本来就是人间真挚的爱情生活。湘瑟秦箫：谓人间快乐的夫妻生活。湘瑟，《楚辞·远游》曰，“使湘灵鼓瑟兮”。湘灵，湘水之女神。这里借湘瑟指舜妃。秦箫，《列仙传》载，“萧史者，秦穆公时人也，善吹箫，能致白鹤、孔雀于庭。穆公有女字弄玉，好之，公遂以女妻焉，日教弄玉作凤鸣。居数年，吹似凤声，凤凰来止其屋。公为作凤台，夫妇止其上不下，数年，一旦皆随凤凰飞去”。

柳[1]

曾逐东风拂舞筵，乐游春苑断肠天[2]。如何肯到清秋日，已带斜阳又带蝉[3]。

① 诗人以柳自况，回忆当年及进士第和两次进入秘书省时，可谓春风得意，后来却久居幕僚之职，历经坎坷，为人憔悴，因此不胜感慨。此诗应为诗人后期之作，笔意灵活，意最深婉。

② “曾逐”两句：谓往昔乐游苑中，每当春暖花开、令人陶醉的时节，柳逐春风轻拂舞筵，是何等潇洒！乐游苑：又称乐游原。《唐两京城坊考》载，长安汉乐游庙，汉宣帝所立，唐名为乐游苑，在高原上，居京城之最高，四望宽敞，京城之内，俯视指掌。断肠：犹云销魂，或谓“多可爱”。

③ “如何”两句：谓柳怎么会到了秋天，便在斜阳残照、寒蝉凄切声中度日呢？肯：会。按：蘅斋说，“只用三四虚字转折，冷呼热唤，悠然有弦外之意，不必更著一语也”（纪昀《玉谿生诗说》引），可谓看到了此诗的真谛所在。

天　涯[1]

春日在天涯，天涯日又斜[2]。莺啼如有泪，为湿最高花[3]。

① 此诗为诗人于桂州幕府或梓州(治所在今四川省三台县)幕府充任幕僚时所写，旨在借伤春而抒发其迟暮之感、漂泊沉沦之痛。此诗写得一气浑成，情深境佳。冯浩引杨氏曰："意极悲，语极艳，不可多得！"(《玉谿生诗集笺注》)屈复说："不必有所指，不必无所指，言外只觉有一种深情。"(《玉谿生诗意》)他们说得极是。

② "春日"两句：谓春天沦落天涯，却又值日暮。这里暗喻自己漂泊天涯，已经迟暮途穷。

③ "莺啼"两句：谓莺啼若有泪，请为我沾湿花树上的最高花朵吧！按：这两句含蓄蕴藉，意境至深。莺啼：语义双关，明写莺啼，暗喻自己哭泣。最高花：花树绝顶枝上之花朵。

题　　鹅[①]

眠沙卧水自成群，曲岸残阳极浦云[②]。那解将心怜[③]孔翠[④]，羁雌长共故雄分[⑤]。

① 此诗人显然作于诗人充任幕僚之时。这是一首题画小诗，诗人看到画中悠然自适的群鹅，便触景生情，无限感慨。诗人以群鹅与羁孤的孔翠相比，暗喻志士才人反而不如无才志之辈悠然自适，抒发了对世道不公的愤懑。

② “眠沙”两句：谓在残阳低云的曲岸水滨，群鹅眠沙卧水，悠然自适。浦：水滨。

③ 怜：怜爱。

④ 孔翠：孔雀羽毛似翡翠，故云。

⑤ “羁雌”句：谓雌雄孔翠，长期分居异地。羁雌：《古诗十九首》云，“羁雌恋旧侣”。《列女传》载鲁国陶婴《黄鹄歌》云，“夜半悲鸣兮，想其故雄”。寄宿异地的雌鸟谓“羁雌”。按：此诗虽信笔写来，却颇有诗情画意，耐人寻味。

日　　射[1]

日射纱窗风撼扉[2]，香罗[3]拭手[4]春事违[5]。回廊四合掩寂寞[6]，碧鹦鹉对红蔷薇[7]。

① 这是“闺怨”诗，写春和日丽，深院闭锁，闺中女子寂寞愁苦，表现了她对青春虚度的幽怨。陆鸣皋说：“花鸟相对间，有伤情人在内。”（冯浩《玉谿生诗集笺注》引）纪昀说：“佳在竟住，情景可思。”（《玉谿生诗说》）他们皆对末句的艺术审美价值，给予了很高的评价。

② 风撼扉：谓微风轻轻摇动房门。

③ 香罗：纱罗香巾。

④ 拭手：擦手。拭，揩，擦。

⑤ 春事违：语义双关，明指辜负了大好春光，暗喻虚度了青春年华。

⑥ “回廊”句：谓深院闭锁，掩蔽了闺中女子的寂寞、苦闷。

⑦ “碧鹦”句：此句写花鸟无言相对，巧妙地表现了深院闭锁的寂寥境况。

忆匡一师[①]

无事经年别远公[②],帝城钟晓忆西峰[③]。炉烟消尽寒灯晦,童子开门雪满松[④]。

① 此诗为诗人客居长安时所作,虽没有对其相忆的僧师作正面描写,但通过三、四两句的侧面描写,即把山僧所处的清绝境界,呈现在读者面前。田兰芳说:“不近不远,得意未可言尽。”(冯浩《玉谿生诗集笺注》引)纪昀说:“格韵俱高……所忆之情,言外缥缈。”(《玉谿生诗说》)他们都对此诗给以很高的评价。匡:一作“住”。冯浩注:“《北梦琐言》一云‘王屋匡一上人’,一云‘王屋山僧匡一’。疑此忆即其人。”(刘学锴、余恕诚《李商隐诗歌集解》引)

② “无事”句:谓与僧师相别经年,我客居京城,百无聊赖。经年:经过一年。远公:东晋名僧慧远(334—416),于太元六年(371)入庐山,在东林寺传法,弟子颇多。这里代指匡一。

③ “帝城”句:谓听到京城晨钟的响声,便想起山寺鸣钟的情景。帝城:京城长安。西峰:东林寺位于庐山西北麓,故谓“西峰”。

④ “炉烟”两句:谓冬夜,山寺炉烟殆尽,寒灯暗淡;清晨,童子开门,只见松柏银妆素裹,分外清莹。

乐 游 原[①]

向晚意不适，驱车登古原。夕阳无限好，只是近黄昏[②]。

① 此诗写作年代不详。对于它的主旨，说法不一，主要有如下三种："忧唐之衰"(冯浩《玉谿生诗集笺注》引)；"迟暮之感，沉沦之痛，触绪纷来"(冯浩《玉谿生诗集笺注》引)；"百感茫茫，一时交集，谓之悲身世可，谓之忧时事亦可。"(纪昀《玉谿生诗说》)但有的学者非常明确地指出：诗人年未五十而殁，此诗即使是诗人四十岁以后所作，"似乎也还不至说'近黄昏'；拿他的身世说，更说不上'无限好'。这显然是慨叹唐王朝的大好基业日趋没落的作品。"(叶葱奇《李商隐诗集疏注》)此说极是。乐游原：《长安志》载，"升平坊东北隅，汉乐游庙"。注云，"汉宣帝所立，因乐游苑为名。在高原上，余址尚有……其地居京城之最高，四望宽敞。京城之内，俯视指掌。每正月晦日，三月三日，九月九日，京城士女咸就此登赏祓禊(洗濯以除不祥的仪式)"。

② "夕阳"两句：字浅意深，颇富哲理，可谓千古绝唱。

宫　　辞[①]

君恩如水向东流，得宠忧移失宠愁[②]。莫向樽前奏花落[③]，凉风只在殿西头[④]。

① 此诗写作年代不详，写得含蓄婉曲，寄寓遥深，似借以警告朋党之辈，不要得意忘形，幸灾乐祸，凉风即至，将自身难保呢！

② "君恩"两句：谓人臣得宠时便忧虑恩宠会转移给别人，失宠时又会愁苦万分；岂不知君恩如流水一样，是会一去不复返的。得宠、失宠：《论语·阳货》曰，"鄙夫可与事君哉！其未得之，患得之；既得之，患失之"。

③ "莫向"句：谓不要在君前清歌妙舞，曲意迎合；也不要得意忘形，幸灾乐祸。樽前：宴席前。奏花落：《乐府杂录》载，"笛者，羌乐也，古有《落梅花》曲"。

④ "凉风"句：谓失宠而受到冷遇的情景即在眼前。凉风：江淹《拟班婕妤咏扇》诗云，"窃愁凉风至，吹我玉阶树。君子恩未毕，零落在中路"。"凉风"即比喻失宠受到冷落。殿西头：比喻近在眼前。

赠荷花[①]

世间花叶不相伦，花入金盆叶作尘[②]。唯有绿荷红菡萏，卷舒开合任天真[③]。此花此叶常相应，翠减[④]红衰[⑤]愁杀人。

① 此作是爱情诗，诗人以荷花比喻女子，共写两首。前题《荷花》诗，写荷花色、香无与伦比，预想秋前凋零，定会梦中相忆。那六句七律诗，写荷花与绿叶相映，卷舒开合，自然成趣。这首《赠荷花》诗似暗指诗人与其妻王氏，为天生的一对，夫妻生活融洽，恩爱幸福。全诗写得不饰雕琢，饶有古趣。

② "世间"两句：谓世间别的花与叶不能并比，花被栽入金盆，花叶却被委弃而作尘泥。伦：并比。

③ "唯有"两句：谓只有荷叶与荷花天然相配，卷舒开合，自然成趣，最为美观。绿荷：指荷叶，暗喻男子。红菡萏（hàn dàn）：指荷花，暗喻女子。卷舒：指荷叶的开合。开合：指荷花的卷舒。

④ 翠减：翠叶减少。

⑤ 红衰：红花衰败。

秋　　月[①]

楼上与池边，难忘复可怜[②]。帘开最明夜，簟卷已凉天[③]。流处水花急，吐时云叶鲜[④]。姮娥无粉黛，只是逞婵娟[⑤]。

① 各本之题皆作“月”，此从《文苑英华》。此诗写秋月素雅洁净，超凡脱俗，爱煞人也。尾联采用拟人的修辞手法，故冯浩说：“艳情秀句，可与《霜月》同参。”（《玉谿生诗集笺注》）

② “楼上”两句：谓在楼上与池边观月，感到她可爱而难忘。楼上与池边：其余各本作“池上与桥边”，从《文苑英华》。

③ “帘开”两句：谓开帘观月，正当月明之夜；时值秋凉，竹席已经卷起。簟（diàn）：竹席。

④ “流处”两句：谓月光映照在池水上，水花晶莹闪烁；明月当空，将彩云映照得分外鲜艳。流处：谓月光映照在池水上。吐时：谓月光满天。云叶：云朵。

⑤ “姮娥”两句：谓秋月不饰粉黛，只是自然地显示她那美好的仪态。姮娥：这里指月亮。婵娟：姿态美好。

井泥四十韵[①]

皇都[②]依仁里[③]，西北有高斋[④]。昨日主人氏[⑤]，治井[⑥]堂[⑦]西陲[⑧]。工人三五辈[⑨]，辇[⑩]出土与泥。到水不数尺，积共[⑪]庭树齐。他日井甃[⑫]毕，用土益[⑬]作堤。曲随林掩映，缭以池周回[⑭]。下去[⑮]冥寞穴[⑯]，上承雨露滋。寄辞别地脉，因言谢泉扉[⑰]。升腾不自意，畴昔忽已乖[⑱]。

伊余掉行鞅[⑲]，行行来自西。一日下马到，此时芳草萋[⑳]。四面多好树，旦暮云霞姿[㉑]。晚落花满地，幽鸟鸣何枝[㉒]？萝幄既已荐，山樽亦可开[㉓]。待得孤月上，如与佳人来[㉔]。因之感物理，恻怆平生怀[㉕]。

茫茫此群品，不定轮与蹄[㉖]。尧得舜可禅，不以瞽瞍疑[㉗]。禹竟代舜立，其父吁咈哉[㉘]！嬴氏并六合，所来因不韦[㉙]。汉祖把左契，自言一布衣[㉚]。当途佩国玺，本乃黄门携[㉛]。长戟乱中原，何妨起戎氐[㉜]。

不独帝王尔[㉝]，臣下亦如斯。伊尹佐兴王，不藉汉父资[㉞]。磻溪老钓叟，坐为周之师[㉟]。屠狗与贩缯，突起定倾危[36]。长沙启封土，岂是出程姬[37]？帝问主人翁，有自卖珠儿[38]。武昌昔男子，老苦为人妻[39]。蜀王有遗魄，今在林中啼[40]。淮南鸡舐药，翻向云中飞[41]。

大钧运群有，难以一理推[42]。顾于冥冥内，为问秉者谁[43]？我恐更万世，此事愈云为[44]。猛虎与双翅，更以角副之[45]。凤凰不五色，联翼上鸡栖[46]。我欲秉钧者，竭来与我偕[46]。浮云不相顾，寥泬谁为梯[47]？悒怏夜参半，但歌井中泥[48]！

① 井泥：《易经·井》曰，"井渫(xiè)不食，为我心恻"。其意谓淘干净井水，而无人饮用，这使我伤心。又清程梦星引(传说)梁刘孝威《箜篌谣》云，"从风暂靡草，富贵上升天。不见山巅树，摧扤下为薪。岂甘井中泥，上出作埃尘"。谓"诗意殆本此"(《李义山诗集笺注》)。显而易见，诗人以"井泥"命篇，具有明显的比喻意义，意在抒发其生不逢时、沦落不遇、壮志未酬的愤慨。其矛头直接指向唐朝朝廷，谴责朝廷虽"依仁"行义，却为虎副角，残害贤良。诗中列举许多奇闻逸事、历史传说等，即在说明，富贵贫贱并不是天生的，宇宙间的万事万物都是变化莫测的，从而否定了封建统治阶级"天命论"的唯心思想。何焯说此诗后半幅与杜牧《杜秋娘》诗极为相似，是"《天问》之遗"(《义门读书记》)，可谓颇有见地。

② 皇都：指唐朝东都洛阳。

③ 依仁里：洛阳的街坊名。

④ 斋：屋子。

⑤ 主人氏：某氏主人。

⑥ 治井：挖治水井。

⑦ 堂：厅堂。

⑧ 西陲(chuí)：西边。

⑨ 辈：个。

⑩ 辇：用手拉车运泥土,这里作“运”讲。

⑪ 共：同。

⑫ 井甃(zhòu)：井壁。甃,砌井壁,作动词。

⑬ 益：增。

⑭ “曲随”两句：谓弯曲的堤岸与所栽的树木相互掩映,环绕在池塘的周围。

⑮ 下去：下离。

⑯ 冥寞穴：昏暗冷清的地穴,指井筒。

⑰ “寄辞”两句：谓寄语告别了地下水。地脉：地下水流动时如同人身上的血脉,故云。谢：谢别。泉扉：泉眼,亦即地下水,只是换一种说法而已。

⑱ “升腾”两句：谓没有想到会从地下升腾到地面,这已与往昔的境况很不相同。畴昔：往日。乖：异。按：第一节,谓井泥说自己

从地下升腾到地面，上承雨露的滋润，处境与前大不一样。

⑲“伊余”句：谓我摆正马络头，从容地驾驭而行。伊：发语词。掉行鞅：《左传、宣公十二年》载，“吾闻致师者，左射以菆，代御执辔，御下两马，掉鞅而还”。“掉行鞅”即掉正马络头，从容地驾驭。掉，正，表示闲暇。鞅，马络头。

⑳萋：草盛的样子。

㉑“旦暮”句：谓早晚皆能看到美丽的云霞景色。

㉒“晚落”两句：谓晚间花落满地，幽鸟栖息于何枝鸣啼呢？幽鸟：啼声幽雅的鸟。

㉓“萝幄”两句：谓藤萝的帷幄已经铺陈停当，现在可以开樽畅饮了。萝幄：藤萝覆荫，如同帷幄。荐：铺陈。山樽：绘有山形的盛酒器。

㉔“待得”两句：曹丕《秋胡行》（一作《佳人期》）曰，“朝与佳人期，日夕殊不来”。“待得”两句即从此脱化而出。如与：如和。

㉕“因之”两句：谓因井泥升腾地面之事，有感于事物都是在变化的这一道理，而想到自己平生志不得伸的遭遇，便不禁凄然伤怀。按：“因之”两句，是“一篇之主”（冯浩《三谿生诗集笺注》）。之：一作“兹”。恻怆：悲伤。

㉖“茫茫”两句：谓宇宙间万事万物，都像车轮和马蹄一样变化不定。茫茫：广大而辽阔。这里指广泛。群品：指万物。定：一作“动”，误。

㉗“尧得”两句：谓尧得舜后，就把帝位让给他，此事并未因瞽瞍怀疑舜不贤而受影响。尧：旧本皆作“喜”。程梦星本作“尧”，冯浩从之。禅：古代把帝位让与别人称“禅”。瞽瞍(gǔ sǒu)：瞎眼。舜父瞎眼，故称“瞽瞍”。瞽瞍目不能辨别好坏，怀疑舜不贤，曾两次害舜而未遂(见《孟子·万章》)。

㉘“禹竟”两句：谓禹终于代替舜而立，禹父不贤，未被尧任用。竟：终。其父：指禹父鲧(gǔn)。吁咈(fú)哉：据《尚书·尧典》记载，尧时，洪水泛滥，有人推荐鲧治水，尧说：“吁，咈哉！”“吁咈哉”皆系叹词，表示不满的意思。

㉙“嬴氏”两句：谓统一中国的秦始皇，本来是吕不韦的儿子。《史记·吕不韦列传》载，秦安国君之子子楚(后来的秦庄襄王)为秦国质于赵国，大贾吕不韦见而怜之，曰“此奇货可居”，即将其有孕之美姬送给子楚，生子名政。庄襄王即位，立政为太子。庄襄王卒，政立为王(秦始皇)，尊吕不韦为相国，号称“仲父”。嬴氏：秦王姓嬴，故称嬴氏。六合：上下与东西南北四方。这里指中国。不韦：吕不韦。

㉚“汉祖”两句：谓汉高祖刘邦取天下如持左契在握，他原来却是布衣之民。汉祖：汉高祖刘邦。左契：古代契约被剖分成左右两份，持左契者可以凭证令人偿还。《老子》(第七十九章)曰：“是以圣人执左契，而不责于人。”布衣：《史记·高祖本纪》载，“吾以布衣提三尺剑，取天下”。

㉛ “当途”两句：谓曹魏父子代汉立国，本来也只是宦官的后代。当途：“当途高”的省称。《三国志·魏书·文帝纪》裴松之注曰，“故白马令李云上事曰：‘许昌气见于当途高，当途高者当昌于许。’当途高者，魏也；象魏者，两观阙是也”。“当途高”是汉末谶纬之辞，指曹魏代汉而兴。国玺：传国的玉玺，即皇帝的印章。据史书记载，魏文帝曹丕受汉禅，汉献帝派使者送上传国玉玺和绶带。黄门携：曹操之父曹嵩，本是汉桓帝时宦官曹腾的养子。黄门，宦官。携，携养。

㉜ “长戟”两句：谓西晋末年，“五胡”君主在中原发动战争，他们都是少数民族。戎氐：泛指边境匈奴、鲜卑、羯、氐、羌等少数民族。如前赵刘氏属匈奴，后赵石氏属羯，前燕慕容氏属鲜卑，前秦苻氏属氐，后秦姚氏属羌。按：此节列举历史上不少帝王皆出身于卑贱，说明贱者可变为贵，贵贱并非生来如此。此节紧紧围绕“井泥”诗题议论。

㉝ 尔：如此，与“如斯”义同。

㉞ “伊尹”两句：谓辅佐商王的开国元勋伊尹，从小就没有父亲。《吕氏春秋·本味》说：“有侁（shēn）氏女子采桑，得婴儿于空桑之中……其母居伊水之上，孕……故命之曰伊尹。”伊尹为商初大臣，辅佐汤王灭夏桀，建立商朝，故谓“佐兴王”。因其有母无父，故谓“不藉汉父资”。藉：依靠。汉：陆游《老学庵堂笔记》（卷三）载，“今人谓贱丈夫曰汉子”。“汉”即丈夫。资：资助。

㉟“磻溪”两句:《尚书大传·西伯戡黎》载,“文王至磻(pán)溪,见吕望钓,拜之”。又《史记·齐太公世家》载,“西伯(文王)将猎,卜之,兆曰:‘所获非龙非彲(螭),非熊非罴,所获霸王之辅。’于是西伯猎,果遇太公于渭之阳”。磻溪老钓叟:指吕望,年老在渭水磻溪边垂钓,遇文王,拜为师,佐周灭商纣。

㊱“屠狗”两句:《史记·樊郦滕灌列传》载,“舞阳侯樊哙者,沛人也,以屠狗为事……颍阴侯灌婴者,睢阳贩缯者也”。屠狗:指樊哙,因其屠狗为业,故以“屠狗”代称之。贩缯:指灌婴,因其贩缯为业,故以“贩缯”代称之。突起:突然而起,谓其偶然性,与上句“坐为”呼应。定倾危:平定倾危,指辅佐刘邦打天下,建立汉朝。

㊲“长沙”两句:谓刘发被立封为长沙定王,他难道真是程姬所生吗?据《汉书·景十三王传》载,长沙定王刘发,母唐姬,原为程姬侍女,有次,汉景帝酒醉,与假饰程姬的唐姬欢合,而生发。

㊳“帝问”两句:《汉书·东方朔传》记载,汉武帝姑母馆陶公主寡居,年五十余岁,宠幸董偃。原来董偃与其母卖珠为业,年十三,长得美好,汉武帝为姑母留养第中,董偃十八而冠,即得馆陶公主宠幸。武帝至馆陶公主处,想见董偃,不呼其名,而曰“愿见主人翁”。董君之贵宠,天下莫不知。

㊴“武昌”两句:《汉书·五行志》载,“哀帝建平中,豫章有男子化为女子,嫁为人妇,生一子”。冯浩注云,“武昌或南昌之讹,豫章郡首南昌县也”。

㊵“蜀王”两句:《蜀记》云,“昔有人姓杜名宇,王蜀,号曰望帝。宇死,俗说云,宇化为子规。子规,鸟名也。蜀人闻子规鸣,皆曰望帝也”。又《成都记》曰,“望帝死,其魂化为鸟,名曰杜鹃,亦曰子规”。“蜀王”两句即从此典中化出。

㊶“淮南”两句:《神仙传》说,淮南王刘安,好神仙,因吃仙药,即白日升天。剩下的药,被鸡犬舐啄,亦皆升天。翻:反而。按:以上四句说明,贵为人君,失势则可变为禽鸟;贱为鸡犬,得势便能升天。此段举出各种社会现象,进一步说明万事万物都是变化不定的这一道理。

㊷“大钧”两句:谓宇宙推动万物变化,是很难用一种道理去推论的。大钧:造化万物的宇宙。运群有:谓推动万物变化。群有,即万物。

㊸“顾于”两句:谓回视茫茫宇宙间万事万物的变化,请问究竟由谁主宰呢?顾:回视。冥冥内:幽深邈远的地方,这里指茫茫宇宙。秉:掌握。

㊹“我恐”两句:谓我忧虑经过万代之后,邪恶之事会愈演愈烈。更:经过。此事:指下四句所说猛虎长双翅与双角、凤凰投栖鸡窝等事。云为:《易经·系辞下》曰,“是故变化云为”。旧注云,“乾坤变化,有云有为。云者,言也;为者,动也”。又班固《东都赋》载“乌睹大汉之云为乎?”可见“云为”含有言行、创造、演变等意思。

㊺“猛虎”两句：谓不仅让猛虎长出双翅，还会给它添上两个角。与：给。副：辅助。

㊻“凤凰”两句：谓凤凰将会失去五彩的羽毛，带着翅膀投宿于鸡窝。鸡栖：鸡窝。

㊻“我欲”两句：谓我盼望主宰万物变化的宇宙，能来与我同游，以推究万物变化之理。秉钧者：执掌权柄的人。这里指主宰万物变化的宇宙。朅(qiè)来：有去来、何来之意。

㊼“浮云”两句：谓浮云不理睬我，空旷寂静的高天亦无梯可上。浮云：屈原《九章·思美人》，“愿寄言于浮云兮，遇丰隆(云神)而不将”。寥泬(xué)：泬寥。宋玉《九辩》曰：“泬寥兮天高而气清。”“寥泬”谓旷荡、虚静的意思。“浮云”这两句诗，即从此两个典故脱化而出。

㊽“悒怏”两句：谓长夜漫漫何时旦，我只有吟诵《井泥》之歌了！悒(yì)怏：苦闷的样子。夜参半：半夜。这里用春秋时宁戚《饭牛歌》“长夜漫漫何时旦”之意。参，一半。按：此节表现诗人不能掌握自己命运的苦闷。

锦　　瑟[1]

锦瑟[2]无端[3]五十弦，一弦一柱思华年[4]。庄生晓梦迷蝴蝶[5]，望帝春心托杜鹃[6]。沧海月明珠有泪[7]，蓝田日暖玉生烟[8]。此情可待成追忆，只是当时已惘然[9]！

① 此诗是李商隐的名篇之一，千百年来颇受人们的青睐。但此作颇令人费解，元好问《论诗绝句》曾说："望帝春心托杜鹃，佳人锦瑟怨华年。诗家总爱西昆好，独恨无人作郑笺。"他以《锦瑟》诗为例，说明李商隐的诗很难懂，尚且还没有人能够作出准确的诠释。就此诗而论，自宋代以来，虽注家甚多，但并没有一家的注释能够被人们所公认。具体说来，主要有以下三种看法：（一）传说苏轼认为，此诗为咏瑟之作，是写瑟的适、怨、清、和四种乐声，曲尽其意，瑰迈奇古（《苕溪渔隐丛话》引《湘素杂记》）。（二）何焯曰："此篇乃自伤之词，骚人所谓美人迟暮也。"（《李义山诗集辑评》）（三）朱彝尊曰："此悼亡诗也。意亡者喜弹此，故睹物思人，因而托物起兴也。"（《李义山诗集辑评》）清屈复曰："此诗解者纷纷，有言悼亡者，有言忧国者，有言自比文才者，有言思侍儿锦瑟者，不

可悉数。凡诗无自序,后之读者,就诗论诗而已。其寄托或在君臣、朋友、夫妇、昆弟间,或实有其事,俱不可知。自《三百篇》、汉魏三唐,男女慕悦之词,皆寄托也。若必强牵其人其事以解之,作者固未尝语人,解者其谁曾起九原而问之哉?”(《玉谿生诗意》)其实,此诗所写并非一端,它是诗人晚年所写,由“思华年”便可知,该诗是对诗人人生遗恨的概括,既包含壮志未酬的感慨,亦含有爱情生活的悲欢离合。由于它运用“锦瑟”的乐声作比兴、象征手法,创造了典丽、奇特的艺术意境,因此便能叩动读者的心扉,使他们产生丰富的联想,引起共鸣。诗篇用首句前两字为题,与“无题”诗类似。

② 锦瑟:《史记·封禅书》载,“太帝(伏羲)使素女鼓五十弦瑟,悲,帝禁不止,故破其瑟为二十五弦”。瑟上绘有锦绣花纹,故曰“锦瑟”。瑟,古代的一种弦乐器。

③ 无端:无来由。

④ 思华年:谓回忆年轻时候的事。此三字为全诗主旨所在。

④ “庄生”句:《庄子·齐物论》载,“昔者庄周梦为蝴蝶,栩栩然蝴蝶也。自喻适志与?不知周也。俄然觉,则蘧蘧然周也。不知周之梦为蝴蝶与?蝴蝶之梦为庄周与?”此句用庄周不辨周为蝴蝶、蝴蝶为周的物化思想,来表现瑟的意境恰似自己如梦似幻、惘然若迷的人生境况。庄生:庄周,战国时代宋国蒙(今山东省菏泽市)人,是道家的主要代表人物。晓梦:谓晨梦之短暂。

⑥“望帝”句：据传说，杜宇王蜀(称王于蜀)，号望帝，宇死，其魂化为子规，亦叫杜鹃(见《蜀记》和《成都记》)。又曰：“望帝使鳖灵治水，与其妻通，惭愧，且以德薄不及鳖灵，乃委国授之。望帝去时，子规方鸣，故蜀人悲子规鸣而思望帝。”此句写瑟声如杜鹃啼血，悲切哀怨，如泣如诉。春心：指对爱情的向往，亦暗喻对理想的追求。托：寄托。

⑦“沧海”句：《大戴礼记》说，蚌、蛤、龟所含珠随月的圆缺而圆缺。又《博物志・异人》说，南海外有鲛人，水居如鱼，“眼能泣珠”。又《新唐书・狄仁杰传》载，狄仁杰为汴州参军，被人诬告随意升降官吏，阎立本召讯之，奇异其才，说他可谓“沧海遗珠”(沉没海底的稀世珍宝)。“沧海”句即据这几个典故，连缀组合，脱化而出，用来形容瑟声传达出的壮阔明亮、晶莹圆润、清寥悲苦的复杂意境。沧海：海水呈青绿色，故谓“沧海”。沧，水之青绿色。

⑧“蓝田”句：司空图《与极浦书》云，“戴容州(叔伦)云：‘诗家之景，如蓝田日暖，美玉生烟，可望而不可置于眉睫之前也。’”此句形容瑟声朦胧缥缈，如良玉生烟，呈现出一种可望而不可即的意境。蓝田：山名，又名玉山，在今陕西省蓝田县，以出产美玉著称于世。

⑨“此情”两句：谓岂待现在回忆往事时才感到怅惘，在当时已经感到惘然了。此情：指颔、颈两联所说的各种情境。可待：岂待。可，犹岂也。惘然：失志不得意的样子。按：梁启超说，“义山的

《锦瑟》《碧城》《圣女祠》等诗，讲的什么事，我理会不着。……但我觉得它美，读起来令我精神上得一种新的愉快”（《中国韵文内所表现的情感》）。张采田说，“此为全集压卷之作”（《玉谿生年谱会笺》）。

后　记

李商隐之诗歌，别有情致和韵味，古来即受到读者的酷爱。

拙著《李商隐诗选》，原由山东大学出版社 1997 年出版发行。经过修订后，该社又于 1999 年再版。本诗选出版后，被中国图书进出口公司广东分公司选中，提供给香港公开大学，供其教师教学和学生学习参考。原选诗作 149 首，此次再版，易名为《李商隐诗选注》，又作适当修订，增补为 150 首。诗选分为两编，即编年诗和未编年诗。

本诗选有七个与众不同的特点。

其一，选目与众不同，编序亦与众不同。“无题”诗，是李商隐首创之杰作，历来受到读者的喜爱。凡诗人所标明的“无题”诗，本诗选已全部入选；类似为“无题”诗者，亦大都入选。选目之与众不同者，如编年诗首篇《燕台诗四首》，是诗人青年时代的恋情诗;未编年诗终篇《锦瑟》,是诗人诗集的压卷之作。

其二,入选诗篇大都为思想性和艺术性较强的优秀之作;但思想性不强而艺术性较强的诗篇也有入选。

其三,每首诗皆有题解(放在注释①中),扼要地阐明诗作的写作背景、主旨及艺术成就。

其四,每首诗皆有考释、串讲,深入浅出,简明易懂。

其五,历来有争议而难以确定主旨之入选诗篇,本诗选皆概括出主要的不同看法,并经过考证和研究,阐明笔者之独到见解。诸如,笔者认为《嫦娥》诗,为诗人写给其恋人宋华阳女道士的第一首恋情诗;《无题》(相见时难别亦难)、《板桥晓别》、《赠荷花》,亦为恋情诗。

其六,在诗选导言中,对诗人的生平,诗歌的几种不同题材、内容及艺术成就,皆作了全面简要的论述。

其七,诗选力求在语言上精炼、准确、优美,雅俗共赏,给读者提供一个较好的选本。虽然如此,但难免有欠当或错误之处,请方家和读者批评指正。

陆永品